Uli

PINKE PUSTEBLUME

JACKY DRAPPELDREY

Vorwort

Liebe Leser,

dieses Buch ist ein Gemeinschaftsprojekt und zeigt, wozu die sozialen Netzwerke heute in der Lage sind. Es war Jackys letzter großer Wunsch, ihre einzelnen Blogbeiträge in einem Buch zu bündeln. Und dank verschiedener Aufrufe und Kontakte, konnte ihr dieser Wunsch erfüllt werden. Es waren viele Hände, Nachtschichten und qualmende Köpfe nötig um dieses Buch in nur vier (!) Tagen für Jacky fertig zu stellen.

Und nur, weil viele Menschen gesagt haben „Ja, ich helfe gerne!" halten Sie dieses Buch in den Händen.

Wir werden diese Personen hier nicht im Einzelnen nennen, denn um „uns" geht es nicht, es geht um Jacky.

Um die junge Mutter, die mit nur 25 Jahren an Brustkrebs erkrankt ist und ihren Weg mit einer beeindruckenden Stärke gegangen ist. Sie hat gekämpft, wie eine Löwin, für sich und ihre Tochter und hat uns Followern dabei stets gezeigt, auf was es im Leben ankommt.

Liebe Jacky, dafür danken wir Dir und freuen uns, dass dieses Buch nun für Alle zu lesen sein wird.

Deine Follower

P.S.: Die Einnahmen aus diesem Buch kommen Jackys Tochter zu Gute.

P.P.S: Sollten Sie den ein oder anderen Fehler finden, so behalten Sie ihn bitte für sich, denn das ist der Preis bei so einem Projekt.

November 2015

„Die schönsten Jahre eines Menschen sind die, in denen er sich entschieden hat, das Leben zu genießen“ (Zitat auf Jackys Grabstein)

Ich habe diesen Blog erstellt um allen Menschen zu zeigen, das man sich mit Krebs nicht verstecken muss! Ich möchte über diese Krankheit aufklären, weil viele nicht wissen, was es genau heißt „Krebs zu haben und damit zu leben“. Außerdem möchte ich Betroffenen Mut machen und Platz, Raum und Zeit zum Austausch bieten. Krebs ist kein Grund den Kopf in den Sand zu stecken.“

Jacky

25. November 2015 ·

Ich habe am 03.06.15, mit 25 Jahren, die Diagnose triple negatives Mammakarzinom (Brustkrebs) rechts, mit befallenen Lymphknoten bekommen.

Ich bin mittlerweile 26 und alleinerziehende Mama einer 7

jährigen Tochter. Wir zwei sind ein super Team :) Am 22.06.15 habe ich unter örtlicher Betäubung meinen Port in den linken Unterarm gesetzt bekommen. Am 25. 06. 15 habe ich mit der Chemotherapie angefangen. Erst 4-mal EC, dosisdicht alle 2 Wochen, dann 12-mal Paclitaxel wöchentlich. Die EC war für mich ganz ganz schrecklich, aber die Paclitaxel hab ich im Großen und Ganzen recht gut vertragen.

Mein Tumor ist in dieser Zeit von 2,7 cm auf 1,5 cm geschrumpft. 💪👍

Am 24.11.15 war meine OP, es wurde der Tumor großflächig entfernt und 10 Lymphknoten.

Alles was nach dem 25.11.15 passiert ist, habe ich in meinem Blog geschrieben und das ist nicht wenig... Langweilig wird es bei meinem Krankheitsverlauf leider nicht!

Ich habe mich nach langem Hin und Her entschieden einen Blog zu erstellen, einfach um meine Erfahrungen weiter zu geben, um eventuell anderen helfen zu können oder mir auch helfen zu lassen :) Außerdem möchte ich zeigen, dass Krebs nichts ist, womit man sich verstecken muss. Man muss auch nicht sterben, aber man kann! Und diese Angst begleitet einen ständig... Ich möchte versuchen, etwas über das Thema Krebs aufzuklären, weil sich die meisten nicht so richtig vorstellen können, was es bedeutet Krebs zu haben. Ich konnte mir selbst nichts darunter vorstellen. In meinem Alter denkt man nicht an Krebs... Ich möchte mich mit dieser Krankheit nicht verstecken und möchte meine guten und schlechten Momente mit euch teilen. 😊

Der Name "Pinke Pusteblume" ist entstanden, weil Pink die Farbe von Brustkrebs ist und die Pusteblume von Anfang an mein Begleiter wurde durch eine Postkarte von meiner Mama ❤

Bei Fragen oder anderen Anliegen könnt ihr mir gerne jederzeit schreiben

26. November 2015

So, Guten Morgen :) Dann verfasse ich mal meinen ersten Beitrag. Ich sitz hier grad in meinem Krankenhausbett und warte auf das Frühstück und die Visite. Wahrscheinlich kommt heute der Schlauch raus aua alleine der Gedanke tut weh... Aber wie heißt es so schön, was rein kommt muss auch wieder raus Ich wurde übrigens brusterhaltend operiert, "nur" der Tumor und einige befallene Lymphknoten unter der Achsel.

Ach übrigens, ich kann von meinem Zimmer aus direkt in den OP von der neurologischen Station schauen und bekomme alles genau mit wenn ich möchte, weil die nichts zu haben Ist nichts für schwache Nerven, und ich finde es total interessant! Wann hat man schon mal die Möglichkeit bei einer OP zuzuschauen?

26. November 2015

Also die Drainage kam heute noch nicht raus, aber morgen dann endlich. Und wahrscheinlich darf ich morgen auch heim zu meinem Engel

Hier in der Klinik war vorhin noch ein Gospelchor der ganz nett zum Anhören war. Ganz lieben Besuch von meiner Mama und meiner Tante hatte ich auch zum Glück

Kurz gesagt: Ich hatte einen sehr schönen Tag! Ich hoffe ihr auch?!

27. November 2015

Oh man ist das nervig wenn man bis 7:30 schlafen könnte, aber seit 5 Uhr wach ist und nicht mehr schlafen kann wegen Rückenschmerzen.... Die Krankenhausgänge, die sonst so voll und hektisch sind, sind noch total leer und ruhig Kein Mensch kam mir entgegen. Jetzt sitz ich im Zimmer am Fenster und schau der ersten OP von heute zu

Ich hoffe euer Tag startet besser Guten Morgen an euch alle!

27. November 2015

Ich bin entlassen!!!!! Jippiii Und da ich grad im Taxi sitze und Zeit habe, zeig ich euch mal was ich von meinen lieben Besuchern Tolles bekommen habe. Ich hab mich riesig gefreut und sogar geweint vor Freude

27. November 2015

Es fühlt sich so gut an wieder daheim zu sein Und grad eben kam ganz plötzlich meine liebe Dani vorbei mit diesen tollen Sachen und der Aussage: "Ich weiß, dass du es dir selbst nicht gönnen würdest" Danke!

27. November 2015

❤-lichen Dank für 100 Likes in 2 Tagen Ich finde es faszinierend wie viele Menschen sich für mich und meine Krankheit interessieren.

28. November 2015

Sie trifft es ziemlich gut finde ich :) Natürlich ist jeder Mensch anders... Aber das hilft vielleicht manchen, das Ganze ein bisschen besser zu verstehen. Ich wünsch euch noch einen schönen Samstag

28. November 2015

Krank sein ist ja schon fast wie Weihnachten.... wenn die Schmerzen usw. nicht wären! Danke, dass es so liebe Menschen gibt, die mir einfach so was schicken um mich abzulenken und um die "schlechten Zeiten" etwas zu verschönern ❤

28. November 2015

Nach 3 Runden "Mensch ärgere dich nicht" mit meinem Engel schauen wir jetzt ganz gemütlich, mit Lebkuchen, Spekulatius und Tee, "Das Supertalent" an Es sind die kleinen Momente im Leben die es besonders machen ❤ 👼 Und was macht ihr so?

29. November 2015

Ich wünsche jedem einzelnen von euch und euren Familien und Freunden einen wunderschönen 1. Advent 👼 Lasst es euch gut gehen!

30. November 2015

Immer wieder Montags... Club der roten Bänder
❤ 👍 Wer von euch schaut es auch an?

30. November 2015

Der Schlüssel zum Glück ist, dass in jedem Verlust auch ein Gewinn steckt!

Gute Nacht euch allen schlaft gut

Dezember 2015

1. DEZEMBER 2015 ·

Ich freue mich auf den heutigen Tag Eigentlich freue ich mich auf jeden Tag. Meine liebe Mama kommt und hilft mir bei den liegengebliebenen Erledigungen. Durch meine OP kann und darf ich ja noch nicht alles machen. Die Wunde verheilt übrigens sehr gut Der Adventskalender für meinen Engel wird heute auch noch aufgehangen von meiner Schwester, die gibt sich immer ganz viel Mühe beim Befüllen des Kalenders, danke dafür Und so langsam muss ich mir Gedanken machen welchen Kuchen ich meinem Engel zum 7. Geburtstag backe... Im Backen bin ich nämlich nicht so begabt. Ich hoffe, ihr habt auch alle einen schönen Tag in der Arbeit, auf der Couch, im Urlaub, bei der Familie, im Haushalt oder wo auch immer

1. DEZEMBER 2015

Balsam für die Seele Ein kleiner Einblick in einen schönen Tag

Ich habe heute sogar einen Adventskalender von meiner Schwester bekommen mit einem Foto vorne drauf von ihr, meiner Mama und meinem Engel. Hinter jedem Türchen ist eine kleine Schokolade und ein weiteres Foto gedruckt ☺ 😍 👍 Ich hab gleich angefangen zu weinen, weil ich es so schön fand!

Hattet ihr auch einen tollen Tag??

2. Dezember 2015

Ich bin überglücklich 😍 Heute kam per Post eine rosa Perücke an! Die hat mir eine Frau geschenkt die ich nicht mal kenne... Ich könnte heulen vor Freude!! Vielen lieben Dank!!! Eine Freundin von mir hat für mich diese Seite erstellt (Link unten) und über diese Seite wurde mir eine Freude gemacht mit der Perücke ❤ 😍 ☺

https://m.facebook.com/Hilfe-f%C3%BCr-Jacky-909002939168433/

3. Dezember 2015 ·

Heute ist Tag 9 ... Letzte Woche am Dienstag wurde ich operiert und der Tumor und die Lymphknoten sind an die Pathologie weitergegeben worden. Die untersuchen alles auf aktive Krebszellen... Ich gehe davon aus dass keine mehr vorhanden sind Falls aber doch noch welche da sind muss nochmal operiert werden... Mir wurde gesagt, dass das Ergebnis in 7-10 Tagen vorliegt und ich dann angerufen werde und ein Termin ausgemacht wird zur Besprechung. Auf diesen Tag warte ich, der müsste ja eigentl. morgen sein...

4. Dezember 2015 ·

Es sind einfach die kleinen Momente im Leben die am wichtigsten sind... Meine kleinen wunderbaren Momente waren heute:

🌸 Sonne

🌸 in der Sonne einen leckeren Cappuccino trinken mit meiner Stiefmama (Frau von meinem Papa) 😊 ☕

🌸 ein Paket bekommen mit einem tollen Geburtstagsgeschenk für meinen Engel und ein Nivea Pflegeset für mich, von einer Frau die wir nicht mal persönlich kennen 😍 🎁 DANKE von ganzem Herzen liebe Kathrin!!!

🌸 meinen Engel strahlen zu sehen 👼

🌸 ungesundes Essen mit meiner Denise und unseren Kids 🍗 🍟 🍕 😋

🌸 gemütlich Filme schauen während es draußen eiskalt ist (und nebenbei die Füße an der Heizung wärmen) 💻

Das Leben ist einfach schön!!! Was waren eure wunderbaren Momente? Egal ob große oder kleine

5. Dezember 2015 ·

Hallo meine Lieben

Das Meiste zeige ich euch heute mal in Bildern und schreibe kurz was dazu ;) Irgendwie sind die Tage so kurz, sie vergehen so schnell Aber das zeigt mir, dass es schöne Tage sind und es mir gut geht es fühlt sich fast wie Urlaub von der Krankheit an!

Heute in der Früh kam meine Schwester Anastasia zum Weißwurst-Frühstück ❤ Und heute kam auch eine wundervolle Perücke an, die mir Bibi geschickt hat vielen vielen ❤-lichen Dank ich hab mich total gefreut

Die Brust, die Achsel und der Arm tun mir schon noch weh von der OP aber es ist auszuhalten. Und auf den Anruf von der Klinik, warte ich immer noch...

6. Dezember 2015 ·

。°・。 ・°°。°。。°。°。°。・°°。Happy。 ・°°。。Nikolausi euch allen。 。°

_Π_ _ 。 °°。°。/______ _/ \。°°。°l田田田 |門| °。°。・

7. Dezember 2015 ·

Da ruft man am Vormittag ewig in der Klinik an bis jemand hin geht und dann heißt es nur, "ich schaue nach ob was da ist und melde mich dann" ....

Bis jetzt hab ich nichts mehr gehört und erreiche auch niemanden voll doof... ich mag doch nur wissen ob alles draußen ist!

8. Dezember 2015 ·

Zu später Stunde möchte ich euch noch sagen, dass ich heute endlich jemanden erreicht habe im Krankenhaus (nach mind. 30-mal anrufen). Mir wurde aber leider nur gesagt, dass noch kein Ergebnis vorliegt und dass es voraussichtlich am Freitag da sein wird denn "die Pathologie ist unterbesetzt, sie haben akuten Personalmangel". Na wenigstens weiß ich jetzt schon mal mehr

8. Dezember 2015 · **zufrieden.**

Noch ein kleiner Einblick in meinen schönen Tag

Erst hatte ich riesen Glück, dass Beate mit mir einkaufen gefahren ist und mir die Sachen hochgetragen hat (sonst hätte ich mit dem Bus fahren müssen und mit rechts darf ich ja noch nicht schwer heben). Danke dafür und auch Danke für den leckeren Cappuccino im Anschluss ☺ 😇!!! Beim Einkaufen hatte ich einen sehr gut gelaunten Kassierer der mir gaaaanz viele Sammelkarten geschenkt hat für meine Tochter 😉 👍

Vorhin habe ich noch Muffins für die Schule gebacken, weil

mein Engel morgen Geburtstag hat ❤ und natürlich den Geburtstagstisch hergerichtet.

Ich hoffe euer Tag war auch schön!! Falls nicht, wünsche ich euch für morgen einen besseren 😘 Gute Nacht und schlaft gut 🌛

9. Dezember 2015 ·

Heute vor 7 Jahren ist sie auf die Welt gekommen ❤ seitdem kann ich mir ein Leben ohne sie nicht mehr vorstellen ❤ Auch wenn sie mir manchmal alle Kraft und Nerven raubt, gibt sie sie mir dreifach zurück 😉 ☺ Das Strahlen in ihren Augen gibt mir die Kraft das alles zu schaffen 😍 ❤ Ich liebe dich über alles mein Engel und bin unendlich froh, dass ich deine Mama sein darf ❤ 👼 😍 😘

Happy birthday 🎉🎂🎉🎁🎈

10. Dezember 2015 ·

Hallo, heute melde ich mich mal etwas, naja wie soll ich es sagen, trauriger? Nein, das trifft es nicht ganz... mir geht es einfach nicht so gut heute.

Der gestrige Tag war wunderschön aber auch sehr anstrengend für mich!

Ich bin gestern Mittag noch in der Wiese im Matsch ausgerutscht und gestürzt. Darüber würde ich ja eigentlich lachen, weil ich kurz davor zu meiner Tochter gesagt habe, dass sie bitte aufpassen soll dass sie nicht ausrutscht. Aber leider bin ich genau auf die operierte Seite gefallen und das tat dann doch so sehr weh, dass ich erst mal nicht aufstehen konnte. Eine Nachbarin hat mir dann zum Glück geholfen. Das ärgert mich so, weil meine Tochter deswegen wieder Angst um mich hatte und das mag ich gar nicht...

Ich habe ja schon seit einigen Wochen Probleme mit Gelenkschmerzen, Knochenschmerzen und Muskelschmerzen. Diese Schmerzen kann man schlecht beschreiben, ich fühle mich einfach körperlich als wäre ich mindestens 70. Angefangen hat es erst nur im Oberschenkel und sich mittlerweile weiter ausgebreitet. Mal geht es ein paar Stunden oder Tage ganz gut und mal ist es so wie heute, dass ich mich kaum bewegen kann weil alles einfach nur weh tut, vor allem Hüfte, Arme und Beine. Jeder Schritt und jede Bewegung fällt schwer und tut weh. Heute ist auch einer der seltenen Tage an denen ich immer wieder weinen muss, einfach so ohne einen genauen Grund zu kennen... Aber da muss ich wohl irgendwie durch

Eigentlich wollte ich heute auch noch die Sachen für unsere Geburtstagsschatzsuche am Samstag kaufen, aber mit Bus und zu Fuß wird das heute glaube ich nichts... Mal abwarten wie der Tag noch wird. Ansonsten muss ich das auf morgen oder Samstag in der Früh schieben.

So jetzt hab ich genug gejammert!! :D :P aber ich will euch nicht immer nur erzählen wie toll und schön und gut alles ist, denn Krebs hat auch ein anderes Gesicht... Das ich zum Glück im Moment nicht so oft sehe!

Ich wünsche euch noch einen schönen Tag! Genießt die Sonne, wenn sie bei euch scheint und lasst es euch gut gehen

Eure Pinke Pusteblume

11. Dezember 2015

* Songtext Ausschnitt *

An der Sch**** kann man kaputt gehen oder wachsen...

Da wächst ´ne gelbe Blume aus´m Boden.

An einem Fleck an dem sonst keine Blume wächst.

Keiner beachtet sie alle trampeln drauf.

Ist ja nur eine von vielen, doch sie gibt nicht auf, denn was die Rose kann das kann sie auch.

Wir kämpfen bis wir irgendwann mal Pusteblumen sind und dann warten wir auf den Wind....

13. Dezember 2015 ·

Heute war ein Tag der mich einfach nur sprachlos macht...

Es war ein riesen Bericht über mich und meine Krankheit in der Zeitung daraufhin habe ich noch mehr liebe Nachrichten als sonst bekommen, Dankeschön an alle und auch einige Likes hier auf der Seite, Dankeschön!

Meine Tochter hatte heute ihre Geburtstagsschatzsuche-Party und die war ein voller Erfolg 🎉 🎈 🎂 Es ist einfach schön Kinder so fröhlich zu sehen! Meine Mama hat mich super dabei unterstützt, danke dafür!

Und eine ganz tolle Karte mit einem Gutschein hat mich heute von der lieben Elke Siwochin erreicht 😍 ich habe mich riesig gefreut, vielen lieben Dank nochmal! Der Spruch passt einfach perfekt zu mir.

Lange Rede kurzer Sinn, ich hatte einen erlebnisreichen, aufregenden, langen, schönen Tag :)

Ich hoffe ihr auch?!

Gute Nacht, eure Pinke Pusteblume

13. Dezember 2015 ·

333 Likes! Vielen vielen vielen Dank dafür an jeden einzelnen von euch 👍

13. Dezember 2015 ·

Hallo ihr Lieben

Ich habe ja wirklich eine riesen Anzahl an neuen Likes, ich hoffe euch gefällt mein Blog! Ich habe ihn ja erst seit Kurzem und auch noch die ein oder andere Idee was ich noch verändern/hinzufügen möchte Danke auf jeden Fall an alle!

Heute hatte ich einen ganz gemütlichen Tag in der Wohnung. Mir geht es sehr gut Meine Schwester war da, wir haben zusammen gekocht und geredet ❤

Jetzt am Abend habe ich noch einen ganz lieben Menschen kennengelernt ☺ Nicht nur weil sie so großzügig ist und mir einfach Kleidung schenkt, sondern weil sie eine sehr sympathische, liebe Frau ist mit der man sich super unterhalten kann 👍 Vielen lieben Dank liebe Daniela Kießling für die ganzen Sachen und den spontanen schönen Abend 😘 👸

Ich hoffe euch geht's auch allen gut und ihr hatte einen schönen Sonntag!?

Ach ja heute war ja auch schon der 3. Advent 🙈 ups total vergessen bei dem ganzen positiven Stress durch den Zeitungsartikel

Ich wünsche euch allen natürlich noch eine schöne 3. Adventsstunde ;)

Gute Nacht, schlaft gut eure Pinke Pusteblume

14. Dezember 2015 ·

Es sind die kleinen Momente im Leben... ❤

Meine Tochter sitzt am 14. Dezember, ohne Jacke, in der warmen Sonne auf dem Balkon und genießt ihre Mandarine

14. Dezember 2015 ·

So einen Moment muss ich einfach mit euch teilen! Meine Augenbrauen fangen wieder an zu wachsen ☺ 🙆

14. Dezember 2015 ·

Hallo zusammen, ihr glaubt es nicht... ICH glaube es nicht! Ich bin total überwältigt von den ganzen Menschen dir mir durch den Zeitungsartikel und auch so helfen... Entweder durch ganz ganz liebe Worte die mir zeigen, dass es richtig war mit meiner Krankheit in die Öffentlichkeit zu gehen oder mit Sachspenden, Gutscheinen, Geld, Zeit, zuhören usw... WOW einfach DANKE <3

Vorhin war ich mit meiner Tochter Pizza essen Das hat uns so gut getan Ein riesen DANKE an Andrea Schmidbauer die uns das ermöglicht hat! Es war ein sehr schöner Abend mit dir, vielen lieben Dank und wir sehen uns wieder! Wir waren in Geretsried im Il Soprano und es hat wahnsinnig gut geschmeckt! Ich kann jedem nur empfehlen dort essen zu gehen Der Cappuccino schmeckt übrigens auch richtig gut Als krönenden Abschluss kam noch der Chef persönlich zu mir und hat mir einen Gutschein überreicht damit ich in Zukunft öfter mit meiner Tochter zum Pizza essen kommen kann Vielen lieben Dank dafür, wir haben uns riesig gefreut!

Irgendwie könnte ich mich den ganzen Tag nur noch bedanken... Danke für so viele neue Likes. Ich fühl mich wie im Traum und hoffe das er noch lange anhält

Kurz zu meinem gesundheitlichen Zustand.

Die Narbe verheilt immer besser, aber die Fäden haben sich noch nicht aufgelöst. Morgen ist die OP genau drei Wochen her und die Schmerzen sind so gut wie weg

Auf das Ergebnis von der Pathologie warte ich leider immer noch und somit auch auf den Termin in der Klinik zur Besprechung des weiteren Vorgehens. Mal sehen ob ich morgen jemanden erreiche dort, heute hatte ich nämlich kein Glück.

So jetzt hab ich euch genug zugetextet

Ich hoffe euch geht es allen gut und ihr hattet einen genauso schönen Tag wie wir.

Liebe Grüße eure Pinke Pusteblume

15. Dezember 2015 ·

So jetzt ist das Ergebnis von der Pathologie endlich komplett da und ich wurde angerufen.

Es sind leider noch aktive Krebszellen vorhanden

Am Montag, den 28.12., habe ich die OP-Vorbereitung und am 29.12. findet die OP statt.

Wenn ich Glück habe ist die Vorbereitung auch schon nächste Woche, dann könnte ich schon am 28.12. operiert werden und wäre dann sicher an Silvester wieder daheim, wenn es keine Komplikationen gibt.

Naja es gibt schlimmeres und jetzt weiß ich es wenigstens.

Ich wünsche euch noch einen wunderschönen Tag

Liebe Grüße eure Pinke Pusteblume

15. Dezember 2015 ·

Ich habe heute einen total schönen und ♥-lichen Weihnachtsgruß vom Frollein Wunderfein bekommen

Das zeigt mir, dass diese Frau nicht nur ihren Blog mit Herz betreibt, sondern das sie persönlich eine wahnsinnig tolle und starke Frau ist!

Es lohnt sich mal reinzuschauen bei ihr und über einen Like auf der Seite freut sich jeder und dieser Blog hat es wirklich verdient :)

Danke für diesen schönen Weihnachtsgruß, ich habe mich sehr gefreut!

Prinzessin uffm Bersch & Summsemann

Persönlicher Blog

15. Dezember 2015 ·

Heute war ganz schön was los...

Die schlechte Nachricht hab ich euch ja gleich gesagt. Danke für so viel Rückhalt den ihr mir gebt! Aber es gab wie immer auch ganz viel positives Und das zählt viel mehr!

Meinen "alten" Esstisch, der viel zu groß für uns war, habe ich heute verschenkt und habe über zwei Ecken einen kleineren geschenkt bekommen Danke an die Menschen die dazu beigetragen haben. Vor allem ein riesen Danke an Kathrin Seidl (die ich heute endlich mal kurz kennenlernen durfte) und ihren Mann die mir den "neuen" Tisch gebracht und aufgebaut haben. Es ist so schön zu wissen und vor allem zu spüren, dass es Menschen gibt die gerne helfen, ich weiß das wirklich zu schätzen!

Ich habe ganz liebe Weihnachtskarten bekommen und habe mich gefreut wie ein kleines Kind :D Ich bin ja zur Zeit so nah am Wasser gebaut und fange oft zu weinen an wenn ich mich freue... Danke an alle Absender, die Taschentücher kamen wieder zum Einsatz!

Ich bin wahnsinnig müde und habe morgen ganz viel vor Ich kuschel mich jetzt mal zu meinem Engel ins Bett und genieße die Nähe zu ihr

Euch wünsche ich eine gute Nacht. Bis morgen.

Eure Pinke Pusteblume

16. Dezember 2015 ·

Nur mal so zwischendurch... Meine Haare wachsen

17. Dezember 2015 ·

Heute ist ein komischer Tag...

Gerade einen Anruf von der Klinik bekommen. In meiner Brust war auch eine Krebsvorstufe. Außerdem haben sie haben zu wenig um den Tumor rum geschnitten, der Sicherheitsabstand ist nicht ganz so viel wie er sein soll und es sind noch aktive Krebszellen vorhanden. Sie wissen nicht ob der Aufwand einer OP meine Situation/Zukunft verbessern würde, das weiß keiner. Die Tumorkonferenz sagt ganz klar nachschneiden, aber ändern wird sich dadurch wahrscheinlich nichts.

Die Ärztin meinte das sie mir nur zur Bestrahlung raten würde. Das Rückfallrisiko ist ja bei meiner Krebsart in den ersten zwei Jahren extrem hoch und die Wahrscheinlichkeit, dass der Rückfall in der Brust ist, ist eher gering.

Jetzt muss ich entscheiden was gemacht wird, was ich möchte usw ....

Ich hoffe euer Tag startet besser

Liebe Grüße eure Pinke Pusteblume

18. Dezember 2015 ·

Früher wurden die Steine weg getragen und jetzt ist der Berg dran

18. Dezember 2015 ·

Ich bekomme zur Zeit so tolle Post 😍 Dafür bin ich jedem Einzelnen sooo sehr dankbar! Es bringt mich auf andere Gedanken, lenkt mich vom Krebsalltag ab und hilft mir sehr!! Da ich aber leider manchmal die Absender namentlich nicht kenne oder mir als Überraschung etwas geschickt wird, möchte ich euch bitten, meine

Hilfeseite zu liken. Die wird von einer Freundin betrieben und sie bedankt sich immer bei allen dafür (auch falls ich mal jemanden vergesse, was ich nicht hoffe, aber mit dem Chemobrain schon mal passieren kann 🙈)

Ich danke euch :)

https://www.facebook.com/Hilfe-f%C3%BCr-Jacky-90900293916…/…

19. Dezember 2015 ·

Guten Morgen :)

Ich wache aufs und sehe 500 Likes 😍

Ich danke euch dafür!!!!

19. Dezember 2015 ·

Ich wollte euch noch kurz von meinem schönen Tag gestern erzählen

Erst war die liebe Claudia so nett und hat mich von A nach B gefahren. Vielen Dank! Auch für´s Warten 🙈

Dann ging ein Herzenswunsch in Erfüllung... Ich habe einen Trockner bekommen 😍 vielen Dank dafür!

Am Nachmittag war ich mit meiner Mama in einer Salzgrotte. Dort liegt man auf Liegestühlen und es kommt Soledampf in den Raum. Ist aber kein Dampfbad. Es ist pure Entspannung. Außen herum waren Lichteffekte, die Wand, der Boden und eine Platte haben geleuchtet in verschiedenen Farben. Etwas habe ich auf Fotos festgehalten, vor allem die Brustkrebs-Farbe Danke für dieses Erlebnis!

Am Abend bin ich noch mit meiner Schwester über das Tollwood geschlendert schön war´s!

Als krönenden Abschluss hat mich die liebe Rosi dann noch bis vor die Haustür gefahren ☺ Dankeschön!

Es war ein wunderschöner, langer, anstrengender Tag ☺
Ich wünsche euch heute einen tollen Tag, passt auf euch auf!

Eure Pinke Pusteblume

20. Dezember 2015 ·

Hallo ihr lieben, ich hoffe ihr hattet ein schönes Wochenende?!

Meins war total schön

Am Samstag habe ich erst einen Überraschungsbesuch bekommen der mich im positiven Sinn komplett aus der Bahn geworfen hat anschließend hab ich den Tag mit meiner Schwester Anastasia verbracht und dann am Abend war ich mit meiner Dani unterwegs. Mein Engel war dieses Wochenende bei Oma und Tante

Heute habe ich überraschend Besuch von 3 tollen Menschen bekommen hab mich sehr gefreut darüber!

Die Zeit der Entscheidung rückt näher aber entscheiden kann ich mich nicht

Naja ich denke ich werde es am Mittwoch in der Klinik aus dem Bauch heraus entscheiden. Die Naht ist fast vollständig verheilt

Ich wünsche euch noch einen entspannten Abend, lasst es euch gut gehen

21. Dezember 2015 ·

Auf Danke-Tour mit meiner Schwester Anastasia

21. Dezember 2015 ·

Ich werde euch in nächster Zeit ein paar Fotos aus der Zeit

zeigen, bevor ich diesen Blog erstellt habe. Natürlich nur wenn es euch interessiert!?

Das Bild ist vom 22.06.15. An diesem Tag wurde mir mein Port am Unterarm bei örtlicher Betäubung eingesetzt. Anstatt 1 Stunde hat es 2,5 Stunden gedauert. Wie es danach aussah zeig ich euch lieber nicht, das ist nichts für schwache Nerven

Das zweite Foto zeigt ihn wie er heute aussieht

22. Dezember 2015 ·

Heute hatten wir wieder einen tollen Tag

Jetzt geht's dann bald ins Bett und morgen früh in die Klinik zur Entscheidung...

Ich hoffe ihr seid nicht so im Weihnachtsstress Weihnachtsstimmung kommt bei mir irgendwie noch gar nicht auf... Wie ist das bei euch?

23. Dezember 2015 ·

Auf dem Weg in die Klinik.... komisches Gefühl ohne Entscheidung hin zu fahren, aber mit Entscheidung zurück zu fahren...

Ich hoffe ja das mein Bauchgefühl sich noch rechtzeitig meldet

Wünsche euch einen schönen sonnigen Tag

23. Dezember 2015 ·

Ich bin fertig in der Klinik. Ich habe mich gegen die OP entschieden! Im Januar geht es los mit der Bestrahlung!

Jetzt war ich gerade noch mit meiner Mama Mittagessen lecker war´s 👍 Was meint ihr, was ich gegessen habe?

24. Dezember 2015 ·

Wir wünschen euch allen wunderschöne Weihnachten im Kreis eurer Lieblingsmenschen 🎄 👼 ❤

Lasst es euch gut gehen, schätzt die Dinge die wirklich wichtig sind und genießt die Zeit! Wir tun es auch

25. Dezember 2015 ·

Immer wieder packt mich die Angst, dass es morgen schon vorbei sein könnte...

Deshalb genieße ich manche Momente umso mehr ❤ Vor allem mit meinem Engel 👼

Ich hoffe ihr habt schöne Weihnachtstage und könnt die Zeit mit euren Lieben genießen!

25. Dezember 2015 ·

✳ Rückblick 1. Chemo ✳

Nach dem Foto von meinem Port, geht es jetzt weiter mit diesem Foto.

Das war bei meiner 1. Chemo am 25.06.15. Als erstes wurde der Zugang am Port gelegt und mit einem Pflaster fixiert. Eine Tablette gegen Erbrechen und Übelkeit habe ich 2 Stunden zuvor genommen (Emend). Alles was ich ab jetzt an Medikamenten bekam, bekam ich über den Port. Als erstes Kortison gegen Übelkeit und Erbrechen. Dann ein Medikament namens Uromitexan, es war zum Schutz von Blase und Nieren. Anschließend ging es richtig los mit dem 1 Liter Beutel Cyclophosphamid und nach ca. der Hälfte (40 Minuten später) zwei XXXL Spritzen mit dem aufgezogenen roten Epirubicin, das zügig in den Zugang gespritzt werden musste. 5 Minuten später war es mir dann etwas schwindelig und benebelt und was ich nicht wusste.... das wird erst mal so bleiben die nächsten Stunden... Zum Schluss gab es nochmal das Uromitexan zum Schutz für Blase und Nieren und dann durfte ich gehen

27. Dezember 2015 ·

✳ Rückblick 2. Chemo ✳

Die Tage zwischen den Chemos waren immer gleich schlimm... Kreislaufprobleme, Kopfschmerzen, Übelkeit, Schweißausbrüche, Schwindel, Gliederschmerzen, Geschmacksstörungen, Knochenschmerzen, um nur einige Nebenwirkungen zu nennen.

Ins Detail gehen muss ich nicht, aber wer genaueres wissen möchte darf mir gerne schreiben :)

Am 07.07.15 habe ich mir meine Haare von lang auf kurz schneiden lassen, damit ich mich schon mal dran gewöhne wie es ist wenn sie in wenigen Tagen ganz weg sind.

Dieses Bild ist von meiner 2. Chemo am 09.07.15. Es war alles genauso wie beim ersten Mal nur das "Nachher-Foto" war schlimmer

27. Dezember 2015 ·

Den Sonnenuntergang genießen

Es ist wunderschön, einfach nur am Ufer zu stehen, tief ein- und auszuatmen und dabei die Wärme der Sonne am ganzen Körper zu spüren!

So fühlt sich Leben an

28. Dezember 2015 ·

✳ Rückblick Haare fallen aus 10.07.15 ✳

Am 10.07., einen Tag nach der 2. Chemo sind mir die ersten Haarbüschel ausgefallen. Es wurde kurzer Prozess gemacht und mit der Maschine rasiert ;) Meine Tochter hatte ihren Spaß und es war ein einzigartiges Erlebnis für uns :) Mir ging es gut dabei, es war komisch, aber geweint habe ich nicht und als wir fertig waren dachte ich mir: "Naja, so schlimm sieht es ja gar nicht aus"

Ich würde es nicht freiwillig wiederholen, aber es gibt deutlich schlimmeres während dieser Krankheit.

29. Dezember 2015 ·

Morgen ist es eine Woche her, als ich mich entscheiden musste, ob noch mal operiert wird oder nicht.

Ich bin mit meiner Entscheidung immer noch glücklich und denke, dass es die Richtige war ☺

Anfang Januar müsste ich dann Bescheid bekommen wann es mit der Bestrahlung los geht und wie es abläuft.

Meine Narbe ist fast vollständig verheilt und bald brauch ich auch den Kompressions-BH nicht mehr 💪

Irgendwie bin ich ziemlich zufrieden mit allem und das neue Jahr kann beginnen 👍

30. Dezember 2015 ·

Beschreibe dein 2015 in einem Wort

Bei mir ist es: Erlebnisreich

Und bei euch?

30. Dezember 2015 **Circus Krone**

Heute wurden wir zum Zirkus eingeladen ☺ Da leuchten die Kinderaugen ❤ Danke!!

30. Dezember 2015 ·

Gestern habe ich mich noch gefreut und euch gesagt das ich mit meiner Entscheidung glücklich bin.... Tja, da hab ich mich wohl zu früh gefreut

Vorhin im Auto, auf dem Heimweg vom Zirkus, hat mich eine

Ärztin aus der Klinik angerufen. Sie meinte, dass ich den PARP-INHIBITOR (Medikament, dass das Rückfallrisiko verringert) nicht bekomme, weil mein Brustkrebs nicht genetisch ist.

Der Oberarzt legt mir deshalb jetzt ans Herz mich doch noch mal operieren zu lassen. Am Montagnachmittag habe ich einen Termin zur Besprechung und muss mich dann nochmal neu entscheiden...

Januar 2016

1. Januar 2016 ·

Ein neues Jahr beginnt...

Ich wünsche euch ein Jahr voller Hoffnung, Glück, Spaß, Lebenslust, Abenteuer, viele Höhen und wenig Tiefen und vor allem Gesundheit ❤

Lasst die schlechten Erinnerungen im alten Jahr und nehmt nur die schönen mit ins Neue

Ein wunderschönes Jahr 2016 wünscht euch eure Pinke Pusteblume

#Silvester #Neujahr #NewYear #Jahr2016 #Feuerwerk

1. Januar 2016 ·

Ich kann euch gar nicht sagen wie froh ich bin ☺

Die für mich wertvollste Behaarung wächst wieder und ist mittlerweile schon so lang, dass man sie auf einem Foto sehen kann

2. Januar 2016

Müde sein, aber schlaflos im Bett liegen und immer wieder eine Träne spüren.... Auch das gehört wohl dazu Gefällt mir gar nicht!

Es ist ein komischen Gefühl von Hilflosigkeit das in einem sitzt.

Unruhig dreht man sich hin und her.

Der Körper ist müde, man möchte einfach nur schlafen, aber das Innere lässt einen nicht.

Die Tränen laufen immer wieder, man fühlt sich allein, hat Angst vor dem was kommt, vor dem was ist...

Man ist stark und plötzlich ist da ein Loch in das man fällt, das einem alle Kraft nimmt...

Zum Glück ist dieses Loch am nächsten Tag wieder gefüllt mit Zuversicht und Stärke!

Ich hoffe ihr könnt alle schlafen! Ich werde es weiterhin versuchen... Ich finde es wichtig, alle Seiten von Krebs zu zeigen, deshalb lasse ich euch auch an solch einem Moment teilhaben... Bei mir kommt er bisher mit seiner psychischen Seite zum Glück nicht sehr weit und das soll auch so bleiben!

Gute Nacht und schlaft gut

3. Januar 2016

Einen Teil dieser tollen Menschen habe ich als Blogger über Facebook kennengelernt und bin begeistert

Vielleicht wollt ihr es euch ja anschauen?! Ich kann es euch nur raten und es wird sich lohnen!

Ich freu mich schon

Zitat von Kai Pflaume:

Am Dienstag und Mittwoch, jeweils um 21.45 Uhr im Ersten, gibt es eine neue Ausgabe von #ZeigmirDeineWelt, was mir wirklich sehr am Herzen liegt. In den beiden Folgen treffe ich 6 Menschen die unheilbar krank sind, die mir zeigen und erzählen, was sie bewegt, wer ihnen besonders viel bedeutet und was sie noch alles so vorhaben. Schaut unbedingt mal rein! Kai. Alle Lieben Schmidt - Bruno's ALS Challenge, Cancelling Cancer - Kein Weg zu Weit, Nessi und der Krebs: Aufgeben fällt aus wegen is nich.

3. Januar 2016 ·

Mir geht es körperlich immer noch nicht so gut, Füße, Beine, Hüfte, Rücken und Schultern tun immer wieder richtig weh... Trotzdem wollte ich raus und eine große Runde spazieren gehen denn Bewegung hilft!

Deshalb haben wir uns mit Bekannten und ihren Hunden zu einem Spaziergang getroffen :) Erst hat es super geholfen und gut getan, aber irgendwann war es dann zu viel Bewegung und die Schmerzen kamen zurück. Der Spaziergang über 2 Stunden war für meine heutige Verfassung etwas zu lang aber es war wunderschön und hat sich gelohnt!!

Hund, Natur und Sonne sind Balsam für die Seele
Wenn mein Engel glücklich ist, bin ich es auch!

Ich hoffe ihr hattet auch einen tollen Tag!? Was habt ihr gemacht?

Ich wünsche euch noch einen schönen restlichen Sonntag

4. Januar 2016 ·

Durch diesen Bericht wird manchen vielleicht geholfen, die Krankheit bzw. ihre Folgen besser zu verstehen.

Und ich habe eine Idee im Kopf die ich versuchen werde in die Tat umzusetzen

Sobald ich einen ersten kleinen Erfolg habe werde ich es euch natürlich erzählen

5. Januar 2016 ·

Ich hatte ja gestern meinen Termin im Krankenhaus... Da war ich allerdings umsonst, denn es war ein Missverständnis!

Es bleibt beim Alten, dass ich mich nicht mehr operieren lasse. Die Ärzte finden das mit ihrer persönlichen privaten Meinung gut, aber müssen mir aus ärztlicher Sicht natürlich trotzdem zur Leitlinie (OP) raten, die allerdings jetzt schon fast zu spät wäre.

Bevor ich in die Klinik gefahren bin war ich bei Eryka im Geschäft, STYLE AND MORE in Geretsried, und durfte mir dort ganz tolle Schuhe aussuchen ☺ Danke dafür!!

https://m.facebook.com/styleandmore.geretsried/

5. Januar 2016 ·

THEMA SELBSTHILFEGRUPPE

Da ich mir hier in der Gegend oft ziemlich alleine vor komme mit meiner Krebsdiagnose und nicht glaube, dass ich die einzige "junge" Krebspatientin hier bin, habe ich jetzt vor eine SELBSTHILFEGRUPPE FÜR JUNGE KREBSPATIENTEN zu gründen!

Vielleicht kommen dadurch ein paar Betroffene aus ihrem "Versteck" raus, so dass man sich z B. 1-mal pro Monat treffen kann :) Als Altersgruppe habe ich eine Altersspanne von 15 - 45 Jahre im Kopf, männlich und weiblich.

Wer Interesse hat schreibt mir einfach am besten über meinen Blog "Pinke Pusteblume".

Mal sehen ob was zustande kommt ;) Ich würde mich freuen!

6. Januar 2016 ·

* VORSTELLUNG *

Heute habe ich über Facebook eine ganz liebe junge Frau kennengelernt. Sie ist 23 Jahre jung und hat heute die Diagnose Brustkrebs bekommen (die gleiche Art von Brustkrebs die ich auch habe, nur dass meiner nicht genetisch ist). Da eine familiäre Vorbelastung besteht, weiß sie schon seit 4 Jahren, dass sie das BRCA 1 Gen hat und ihr Brustkrebs deshalb genetisch ist. Zeitgleich zur Diagnose hat sie auch einen Blog erstellt :) Den möchte ich euch mal zeigen, vielleicht habt ihr ja Interesse daran ihr zu folgen!

https://m.facebook.com/SeiPippiNichtAnnika/...

7. Januar 2016 ·

Ich bin nicht gemacht zum Video- bzw. Tonaufnahmen machen, aber vielleicht konnte ich es euch so ein bisschen besser erklären mit dem blöden "nicht schlafen können"

8. Januar 2016 ·

Hallo ihr Lieben,

ich habe gerade mit Nicci, die die Seite "Hilfe für Jacky" betreibt, meinen Frühstücksgutschein vom Schmidt Bäck genossen. Dann hat die Klinik angerufen... Am 12.01. hab ich einen Termin bei den Strahlentherapeuten 👍 Bei dem Termin wird dann alles besprochen, wie es abläuft, wann es immer ist, wie lange usw.

Wird Zeit, dass es los geht! Ich will endlich fertig werden!

Ich wünsche euch noch einen schönen Tag und einen guten Start ins Wochenende

❤-liche Grüße eure Pinke Pusteblume

9. Januar 2016 ·

Jippiiiiiiiiiiiii !!!!!!! Juhuuuuuuu !!!!!!!

Ich war vorhin bei der Fahrschule Funke und habe mich, dank 450,-€ Gutschrift für den Führerschein angemeldet ☺ ☺ ☺ Nächste Woche geht's schon los 😉 👍

Ich bin so glücklich, bald unabhängig, flexibel und frei zu sein!

Vielen lieben Dank ❤

https://m.facebook.com/FahrschuleFunke/

10. Januar 2016 ·

Das erste Mal Haare schneiden wäre dann auch erledigt

Ich habe heute mit meiner Schwester Anastasia meine Haare an den Seiten etwas gekürzt, weil sie total abgestanden sind 😁 Das werde ich wohl in nächster Zeit öfter machen müssen.

Kurz zu meinem gesundheitlichen Zustand:

Die Muskel-, Gelenk- und Knochenschmerzen werden schlimmer anstatt besser, wovon ich eigentlich bisher ausgegangen bin. Dadurch wird jede Bewegung noch schwieriger und schmerzhafter, aber es gibt Schlimmeres. Ich hoffe nur, dass es nicht noch schlimmer wird... Die Wasserablagerungen sind in der Früh ziemlich extrem in den Händen und Füßen, aber das legt sich zum Glück nach 1-2 Stunden wieder.

Psychisch geht's mir eigentlich echt gut

Ich hoffe ihr hattet ein schönes Wochenende Genießt den Abend noch.

11. Januar 2016 ·

Toll, dass er so gekämpft hat! Fuck cancer!

Ruhe in Frieden... mein Beileid an die Familie und Freunde!

David Bowie

11. Januar 2016 ·

Passend zum aktuellen Thema

Ist interessant zu lesen und kann ich jedem nur empfehlen, der sich dafür interessiert was bei der Bestrahlung passiert.

Morgen habe ich ja am Nachmittag meinen Besprechungstermin in der Klinik.

12. Januar 2016 ·

Der Tag hat super angefangen

Danke Theresia für den leckeren Cappuccino und das Frühstück! Hat sehr gut getan 👍Und danke auch an dich und deinen Chef für dieses tolle Pflegepaket!! Mit so einem super Start, kann der Tag nur toll werden! Ich bin schon gespannt auf das Gespräch später in der Klinik... Ich wünsch euch einen schönen Tag ❄ Ach ja, hat es bei euch auch so geschneit wie hier bei uns?

12. Januar 2016 ·

Übrigens bin ich heute mal für den (wahrscheinlich) restlichen Tag mit Haaren unterwegs

12. Januar 2016 ·

So jetzt ist der lange Tag vorbei 💪

In der Klinik wurde die Strahlentherapie sehr lange besprochen. Es ist bei mir, von der Fläche die bestrahlt wird, etwas umfangreicher als bei anderen Patientinnen, meinte der Arzt.

Diese Woche wird noch ein CT gemacht und nächste Woche geht es wahrscheinlich mit der Bestrahlung los. 7 Wochen sind geplant, immer von Montag - Freitag. Die Nebenwirkungen halten sich hoffentlich in Grenzen...

Meine erste Theoriestunde in der Fahrschule hatte ich heute auch noch

Ich wünsche euch noch einen schönen Abend und schon mal eine gute Nacht ✨ Und vielen lieben Dank für eure Unterstützung 😘😘👍

13. Januar 2016 ·

Ich habe euch mal die möglichen Nebenwirkungen der Bestrahlung fotografiert, damit ihr euch was darunter vorstellen könnt. Ich persönlich hätte nicht gedacht, dass es so viele sind und ich einige ziemlich sicher bekommen werde, laut Arzt.

Wenn ihr noch etwas dazu wissen möchtet oder zu einem anderen Thema, dann lasst es mich bitte wissen

13. Januar 2016 ·

Gerade habe ich einen Anruf von meinem Strahlentherapeuten bekommen... Der Termin für das CT ist leider erst am 21.01., weil für diese Art von Untersuchung vorher leider kein Termin frei ist :/ Also heißt es wieder warten...

Ich habe ja noch gehofft kurz nach meinem Geburtstag mit der Bestrahlung zu starten , aber jetzt verzögert sich das alles um eine Woche.

Aber so ist es halt Ich wünsche euch noch einen schönen Tag!

13. Januar 2016 ·

Der 2. Zeitungsbericht! Ich bin wirklich jedem einzelnen von ganzem ❤ dankbar!! Ich hätte nie damit gerechnet...

13.01.16 merkur.de

Die an Krebs erkrankte Jacky D. sagt allen Spendern aufrichtig Danke

Eine Welle der Hilfsbereitschaft

Geretsried - Die Anteilnahme unserer Leser am Schicksal der an Brustkrebs erkrankten jungen Mutter Jacky D. ist überwältigend – auch für die Geretsriederin selbst.

„Ich hätte nie gedacht, dass ich mit meiner Krankheit, die ja viele andere Menschen auch durchgemacht haben oder durchmachen, eine solche Welle der Hilfsbereitschaft auslösen würde", sagt die 25-Jährige im Gespräch mit unserer Zeitung. Sie ist zu Tränen gerührt und möchte sich auf diesem Weg bei allen bedanken, die ihr aufmunternde Worte auf Facebook, liebe Briefe und Weihnachtskarten geschrieben haben sowie mit Sachspenden und Gutscheinen spontan geholfen haben.

Auf diesen Konten können Sie für Jacky und andere notleidende Menschen im Landkreis spenden.

Eine Lenggrieser Firma schenkte der Mutter einer siebenjährigen Tochter kurz nach Erscheinen des Artikels im Rahmen unserer Spendenaktion „Leser helfen helfen" einen Wäschetrockner, den sich Jacky D. dringend gewünscht hatte. Die Wolfratshauser Kinobetreiberin sowie einige Geretsrieder Café- und Restaurantbetreiber schickten ihr Gutscheine. „Ich würde einfach gerne mal wieder mit meiner Tochter Leonie ins Kino oder Pizza essen gehen, die Zeit mit ihr unbeschwert genießen", hatten wir die Geretsriederin zitiert.

Die 25-Jährige ist im Juni an einer besonders aggressiven Form von Brustkrebs erkrankt. Zwei Chemotherapien und eine Operation, in der Tumorgewebe entfernt wurde, hat sie mittlerweile gut überstanden. Ein weiterer Eingriff und eine Bestrahlung stehen ihr noch bevor. Jacky ist eine Kämpferin, sie lässt sich nicht unterkriegen. „Die Ärzte sagen, die Bestrahlung könne depressiv machen. Nicht mich!", erklärt die hübsche junge Frau bestimmt. Langsam wachsen die Haare nach der Chemo bei ihr wieder nach, sie kommt körperlich zu Kräften.

Sorgen bereitet der alleinerziehenden Mutter aber ihre finanzielle Situation. Mit Hartz IV und aufgestocktem Krankengeld kommt sie nur schwer über die Runden. Die Zuzahlungen zu Therapien und Medikamenten sind teuer. Jacky dankt allen Lesern von Herzen, die sie mit ihrer Spende in dieser schwierigen Phase ihres Lebens unterstützen.

Tanja Lühr

13. Januar 2016 ·

Stell dir vor..

Du hast bei einem Wettbewerb den folgenden Preis gewonnen:

Jeden Morgen stellt dir die Bank 86.400 Euro auf deinem Bankkonto zur Verfügung. Doch dieses Spiel hat gewisse Regeln.

Die erste Regel lautet: Alles, was du im Laufe des Tages nicht ausgegeben hast, wird dir wieder weggenommen, du kannst das Geld nicht einfach auf ein anderes Konto überweisen, du kannst das Geld nur ausgeben. Aber jeden Morgen, wenn du erwachst, stellt dir die Bank erneut 86.400 Euro für den kommenden Tag auf deinem Konto zur Verfügung.

Die zweite Regel ist: Die Bank kann das Spiel ohne Vorwarnung beenden, zu jeder Zeit kann sie sagen: Es ist vorbei, das Spiel ist aus. Sie kann das Konto schließen, und du bekommst kein neues mehr.

Was würdest du tun? Du würdest dir alles kaufen, was du möchtest? Nicht nur für dich selbst, auch für alle anderen Menschen, die du liebst? In jedem Fall aber würdest du versuchen, jeden Cent so auszugeben, dass du ihn bestmöglich nutzt, oder?

Weißt du, dieses Spiel ist die Realität. Jeder von uns hat so eine Bank. Wir sehen sie nur nicht, denn die Bank ist die Zeit. Jeden Morgen, wenn wir aufwachen, bekommen wir 86.400 Sekunden Leben für den Tag geschenkt, und wenn wir am Abend einschlafen, wird uns die übrige Zeit nicht gut geschrieben. Was wir an diesem Tag nicht gelebt haben, ist verloren. Gestern ist vergangen. Jeden Morgen beginnt sich das Konto neu zu füllen, aber die Bank kann das Konto jederzeit auflösen, ohne Vorwarnung.

Also Lebe dein Leben! Denn du hast nur eins!

15. Januar 2016 ·

Guten Morgen

Ich bin grad schon wieder auf dem Weg in die Klinik, inklusive Schneegestöber 😉 Und eiskalt ist es ❄ Gestern wurde ich angerufen mit der Bitte, dass ich morgen zum technischen CT kommen soll. Das dient nur der Abmessung und Berechnung der zu bestrahlenden Fläche. Sehr spannend 😎 😁

Und was macht ihr?

15. Januar 2016 ·

Das war es schon wieder für heute in der Klinik 👍

Es wurde alles vermessen und ich wurde für die Bestrahlung markiert/eingezeichnet. Jetzt muss ich dafür sorgen, dass die Markierungen immer zu sehen sind und sie bei Bedarf nachzeichnen. Das heißt, kein Baden, Schwimmen, Sauna usw. Später muss ich meiner Tochter erklären warum ich lauter schwarze Edding-Striche am Oberkörper habe 😁 denn man darf sich ja nicht anmalen

16. Januar 2016 ·

Ich hatte heute einen tollen, erlebnisreichen und abwechslungsreichen Tag/Abend mit 2RadTransporte ☺

Danke!!

17. Januar 2016 · **2RadTransporte**

Das war die Band von gestern

17. Januar 2016 ·

Ich hatte heute einen tollen Geburtstag

Erst wurde ich von meinem Engel mit selbstgemalten Bildern, 2

Geburtstagsliedern und vielen Küssen geweckt 😍 ❤ Dann kam ein Teil der Family zum Weißwurst-Frühstück und anschließend bin ich mit meinem Engel zum Kinderfasching

Morgen geht es wieder weiter mit dem Ärzte-Marathon und zur Krankenkasse 😎

Ich hoffe ihr hattet auch ein schönes Wochenende?!

Ich wünsch euch noch einen schönen Abend und schon mal eine gute Nacht ✨

18. Januar 2016 ·

Ist bei euch auch so schönes Wetter? ❄

Ich bin grad auf dem Weg zum Hausarzt, Blut abnehmen für das CT und den Vitamin D Wert.

Fahrtkosten für die Bestrahlung hab ich vorhin durchbekommen bei der Krankenkasse

18. Januar 2016 ·

So jetzt beenden wir den Tag mit der monatlichen Menge an Zoladex und dann geht es endlich nach Hause

Zoladex ist das Medikament, dass ich jeden Monat bekomme um in den künstlichen Wechseljahren zu sein.

Mein größter Wunsch ist irgendwann ein zweites Kind zu bekommen. Das geht natürlich nur mit funktionierenden Eierstöcken. Solange die Eierstöcke arbeiten, werden sie von Chemo usw. angegriffen und evtl. kaputt gemacht. Damit die Eierstöcke nicht so sehr angegriffen werden können während der Behandlung bekomme ich Zoladex gespritzt. Das ist eine dicke Hohlnadel mit einem kleinen Stäbchen, das unter der Haut platziert wird und das tut weh 😖 Was man nicht alles tut um die Chance auf ein Kind etwas zu steigern...

20. Januar 2016 ·

Gestern war Psychologen-Tag 😎

Obwohl es mir ja echt gut geht die meiste Zeit, möchte ich mich einfach absichern und jemanden haben wenn ich Hilfe brauche. Mein Engel hatte gestern auch ihren Kennenlern-Termin mit ihrer Psychologin. Ich möchte das sie vorsorglich begleitet wird :)

Im Anschluss sind wir auf dem Weg zum Bus an einem Geschäft vorbei wo im Schaufenster solche Teelichthalter mit so einem Drehding standen. Zufällig gab es eins mit Pusteblumen 😍 Dann sind wir ganz spontan rein und haben es einfach gekauft ☺

20. Januar 2016 ·

Heute möchte ich euch noch den Blog von Marvin vorstellen

Marvin ist erst 22 Jahre jung, lebt in Kassel und bekam 2010 die Diagnose Gehirntumor Astrozytom WHO Grad 3. 30 Bestrahlungseinheiten und 2 Wachoperationen hat er hinter sich. Momentan wartet er auf seine nächste Kontrolluntersuchung die im Februar ansteht.

Ich kenne ihn leider nicht persönlich, aber ich finde seinen Blog einfach toll! Er ist ein wahnsinnig starker, junger und hübscher Mann, der sich mit aller Kraft durchs Leben kämpft!

Über eure Unterstützung und einen 👍 Like freut er sich sicher sehr

https://m.facebook.com/Fckcancer93/

21. Januar 2016 ·

Guten Morgen ❄ 🌞 😊

Heute um 11:15 Uhr hab ich einen Termin in der Klinik zum CT vom Thorax (Brustkorb). Da wird geschaut ob alles ok ist und die Bestrahlung am Montag losgehen kann.

Bin schon etwas neugierig meine Brust ohne Tumor zu sehen ☺

habe sie ja in den letzten 6 Monaten nur mit Tumor gesehen... und jetzt wieder ganz normal hihi endlich ☺ 👍

Körperlich bin ich nicht ganz so fit... Der Hals kratzt und fühlt sich rau und staubig an, die Beine tun weh und die Hüfte. Aber das wird hoffentlich im Laufe des Tages besser werden ;)

Ich wünsch euch einen schönen Tag! Lasst euch nicht stressen und passt auf euch auf :) Bis später

Das Foto ist übrigens von Montag. Ich finde es so schön, deshalb wollte ich es euch zeigen! Ich finde es beruhigt und macht glücklich.

21. Januar 2016 ·

Also in der Klinik bin ich jetzt fertig... Sie haben keine Vene gefunden/getroffen und mussten deshalb den Port anstechen

Gerade auf dem Heimweg kam ein Anruf, dass bei dem CT ein Lymphknoten in der rechten Achsel, wo ich operiert wurde, auffällig ist... Morgen wieder hin und Ultraschall

21. Januar 2016 ·

Ich muss morgen doch nicht zum Ultraschall, das CT war deutlich genug. Morgen wird es am Vormittag bei der Tumorkonferenz besprochen. Dann werde ich angerufen und mir wird gesagt wie es weiter geht... Entweder OP, Biopsie oder nur Bestrahlung. So ganz wollte er mir nicht sagen ob der Lymphknoten bösartig aussieht, aber es hat sich so angehört.

Jetzt noch eine kurze Auszeit mit meinem Engel 👼 und gleich geht's los zu meiner tollen Gynäkologin 👍Sie macht spontan mir zuliebe einen Ultraschall und ich hoffe, dass sie mir dann sagen kann ob der Lymphknoten eher zu gut oder böse tendiert....

22. Januar 2016 ·

Das ist er, der auffällige Lymphknoten!

Leider konnte meine Gynäkologin nicht sagen ob er gut oder böse ist. Aber sie konnte mir sagen, dass er 2,5 - 2,8 cm groß ist.

Am Montag bekomme ich von der Klinik einen Termin für das PET-CT. Dabei bekommt man ein spezielles Kontrastmittel gespritzt (also wieder Zugang legen :/). Das Kontrastmittel verteilt sich dann unter anderem in den Lymphknoten im ganzen Körper. Die bösartigen Lymphknoten nehmen die Flüssigkeit auf und werden dadurch dunkel. Umso dunkler, umso gefährlicher... Ich hoffe, dass ich das so richtig verstanden und erklärt habe!

Die Bestrahlung wurde deshalb erst mal abgesagt.

Ich wünsche euch ein wunderschönes Wochenende ❄ 🌞 😊 Lasst es euch gut gehen!

22. Januar 2016

Und schon wieder gibt es was Neues 😎

Am Montag bin ich um 14:30 für gute 3 Stunden in der Nuklearmedizin für das PET-CT. Da stellt sich dann hoffentlich raus ob es nur der eine Lymphknoten ist oder mehrere und ob es was Bösartiges ist. Danach bin ich radioaktiv geladen und muss Abstand von meiner Tochter halten. Zum Glück ist der Termin gleich am Montag 👍

Jetzt kann das Wochenende kommen

23. Januar 2016

Heute möchte ich euch noch Jessis Blog vorstellen. Sie hat Schilddrüsenkrebs mit Metastasen in den Lymphknoten links und hinter dem Ohr. Die sind mittlerweile schon entfernt worden. Eine Radio-Jod Therapie soll den Krebs besiegen! Im April geht es mit ihrer Behandlung weiter. Ich folge ihrem Blog schon länger und vielleicht möchtet ihr das ja auch Sie würde sich sicher freuen!

https://m.facebook.com/Radioaktivgirl/

23. Januar 2016 ·

Schokofondue und DSDS mit meinem Engel 👼 ❤ mehr brauch ich gerade nicht

Wir wünschen euch einen schönen Abend!

24. Januar 2016 · **Bibi & Tina**

Jetzt werden die ersten Kinogutscheine eingelöst

24. Januar 2016 ·

Diese wunderschöne Karte hatte ich von einer damaligen Schulfreundin im Briefkasten 😍 Pusteblume ❤

Danke Kathrin, ich hab mich riesig gefreut!!

25. Januar 2016 ·

Zeit vertreiben bis wir uns später auf den Weg in die Klinik machen 😜 Seit 8:30 gibt's nur Wasser bis heute Abend

25. Januar 2016 ·

Gerade dabei die Wartezeit zu vertreiben und dann sieht man sowas.... Ich selbst darf leider nicht mehr

Aber vielleicht ihr? Genau DU?

25. Januar 2016 ·

Jetzt geht's los

Leider bekomme ich heute noch keinen Befund... das muss mit verschiedenen Ärzten angeschaut werden

Ich bin jetzt dann gleich radioaktiv geladen und darf 1 Stunde nichts tun außer atmen, sitzen und schauen 😨 Das wird schwer 🙈 nicht mal lesen darf ich. Gerade trinke ich das Kontrastmittel.

Das war mal so der erste Stand

25. Januar 2016 ·

So ihr Lieben, ich bin kaputt... Der Tag war lang und anstrengend. Dieses Radioaktivsein steigt mir ziemlich zu Kopf Ich bin froh wenn ich morgen ausgestrahlt bin oder wie auch immer man es nennen möchte

Immerhin konnte man heute alles über die Vene spritzen und musste nicht den Port anstechen 👍 Morgen erfahre ich wahrscheinlich die (positiven!) Ergebnisse :) Wird schon alles gut sein! Danke für eure Unterstützung die ganze Zeit ❤ 💪 👍

Gute Nacht zusammen, schlaft gut

26. Januar 2016 ·

"Guten Morgen" :)

Ich bin mal wieder auf dem Weg zum Arzt... Aber diesmal zu meiner Hausärztin Und sichtlich mit Augenringen 😂

Ich habe seit ein paar Tagen Husten. Seit gestern ist er etwas schlimmer und seit gestern Abend hab ich totale Schmerzen in der Lunge, nicht nur beim Husten, und bekomm etwas schwerer Luft Ich denke, dass es eine Bronchitis ist... Mal abwarten was die Ärztin sagt.

Euch wünsche ich einen schönen Tag 🌞

26. Januar 2016 ·

So und weiter geht´s...

Beim Hausarzt habe ich ein paar Rezepte bekommen mit Medikamenten gegen den Husten und mein Asthmaspray. Das Spray habe ich seit der Chemo nicht mehr gebraucht und jetzt werde ich es wohl hin und wieder brauchen... Außerdem habe ich Vitamin D (Dekristol) verschrieben bekommen, weil mein Wert mehr als nur im Keller war.

Meine Lungenfunktion war nicht so gut und deshalb habe ich eine Überweisung zum Lungenfacharzt bekommen. Bei dem bin ich jetzt 😎 vielleicht kann mir ja hier gesagt werden wo die Schmerzen herkommen.

27. Januar 2016 ·

Hallo ihr Lieben :)

Heute lass ich den Bus ohne mich fahren, denn ich gehe zu Fuß 👍 Das sollte ich viel öfter machen, wenn es Zeit und Körper zulassen! Mir geht es zum Glück schon viel besser als gestern! Heute Vormittag war ich bei der Physiotherapie und habe festgestellt, dass ich definitiv noch lernen muss mich zu entspannen. Fällt mir ziemlich schwer :/ Mein Befund ist schon da und die Ärztin wird mich noch anrufen, ich hoffe ganz schnell...

Und schaut mal was mir gerade vor die Füße gelaufen ist

Ich hoffe ihr habt einen schönen Tag!

28. Januar 2016 ·

Jetzt gibt es mal ein Update

Heute habe ich in der Strahlentherapie angerufen um endlich Auskunft über meinen Befund zu bekommen. Es hat zwar etwas gedauert, aber es wurde mir gesagt

Der Lymphknoten, der auffällig war, ist befallen und somit bösartig... Scheiß Ding! Seitdem mir gesagt wurde, dass er im CT auffällig war, hatte ich es im Gefühl. Aber man sieht es ja positiv, zum Glück ist es nur der eine Lymphknoten und nicht mehrere Das konnten sie ausschließen, wenn ich es richtig verstanden habe. Ich hab euch mal ein Bild gemacht und hoffe ihr könnt es erkennen. Ich bin keine Ärztin und weiß deshalb nicht ob es stimmt, aber ich denke das es das Schwarze unter Achsel sein wird.

Meine OP ist am Donnerstag, den 04.02. und die OP-Vorbereitung ist am 03.02. Morgen hätte ich eigentlich einen Termin zur Besprechung, aber da mein Engel krank ist besprechen wir das am Telefon. Das finde ich ganz gut, denn dann sparen wir uns den Weg nach München. Morgen lasse ich mir dann alles nochmal in Ruhe erklären, erfahre dann auch wie es gemacht wird und wie lange ich drin bleiben muss (ich denke 2 Nächte).

Jetzt bin ich einfach erleichtert, weil ich es weiß!

29. Januar 2016 ·

Diese tollen Bilder muss ich euch einfach zeigen ich bin hin und weg! Die hat mein Papa auf dem Heimweg gemacht als er durch Österreich gefahren ist. Er würde sich auch riesig über einen 👍 Like auf seiner Seite freuen! Die Seite stell ich euch gleich noch kurz vor

29. Januar 2016 ·

Das hier ist die Seite von meinem Papa Er transportiert alle Zweiräder hauptsächlich in Deutschland und Österreich von A nach B, immer öfter aber auch durch ganz Europa. Die Highlights und aktuelle Aktionen usw. sind immer auf der Facebook-Seite zu sehen. Es muss also kein Interesse an einem Transport sein, das alleinige Interesse für Motorräder u. ä. reicht um einen Like dazulassen

Sobald es mir gesundheitlich wieder deutlich besser geht und meine Behandlung abgeschlossen ist, werde ich ihn mal begleiten https://www.facebook.com/2radtransporte/?fref=ts

29. Januar 2016 ·

Ich finde es wirklich traurig, dass einem gesagt wird, "Die Frau Dr. XY ruft sie dann morgen um 10 Uhr an" und man da sitzt und wartet und niemand ruft an... Ich hätte um 10 Uhr einen Termin bei ihr gehabt zur Besprechung der Ergebnisse und weiterer Vorgehensweise! Da meine Tochter aber krank ist, haben wir das auf ein Telefonat geändert. st das in allen Kliniken so oder hab nur ich das Pech? Was habt ihr für Erfahrungen gemacht?

29. Januar 2016 ·

Kaum beschwert man sich, erreicht man jemanden :D

Also jetzt bin ich schon etwas schlauer, es sind mehrere Lymphknoten unter der rechten Achsel mit Metastasen befallen, nicht nur der eine. Aber die anderen sind nicht so extrem vergrößert sondern nur mittelmäßig oder gar nicht. Ob es Lymphknotenkrebs ist, stellt sich nach der OP raus, wenn die Pathologen meine Lymphknoten untersucht haben. Meine Ärztin geht aber davon aus, dass es immer noch vom Brustkrebs ist, also da dazu gehört. Und sie hat mir versichert, dass es nichts damit zu tun hat, dass ich in der Brust nicht nachschneiden habe lassen !! Ihre Worte... "Das sind neue Metastasen, keine alten".

An meinen Schultern vorne, ist anscheinend auch etwas auffällig, da sieht es aus als wäre die Haut etwas dicker meinte sie. Was es sein könnte weiß sie aber nicht, das wird am Mittwoch von ihren Kollegen angeschaut.

Bei der letzten OP wurden mir ja unter der Achsel Lymphknoten entnommen, da hab ich jetzt auch endlich erfahren wie viele. Insgesamt 10, davon war 1 ganz klar mit einer Metastase, bei 1 weiteren sah es danach auch aber sie wissen es nicht ganz genau ob es eine Metastase oder "nur" Tumorzellen waren und die restlichen 8 waren frei

Bei der OP am Donnerstag werden sie voraussichtlich unter der Achsel aufschneiden. Genau entscheidet sich das aber erst am Mittwoch, wenn sie es sich angeschaut haben. Falls sie doch an der Brust schneiden, dann würde man auch gleich schauen ob man in der Brust nochmal nachschneiden kann. Die Wahrscheinlichkeit, dass man die Wundhöhle nochmal findet ist allerdings nach mittlerweile 9 Wochen ziemlich gering. Und dazu sagte sie "Ihre Brust ist jetzt erst recht ihr allerkleinstes Problem..." Also warte ich jetzt einfach mal ab was ihre Kollegen am Mittwoch so alles sagen

So einen langen Text wollte ich eigentlich gar nicht... Aber jetzt seid ihr wieder auf dem aktuellen Stand.

Ich wünsche euch einen schönen Tag, genießt die Sonne falls sie bei euch auch scheint und lasst es euch gut gehen

29. Januar 2016 · Das Schicksal ist ein mieser Verräter.

Mal sehen, ob der Film wirklich so gut ist

30. Januar 2016 ·

Hallo ihr Lieben,

ich möchte euch die tolle Seite von Mandy nicht vorenthalten. Mandy hat einen Herzschrittmacher da ihr eigener Puls nur noch bei um die 30 ist. Ausgelöst wurde das durch mehrere Eingriffe am Herzen. Ihre Herzklappen weisen eine Klappenschwäche auf.

Vielleicht wollt ihr Mandy ja folgen, sie würde sich sicher über ein paar neue Leser freuen

https://m.facebook.com/Mandys-Herzensangelegenheit-1585314.../

30. Januar 2016 ·

Wir hatten heute einen wunderschönen, aber auch sehr anstrengenden Tag im Tierpark mit meiner Schwester Anastasia

Der Körper hat einfach nicht die Kraft, die ich möchte... nach kurzer Zeit tun mir die Fußsohlen ganz extrem weh, die Beine und die Hüfte auch ziemlich... Das normale Laufen ist dann bei jedem Schritt schmerzhaft und anstrengend! Aber es lohnt sich !!! 💪👍❤

Ich denke man gewöhnt sich dran und überläuft den Schmerz einfach ;) Das sind solche Momente wo ich merke, dass ich an meine Grenzen komme... mir wird bewusst, dass ich krank bin und vieles nicht mehr so geht wie ich möchte :(Aber ich hoffe, dass sich das alles wieder normalisiert dieses Jahr!

Ich hoffe ihr hattet auch einen schönen Tag

31. Januar 2016 ·

SONNTAG 👍😉😎

☑ Couch
☑ Decke
☑ Buch
☑ Apfel
☑ Tee

Der perfekte Sonntag bei Schneeregenmatschwetter ☺ Lesen tu ich ja wirklich sehr selten, aber wenn der Körper noch ziemlich kaputt ist vom gestrigen Tag, bietet es sich mal an

Ich wünsche euch einen schönen Sonntag!! Was habt ihr noch schönes vor?

Februar 2016

1. FEBRUAR 2016 ·

Am 4. Februar ist Weltkrebstag! Der 1. Weltkrebstag den ich bewusst wahrnehme... Geht bitte zur Vorsorge!!!

Umso früher man etwas entdeckt, umso besser und "einfacher" kann man es meist behandeln! Zögert nicht zum Arzt zu gehen, wenn euch etwas auffällig/anders vorkommt!

Diese Botschaft soll die ganze Welt erreichen! Teilen ist ausdrücklich erwünscht!! Danke

#fuckcancer #wirkönnenheldensein #heroes #weltkrebstag #gibkrebskeinechance

Idee von #Radioaktivgirl

3. FEBRUAR 2016 · **Klinikum rechts der Isar**.

ICH DANKE ALLEN, die den Beitrag im Stil von "Das ist Horst" geteilt haben!!! Das ist der Wahnsinn, mit so vielen hätte ich nicht gerechnet ☺ Natürlich bitte auch in den nächsten Tagen weiter teilen !

Ich trink jetzt noch kurz einen Kaffee und dann geht's mit der OP-Vorbereitung los. Morgen Vormittag, spätestens Mittag ist dann die OP.

Ich wünsch euch einen schönen Tag, bis später

3. Februar 2016 ·

Treffpunkt für 09:45 am Haupteingang. Ich würde mich freuen, wenn jemand Interesse hat und mich begleitet

3. Februar 2016 ·

In der Klinik war ich 80% der Zeit nur zum Warten Aber jetzt weiß ich alles was ich wissen muss

Meine Blutwerte sind in Ordnung. Sie schneiden an derselben Stelle wie letztes Mal und werden das Meiste aus der Achsel ausräumen. Außerdem versuchen sie die Wundhöhle in der Brust nochmal zu finden (was schwer wird) um nochmal nachzuschneiden. Vielleicht klappt es ja, wenn nicht ist es auch ok. Mit meinen Schultern ist alles in Ordnung, da war wohl falscher Alarm zum Glück Ich muss 2-3 Nächte drin bleiben wenn alles normal verläuft.

Ich bin froh, dass ihr alle an mich denkt!!! Danke, ihr seid toll

4. Februar 2016 · **Klinikum rechts der Isar**.

Guten Morgen live aus dem Klinikum rechts der Isar in München

Ich bin ca. um 11 Uhr dran Mir geht's gut. Das Warten macht mich nur total nervös... Der Hunger kommt leider auch langsam.

Meine Wimpern sind mittlerweile so lang, dass ich heute das

erste Mal Wimperntusche benutzt habe ☺ auch wenn sie nur kurz drauf war Ich hoffe sie wachsen noch etwas!

So jetzt verabschiede ich mich schon mal für die nächsten Stunden, denn heute ist Weltkrebstag und ich werde krebsfrei 💪

Einen schönen Tag euch allen 🌞 Bis später!

4. Februar 2016 ·

So meine Lieben, ich bin wieder wach seit 13 Uhr und seit 14 Uhr aufm Zimmer Die Schmerzen sind auszuhalten. Gelaufen bin ich auch schon ganz kurz Danke euch allen!! 💖 Ich bin froh, dass ihr mir so einen Rückhalt gebt! Und vor allem ein riesen Danke an alle die mich in der Realität unterstützen 💖 👼 Ihr seid alle super! Ausführlicher Bericht folgt später

4. Februar 2016 ·

Die ungeschminkte Wahrheit 👍

Wen es interessiert, hier der Bericht zur OP:

Im OP Saal wurde erst mal darum gekämpft eine Vene zu finden... 2-mal an der Hand gestochen, 1-mal am Fuß (empfehle ich keinem, wahnsinnig schmerzhaft!) und dann an der Armbeuge neben dem Port. Dort haben Sie dann auch was erwischt und es ging los mit der Gabe von Propofol (Narkosemittel). Nach kurzer Zeit wundern sich alle warum ich noch so fit bin, denn eigentlich sollte ich schon schlafen 😂 Naja, die Nadel war wohl doch nicht in der Vene 🙈 es ist alles in den Arm gelaufen, zum Glück war es nicht sooo viel. Dann haben sie endlich den Port angestochen 💪 Nach kurzer Zeit wurde es mir schwindelig vom Propofol und ich bin ganz langsam eingeschlafen. Die Narkosen hier sind wirklich ein Traum! Und das sag ich obwohl ich richtig Angst vor Narkosen habe, aber hier verlier ich die Angst langsam.

Es wurde die Narbe an der Brust ausgeschnitten, dann haben sie geschaut ob sie die Wundhöhle in der Brust von der letzten OP nochmal finden zum Nachschneiden, aber das war alles schon zu sehr verheilt und dadurch vernarbt. Also sind sie über die Brust hoch zur Achsel und haben dort, alles was sie sehen und ertasten konnten, rausgeholt 👍💪

Als sie mich aus der Narkose geholt haben, hab ich alles mitbekommen. Der Verband wurde rumgewickelt und ich sollte sagen ob er fester oder lockerer sein soll usw.

Ich war dann bis vor 2 Stunden ziemlich kaputt und müde, ganz anders als beim letzten Mal, denn da war ich topfit! Schmerzen sind auch deutlich mehr gewesen, aber mittlerweile geht's. Schmerzmittel hab ich im OP noch ordentlich viel bekommen und das hat gereicht bisher. Am meisten tut mir die Drainage weh... Aber was sein muss, muss sein

Jetzt wünsche ich euch eine gute Nacht ✨ Schlaft gut 🌛 oder viel Spaß in der Arbeit an die die arbeiten müssen.

5. Februar 2016 ·

Kurzes Update

Die Nacht war halbwegs ok. Mir geht es deutlich besser als gestern 👍💪 Schmerzmittel hab ich keine mehr genommen. Heute Vormittag bei der Visite wurde mir gesagt, dass ich mit ziemlicher Sicherheit noch bis Sonntag bleiben muss Also doch keine Entlassung morgen... Gefällt mir gar nicht so, aber ist wohl besser. Ich hab zum Glück eine ganz ganz liebe Bettnachbarin mit der ich mich super verstehe ☺

Jetzt kommt dann bald das Mittagessen. Heute gibt es eine Dinkelpfanne mit Gemüse und Reis 👍 Das Essen ist hier echt super dafür, dass es ein Krankenhaus ist! Danach kommt mich mein Engel mit Uschi (Frau von meinem Papa) besuchen 😍 darauf freu ich mich schon riesig! Endlich wieder mein Kind im Arm halten ☺ 3 Tage können ganz schön lang sein 😅

Ich wünsch euch einen schönen Tag, genießt ihn und versucht euch nicht stressen zu lassen

6. Februar 2016 · **Klinikum rechts der Isar**

Guten Morgen

Die Nacht war total doof, aber mir geht es gut 👍 Nur die Drainage tut weh und in der Achsel... Aber das war ja zu erwarten. Wenn bei der Drainage bis morgen Vormittag nichts mehr läuft, darf ich morgen Mittag heim ☺

Hier noch zwei Bilder aus dem Krankenhaus 😂

Ich finde die Kombination von CA (Abkürzung für Karzinom=Krebs) und dem Mülleimer einfach wahnsinnig spitze 😁 👍 war auf einem kleinen Tetrapack drauf. Und sogar magnetisches Besteck gibt es 😁 man muss sich ja irgendwie beschäftigen.

Ich hoffe ihr genießt das Wetter und macht was tolles

6. Februar 2016 · verrückt hier: **Klinikum rechts der Isar**.

Der ganz "normale" Krankenhauswahnsinn 💉 💊 🏥 Wird Zeit, dass ich hier raus komm

7. Februar 2016 ·

Guten Morgen 🌞 Ich darf heute Mittag nach Hause 💪 💪 👍 👍

Gleich wird die Drainage gezogen, dann pack ich alles ein und warte auf den Arztbrief.

Ich wünsche euch noch einen wunderschönen Sonntag

8. Februar 2016 ·

Hier nochmal der Aufdruck eines Tetrapacks, der mir in dieser Kombination super gefallen hat

(Weil es manche nicht verstanden haben, was auch verständlich ist für Nicht-Krebsis. Ich hätte es vielleicht besser erklären sollen.)

#fuckcancer #tetrapack #CA #Krebs #Müll

9. FEBRUAR 2016 ·

Aus gegebenen Anlass... Da ich selbst nicht helfen kann, möchte ich wenigstens andere darum bitten!

An alle aus der Nähe, geht bitte Blutspenden, z. B. in München, Dachauerstr. 90 !

https://www.tagesschau.de/zugunglueck-badaibling-101.html

10. Februar 2016 ·

Manchmal ist man stark, weil Starksein die einzige Möglichkeit ist die man hat...

Doch selbst der stärkste Mensch kommt irgendwann an einen Punkt, wo er das Gefühl hat er schafft es nicht mehr. Ihm geht die Kraft aus, er fühlt sich klein, hilflos und hat Angst! Dieses Gefühl vergeht wieder und die Kraft kommt natürlich zurück, aber in diesem Moment braucht man jemanden der nicht wie immer sagt "Das schaffst du schon! Du bist so toll! Kopf hoch! Das wird schon! (usw.)". Nein, man braucht jemanden der einen in den Arm nimmt, der mit einem weint, der einen nicht versucht aufzubauen, sondern einfach nur auf irgendeine Art und Weise da ist!

Denn die Angst und Traurigkeit gehört dazu, man muss sie zulassen! Man muss nicht immer alles positiv sehen, denn das ist es nicht! Man muss diese Schwäche zulassen, sie ernst nehmen und nicht verdrängen! Denn starken Menschen wird oft nicht ganz geglaubt, wenn sie schwach sind. Oder man möchte es einfach nicht glauben... Die Leute drum herum wollen es nicht wahr haben, dass dieser Mensch den sie nur so stark kennen, plötzlich schwach ist.

Zum Glück dauert es bei starken, positiv eingestellten Menschen nie lange bis die Sonne wieder scheint

Ich finde das sollte einfach mal gesagt werden... Damit spreche ich nicht nur für mich, sondern bestimmt auch für viele andere Menschen ganz egal in welchen schwierigen Lebenslagen.

10. Februar 2016 ·

Heute verbringe Ich einen tollen Abend mit meiner Schwester im Kino Es sind die kleinen Dinge, die uns glücklich machen

12. Februar 2016 ·

Da ich mal wieder nicht schlafen kann, schreib ich euch mal ein paar Zeilen über meine OP-Heilung

Die OP war gestern (Donnerstag) genau eine Woche her. Mir geht es eigentlich gut finde ich, oder auch nicht ?! Ich kenn mich gerade selbst nicht aus.

Aber jetzt erst mal zur OP-Heilung:

Nach der letzten OP war es ein ganz anderer Schmerz, ein "normaler" Schmerz (pochend, drückend, ziehend, stechend). Er war hauptsächlich an und in der Brust, in der Achsel nur leicht.

Diesmal ist es eher umgekehrt, der Schmerz ist hauptsächlich in der Achsel und um die Achsel vorne rum bis hoch zum Schlüsselbein. Er fühlt sich anders an, es ist ein starkes Brennen, als wenn man sich die Haut wund gerieben hätte und an der Stelle immer wieder Reibung entsteht. Es wäre auch vergleichbar mit einem Sonnenbrand nach dem Duschen, an dem man reibt 😖 Der Schmerz bzw. das Brennen kommt und geht wie es möchte. Schmerzmittel nehme ich seit der OP keine, das geht so.

Die Brust sticht nur immer wieder etwas, aber das ist nicht schlimm. Vielleicht kennen ja manche Betroffene diesen Schmerz?! Ich bin auf jeden Fall sehr zuversichtlich das er bald nachlässt 💪

Abgesehen von der Wundheilung bin ich ziemlich müde, antriebslos und vor allem kraftlos im Alltag... Ich hoffe das ändert sich bald wieder, denn das alles drückt grad gaaaanz leicht meine positive Stimmung. Also weg damit und Kraft wieder her bitte

Ich wünsch euch eine gute Nacht ✨ Schlaft gut 🌛 Gleichzeitig einen guten Morgen und einen schönen Freitag 🎉 WOCHENENDE

12. Februar 2016 ·

Also heute ist echt nicht mein Tag 👎

Erst hau ich mir meinen kleinen Zeh mit viel Schwung am Trampolin an, dass es sogar geknackst hat. Er ist seitdem blauschwarz und tut höllisch weh Diagnose: Kapselriss und wahrscheinlich angebrochen.

Dann bekam ich heute den Anruf von der Klinik. Das Ergebnis der Pathologie ist da. Die Metastasen waren anscheinend sehr groß und es waren viele Lymphknoten befallen... Das Problem ist, dass das in so kurzer Zeit (8 Wochen) passiert ist. Dadurch wird die Lage jetzt etwas kritischer :(Das heißt, Behandlungsplanänderung... Geplant war: 6 Wochen ca. verheilen lassen, dann 7 Wochen Bestrahlung, fertig. Jetzt bekomm ich zeitgleich zu der Bestrahlung Chemotherapie, die dann auch noch 4-mal alle 3 Wochen nach der Bestrahlung fortgesetzt wird. Die Metastasen sind aber zum Glück noch vom Brustkrebs!

Ich weiß grad nicht was ich sonst noch dazu sagen soll... Am Dienstagvormittag hab ich einen Termin zur Besprechung, da erfahre ich dann alles genauer.

13. Februar 2016 ·

What doesn't kill you, makes you stronger 💪

Ich muss es mir seit meiner Diagnose alle paar Wochen wieder anschauen ☺ Tolle Frau!!

#fuckcancer #stronger #kellyclarkson #megankowalewski

16. Februar 2016 ·

Gespräch in der Klinik:

In drei Lymphknoten waren Metastasen. Es wird als Rezidiv bezeichnet. Ich bekomme als Chemo zur Bestrahlung "Cisplatin" und anschließend noch 4 Blöcke (alle 3 Wochen) "Carboplatin". Meine Haare werde ich wahrscheinlich nicht wieder verlieren, wobei mir das fast egal wäre.

Wenn ich möchte kann ich an der REASSURE-STUDIE teilnehmen, die bieten z. B. Reiki und Sporttherapie an. Man wird dann durch ein Zufallsprinzip ausgewählt. Wahrscheinlich fange ich auch an EQUINOVO zu nehmen, dass soll gegen Gelenkschmerzen helfen und die Begleiterscheinungen/Nebenwirkungen von Chemo und Bestrahlung verringern. Mal sehen ob mir das hilft

Meine Stimmung ist zur Zeit irgendwie nicht so gut... Ich bin ziemlich kraftlos und vor allem immer müde da ist der Alltag echt anstrengend. Abends kann ich aber dann nicht einschlafen.

Das war erst mal so das Wichtigste auf einen Blick

Ich wünsch euch noch einen schönen Tag!

17. Februar 2016 · München, Bayern ·

Nana - Recover your smile ❤

Ein Verein der es Krebskranken möglich macht sich wunderschön zu fühlen trotz Krankheit! Schminktipps mit anschließendem Fotoshooting. Eine wundervolle Erfahrung die ich "dank meiner Krankheit" machen durfte! Der Verein lebt von Spenden und freut sich über jede Unterstützung

17. Februar 2016 ·

Ich habe eine wunderschöne Postkarte von Nicole bekommen ❤ das Problem ist nur, ich "kenne" mittlerweile einige Nicoles 🙈 Ich würde mich gerne bei der richtigen bedanken ☺ War es eine von euch??

17. Februar 2016. Nicole Staudingers

Eine beeindruckende Frau! Ich bin dort 👍 Kommt noch jemand von euch? Das solltet ihr nicht verpassen! Ich freue mich schon ☺ Auch auf eine persönliche Premiere an diesem Abend

18. Februar 2016 ·

APP --> DER ZAUBERBAUM

Sehr toll für alle Kinder von krebskranken Eltern 👍 Ich habe es gerade runter geladen

19. Februar 2016 · Klinikum rechts der Isar.

Guten Morgen

Ich habe ganz vergessen zu erzählen, dass ich heute bzw. jetzt einen Termin in der Strahlentherapie habe. Es wird besprochen wie die Radiochemotherapie (Bestrahlung + Chemo gleichzeitig) ablaufen soll und ich hoffe mir wird auch gesagt ab wann es los geht. Echt beunruhigend was da so alles drin steht...

19. Februar 2016 ·

Ich bin froh, dass ich dieses Gespräch heute hatte, jetzt weiß ich was auf mich zukommt.

Es ist eine außergewöhnliche Form der Therapie die ich da bekomme. Es ist eine hochaggressive Kombi. Bei HNO-Erkrankungen wird diese Art von Behandlung häufiger angewendet, bei Brustkrebs dagegen eigentlich nie.

Anfang März ist das Planungs-CT (Markierung für die Bestrahlung), wahrscheinlich mit Kontrastmittel, um sicher zu gehen das wirklich nichts mehr Bösartiges vorhanden ist. Ein paar Tage danach, spätestens Mitte März, geht dann die Bestrahlung und Chemo los.

Chemo bekomme ich 1-mal pro Woche vor der Bestrahlung. An diesem Tag bin ich teilstationär 8 Stunden in der Klinik. Erst wird Blut abgenommen und ich bekomme 2 Liter Flüssigkeit über den Port, dann die Chemo, dann wieder Flüssigkeit und im Anschluss Bestrahlung. Falls mich mal jemand begleiten möchte, darf er/sie das gerne tun

Geplant sind 7 Wochen, genau erfahre ich es erst wenn ich die Termine per Post bekomme. Danach geht die Chemo dann noch 3 Monate weiter.

Die Nebenwirkungen zähle ich jetzt erst mal nicht auf 🙈 Die erzähle ich euch dann, wenn ich sie habe. Leicht wird das nicht... Aber es lohnt sich!

Jetzt bin ich auf dem Heimweg, hol meinen Engel ab und freue mich auf ein wunderschönes Wochenende :)

Das wünsche ich euch übrigens auch

19. Februar 2016 · Geretsried, Bayern ·

Meinem Engel wurde gestern ein Haarschnitt + farbige Strähne geschenkt, ❤-lichen Dank nochmal dafür an SIEGERT'S HAIRSTYLE! Als super Highlight wurden mir dann auch noch die Haare geschnitten, naja zumindest die Seiten etwas gekürzt ☺ Zum allerersten Mal 😍 Foto habe ich als Kommentar hinzugefügt.

Super schöner Laden, tolle Menschen, jederzeit wieder! Danke :)

22. Februar 2016 · optimistisch hier: **Klinikum rechts der Isar**.

Mal wieder hier... Diesmal mal wieder mit meiner Bonusmama ❤

Heute bin ich in der Kardiologischen Ambulanz um zu schauen ob mir dem Herz alles ok ist und dann in der HNO Ambulanz um einen Hörtest zu machen. Die Chemo greift unter anderem das Gehör und das Herz an. Durch die Untersuchungen hat man einen vorher/nachher Vergleich :/

Wird bestimmt alles ok sein

22. Februar 2016 ·

6 Stunden in der Klinik... Bald kann ich sie als meinen Zweitwohnsitz angeben 🙈

Ergebnis ist: Meine Ohren sind gesund und funktionieren wie sie sollen 👍 Mein Herz ist auch gesund, bis auf eine leicht undichte Herzklappe. Die ist aber auf mein Asthma zurückzuführen.

Lungenfunktion und Röntgenbilder der Lunge waren auch ok und konnten meine Kurzatmigkeit und Atemnot nicht erklären. Deshalb muss ich diese Woche nochmal zum CT, um auszuschließen, dass es eine Lungenembolie ist

So ein Tag in der Klinik bringt mich echt an meine Grenzen Ich bin einfach nicht belastbar...

Jetzt gibt es nur noch Couch, TV und einen leckeren Tee ✌ 👍 Morgen geht es dann mit hoffentlich viel Kraft wieder weiter 💪

Hoffe euch geht es allen gut und ich wünsche euch einen schönen Abend

23. Februar 2016 · war auf der Suche nach Sonnenschein.

Der Moment, wenn du merkst, dass du viel zu leicht angezogen bist, weil es draußen kälter ist als es aussieht. Noch dazu geht so ein kalter Wind 😱 Da muss ich jetzt wohl durch, mit der Hoffnung nicht krank zu werden!

<u>23. Februar 2016</u> ·

Warten ist und bleibt einfach doof...

Ich sitze grad im Wartezimmer bei einer Onkologin, da ich ja grad keine/keinen habe und einen brauche der/die mich betreut. Einige Fragen habe ich im Kopf auf die mir niemand eine 100%-ige Antwort geben kann, außer ein Onkologe.

Zuvor war ich im Klinikum bei der Psychoonkologin. War schön zu hören, dass sie beeindruckt ist von mir Ich werde aber noch während der Krankheit so einige Dinge aus der Vergangenheit und Gegenwart mit einer niedergelassenen Psychoonkologin "bearbeiten". Wenn nicht jetzt, wann dann?

<u>24. Februar 2016</u> ·

Gerade war ich bei der Lymphdrainage. Dort wurde mir gesagt, dass ein Lymphknoten in der linken Achsel stark vergrößert ist... Noch dazu tut er mir weh wenn man drauf drückt. Bin jetzt sofort zu meiner Gynäkologin und in einer Stunde wird Ultraschall gemacht! Ich hoffe so sehr, dass sie mir Entwarnung geben kann! Schon komisch wenn sofort die Angst aufsteigt...

<u>25. Februar 2016</u> ·

Hallo ihr Lieben, ich weiß jetzt die nächsten Termine und wie es weiter geht 👍

Am 01.03. ist die CT-PLANUNG (Markierung für sie Bestrahlung).

Am 03.03. ist das CT von der Lunge, um eine Lungenembolie auszuschließen.

Am 10.03. ist die erste Bestrahlung und die erste Chemo. Chemo ist dann immer Donnerstags. So war es damals auch ;)

Ich wünsche euch einen tollen Tag! Fahrt und geht vorsichtig und versinkt nicht im Schnee ☺ ❄

25. Februar 2016 ·

Bernadette hat mir ein Aquarell Bild gemalt und als Foto geschickt Das finde ich so schön und wollte es euch zeigen! Dankeschön ich hab mich sehr gefreut!! Das ist was ganz besonderes....

25. Februar 2016 ·

Heute ist ein Tag an dem ich einfach glücklich bin ☺ Wahrscheinlich weil der Tag sehr ruhig war, ohne Termine!

Stark dazu beigetragen hat auch ein Überraschungspaket von Sabine ❤ Die Tränen sind vor Freude geflossen 😢 Danke Sabine!! Du bist ein wundervoller Mensch dem ich unbedingt persönlich kennenlernen muss 😘 Ich habe mich riesig gefreut 😁 Das Bild bekommt einen ganz besonderen Platz!!

#pusteblume #happy #glücklich #begeistert #das_leben_ist_schön

26. Februar 2016 ·

Seit dem 25.11.15 gibt es diese Seite.

Seit dem 25.11.15 berichte ich über meine Erkrankung und alles Drumherum.

Seit dem 25.11.15 ist ein riesen großer Teil meines Lebens für die ganze Welt öffentlich.

Seit dem 25.11.15 kann ich dadurch anderen Betroffenen Mut machen.

Seit dem 25.11.15 habe ich 962 Likes!

Ich bin einfach sprachlos, was für ein großes Interesse an dieser Krankheit besteht...

3 Monate --> 962 Likes DANKE!!!

28. Februar 2016

Letzte Nacht war ich wieder schlaflos Habe dann beschlossen meine Wohnung etwas zu verschönern ;) Ich wünsche euch einen schönen Sonntag

Für mich ist es nicht nur irgendein Tag, für mich ist es der Tag, an dem ich vor 1 Jahr umgezogen bin und ein neuer Lebensabschnitt begonnen hat

In diesem einen Jahr ist so viel passiert...

März 2016

1. März 2016 ·

Wir kämpfen uns durch den Schnee nach München im die Klinik ❄❄❄❄

Heute ist das Planungs-CT (Markierung) für die Bestrahlung.

Ich wünsche euch einen unfallfreien schönen Tag

3. März 2016 ·

Gerade eben hatte ich das CT von der Lunge mit Kontrastmittel. Ausnahmsweise konnte man sogar eine Nadel legen und musste nicht den Port anstechen 😁 👍 Ich hoffe, dass ich morgen Bescheid bekomme und alles in Ordnung ist! Was aber dann auch heißen würde, dass man nicht weiß woher die Luftnot und Kurzatmigkeit kommt. Naja, es heißt mal wieder - einfach abwarten...

3. März 2016 ·

Der Krebs zeigt sein böses Gesicht 😈

Heute Vormittag ging es mir richtig gut und ich war voller Tatendrang 💪 Ich wollte die Wohnung sauber machen und alles was liegen geblieben ist nachholen. Am Abend wollte ich unbedingt zum Theorieunterricht bei der Fahrschule, denn da konnte ich schon so lange nicht mehr hin! Ja, wie ihr merkt - Ich wollte....

Und plötzlich sah die Realität dann so aus:

Seit halb drei auf der Couch, mal wach, mal schlafend mit wahnsinnigen Schmerzen in den Füßen 😩 Schmerzen am ganzen Körper und einfach kaputt. Zwischendurch noch versucht darauf zu achten, dass mein Engel ihre Hausaufgaben ordentlich macht. Die schau ich nochmal durch und mache mit ihr den Rest.

Den restlichen Abend werde ich dann wohl auf der Couch verbringen müssen und der Haushalt muss mal wieder bis morgen Nachmittag warten. Morgen früh wird mit neuer Kraft gestartet 💪 👍 😉

Ich wünsche euch einen schönen Abend :) Was habt ihr noch vor?? Ich hoffe ihr macht was Schönes draus

3. März 2016 ·

Heute hatte ich Post im Briefkasten von der wunderbaren, lieben ELKE ❤ Ich habe mich so riesig gefreut und es sind so wahnsinnig tolle Sprüche drin 😍 Wie für mich gemacht!! Danke Elke 😘 Das ist so schön zu lesen

4. März 2016 ·

Thema SELBSTHILFEGRUPPE

Einige, die mir schon länger auf meiner Seite folgen, haben vielleicht mitbekommen, dass ich überlegt habe eine Selbsthilfegruppe für junge Erwachsene mit Krebs zu gründen.

Die Überlegung hat Gestalt angenommen und ich bin ab sofort

Gründerin der Selbsthilfegruppe "Junge Erwachsene mit Krebs" ! 😁

Am Mittwochabend ist meine persönliche Premiere. Bei der Lesung von Nicole Staudinger (Buch: Brüste umständehalber abzugeben) wird meine Selbsthilfegruppe vorgestellt und ein Plakat aufgegangen. Einen besseren Start kann es nicht geben ☺ 💪

Die Plakate habe ich heute bekommen. Nach langem Hin- und Hergestalten in den letzten Wochen, habe ich es nun doch ganz schlicht gehalten. Eigentlich wollte ich es erst am Mittwoch veröffentlichen, aber ich freu mich so, dass ich es jetzt schon tun muss ☺ ☺ Ich hoffe, dass sich einige Betroffene melden werden!

Gerne könnt ihr mir Vorschläge nennen wo ich die Plakate aufhängen kann Eins kommt ins Landratsamt und eins ins Rathaus, wenn die ihr OK geben. Drei habe ich dann noch übrig.

Sehr gerne darf der Beitrag auch geteilt werden, wenn ihr aus der "Umgebung" kommt :) ! DANKE

4. März 2016 ·

Ich habe soeben den 1.000sten LIKE bekommen 😳 😳 wow... Danke euch!! 😍 ☺ 👍 Damit hätte ich vor 3 Monaten niemals gerechnet!!

4. März 2016 ·

Normal kann ja schließlich jeder 😛
Heute war ein toller Tag!!
Danke an Alex, die ihn so toll beginnen hat lassen ❤
Danke an den Postboten, der mir meine Plakate gebracht hat 😉
Danke an euch, für eure Unterstützung 😘
Danke an Anastasia, die den Tag mit uns beendet hat ❤
Und vor allem Danke an meinen Engel, dass es dich gibt!! 👼 💕

Ich wünsche euch allen noch einen schönen Abend und eine gute Nacht

7. März 2016 ·

Ich habe das Ergebnis vom Thorax CT (Donnerstag) gesagt bekommen.

Diagnose: deutliche (leichte) Lungenembolie

Ich muss mind. 6 Monate ein blutverdünnendes Medikament nehmen und ein Ultraschall der Beine wird noch gemacht.

Ehrlich gesagt fehlen mir gerade die Worte und ich habe Angst obwohl mein Arzt gesagt hat, dass ich mir keine Sorgen machen muss! "Wir bekommen das schon hin!", meinte er. Aber sagen Ärzte das nicht immer?!?!

8. März 2016 ·

Also der Ultraschall in den Beinen hat nichts ergeben 👍 Alles ok dort!

Ich bekomme von heute bis Samstag täglich 2 Spritzen zur Blutverdünnung und ab Sonntag jeden Tag 2 Tabletten, 6 Monate lang...

Meine Ärztin hat dann noch beim Orthopäden angerufen zu dem ich dann gleich hin musste, wegen meinem Rücken. Seit gestern Nachmittag habe ich wahnsinnige Schmerzen in der Gegend der Lendenwirbelsäule. Schmerztabletten haben nicht geholfen :/ Beim Röntgen kam zum Glück nichts Auffälliges raus, aber falls es nicht besser wird muss ich zum MRT und Knochenszinti.... einfach um auszuschließen das sich Metastasen gebildet haben. Aber ich denke, dass die Schmerzen wieder aufhören werden und dann muss ich dort auch nicht hin :) Habe ja eine wundervolle Spritze bekommen und hoffe das sie bald und lange wirkt!

9. März 2016 ·

Auf dem Weg zur Lesung von Nicole Staudinger im Landratsamt Bad Tölz 👍

Und meine Selbsthilfegruppe wird vorgestellt Flyer werden natürlich auch ausgelegt ☺ Jippiiiii !!!

9. März 2016 ·

Ein paar Eindrücke vom heutigen Abend

9. März 2016 ·

Eine wahnsinnig sympathische Frau, der ich sehr gerne zugehört habe und noch stundenlang zuhören hätte können

Sie hat viel in mir aufgewühlt... mir wird immer mehr bewusst... Positives und vor allem auch Negatives und Trauriges...

"Brüste umständehalber abzugeben" - ein Buch das sich, meiner Meinung nach, sehr lohnt zu lesen 👍👍

#NicoleStaudinger #Lesung #Brüsteumständehalberabzugeben #Landratsamt #Krebs #Brustkrebs #Danke

10. März 2016 ·

AKTUALISIERUNG s wurde alles verschoben... Siehe neuer Beitrag :/

So es ist soweit - 1. Chemo Cisplatin (17. Chemo insgesamt)

✔ Zugang ist gelegt

✔ Port ist rückläufig

✔ Blut ist auf dem Weg ins Labor

✔ 1. Chemo Cisplatin kann bald beginnen

Mir wurde ja schon gesagt, dass es hier niemanden in meinem

Alter geben wird... Vom jungen Arzt hat allerdings niemand was erwähnt

Ich wünsche euch, dass euer Tag schöner wird als meiner :) !

10. März 2016 ·

Satz mit X - das war wohl nix

Mein Bestrahlungsgerät ist kaputt gegangen, deshalb wurde jetzt die Chemo abgebrochen. Am Montag starten wir von vorne. Die Chemo Cisplatin wirkt nämlich nur im Zusammenhang mit der Bestrahlung.

Dafür bin ich jetzt grad auf dem Weg zur Kardiologischen Ambulanz - erneuter Herzultraschall :/ Hoffentlich passt alles!

10. März 2016 ·

Und wenn man denkt jetzt passiert nichts mehr, kommt die Maria daher ☺ Das war mal eine gelungene Überraschung Und so ein liebevolles Geschenk Damit hast du mir diesen verkorksten Tag gerettet! Danke ❤ Und Danke für deine Gesellschaft beim sp(r)itzen Mittagessen (wie du es genannt hast)

Mit meinem Herz ist alles noch genauso ok wie damals, ich bin wieder daheim und am Montag um 8:45 Uhr ist die 1. Bestrahlung und danach die Chemo Jetzt ist das Durcheinander wieder geordnet. Danke für eure Unterstützung

11. März 2016 ·

Kinderwunsch und Krebs - Petition für die Kostenübernahme von Eizellenentnahme

Junge Krebspatienten (m/w) kennen es, die Diagnose ist ein Schock, man hat sie noch nicht mal ansatzweise verarbeitet und schon entstehen Themen über die man sich bisher nie Gedanken machen musste.

Ein sehr wichtiges Thema davon ist: KINDERWUNSCH NACH KREBSERKRANKUNG! Denn Chemo usw. führen in den meisten Fällen zu UNFRUCHTBARKEIT!

Dies sollte kein Tabu-Thema sein! Ich selbst musste die Erfahrung machen, dass es zwar möglich ist, Eizellen zu entnehmen und einfrieren zu lassen, aber die KOSTEN dafür einfach viel zu HOCH sind. Noch dazu muss es meist in einem sehr kurzen Zeitfenster geschehen. Das Günstigste wären 3000,- bis 4000,- Euro gewesen + 250,- Euro für die Einlagerung, pro Jahr. Da ich natürlich nicht so viel Geld hatte, konnte ich meine Eizellen nicht entnehmen lassen... :(

Mir blieb dann nur die Möglichkeit von ZOLADEX. Dabei werden die Eierstöcke "ausgeschaltet". Man ist in den Wechseljahren, von jetzt auf gleich mit Mitte 20. Ich hoffe sehr, dass diese Methode meine Eierstöcke komplett schützt! Leider ist es nur eine 50:50-Chance.

Ich bin dafür, dass die Krankenkasse junge Krebspatienten dabei unterstützt, vorzusorgen!! Deshalb bitte ich euch, diese Petition zu "unterschreiben" und zu teilen :)

Vielen Dank :*

https://www.change.org/p/kinderwunsch-nach-krebsbehandlung-...

14. März 2016 ·

So los geht's ;)

1. Bestrahlung hab ich schon hinter mir ✔

1. Chemo beginnt jetzt und dauert insgesamt 8 Stunden (!) :/

2 Stunden Wässerung

1 Stunde Chemo Vorlaufmedikament

1 Stunde Chemo

4 Stunden Wässerung

Die Aussicht könnte schöner sein, aber immerhin ist es kein Betonklotz ;) Falls jemandem langweilig ist - ich freu mich über Besuch

14. März 2016 ·

🎉🎂🎁 GEBURTSTAGSAKTION 🎁🎂🎉

Der liebe Radi wird am 19.03. 50 Jahre 🎉

Wie so viele Väter wünscht er sich nichts von seiner Tochter ;) Seine Tochter hat sich jetzt aber was einfallen lassen...

Sie möchte ihm ganz viele Briefe und Postkarten auf seiner Party am 19. überreichen und ihm damit eine Freude machen :) Die Karten sollen von Freunden und Fremden sein und ihm zeigen, dass ganz viele Menschen an ihn denken! Wer möchte, schickt bitte spätestens am 17.03. einen Geburtstagsgruß los!

Ich würde mich freuen , wenn viele von euch mitmachen!! :)

Adresse seht ihr im Bild (von seiner Tochter), wenn ihr in einem Umschlag verschickt, bitte unten links in die Ecke ein "G" machen 👍

Danke schon mal an alle die sich beteiligen 😘

15. März 2016 ·

Kleines Update ;)

Gestern war ein wahnsinnig anstrengender Tag für meinen Körper, obwohl ich die meiste Zeit gesessen bin. Ich war von 8:45 bis 21:15 in der Klinik zur Bestrahlung und Chemo. Bisher vertrage ich die Chemo echt gut :) kann aber sein, dass das an den Tabletten usw. liegt. Geschlafen habe ich die letzte Nacht leider sehr unruhig vom Cortison. Ich hoffe, dass es mir weiterhin so gut geht, denn bis auf Müdigkeit ist alles "normal" :)

Heute früh um 7:45 Uhr ging es dann schon wieder in die

Klinik zur Bestrahlung. Die 2. Bestrahlung habe ich geschafft 💪 kommen nur noch 26!!! Bei der Bestrahlung liege ich oberkörperfrei mit den Armen hinterm Kopf 25 Minuten in diesem Gerät und werde hoch/runter, vor/zurück gefahren. Das Bestrahlen selbst tut nicht weh, aber die Haut kann verbrennen. Mal abwarten was passiert... Waschen darf ich mich an den bestrahlten Stellen nur mit Wasser, kein Duschgel, kein Reiben. Übrigens wird nicht nur das, was geplant war bestrahlt, sondern die Achsel auch noch. Das Risiko, dass wieder was kommt ist einfach zu hoch und damit wird es jetzt noch etwas minimiert 💪 👍

Für mich sind manche Sachen schon Routine und ganz normal, deshalb erwähne oder erkläre ich sie vielleicht nicht mehr. Deshalb fragt bitte einfach wenn ihr Fragen habt :) !!

16. März 2016 ·

Dem ist nichts mehr hinzuzufügen! Danke Janet für diesen Beitrag!

Huhu Ihr Lieben...kann mal wieder nicht einschlafen und bin beim Surfen auf folgenden Artikel gestoßen, welcher ziemlich genau die psychische Belastung nach Krebsdiagnose und während der Therapiezeit beschreibt. Man wird in dieser ohnehin sehr schwierigen Zeit sehr oft von Freunden, Partnern oder Familie für sein Verhalten kritisiert und auch häufig missverstanden. Das Ding ist einfach, dass diese Menschen absolut nicht nachvollziehen können, was die Chemomedikamente mit einem machen, was diese Hammerdröhnung an Gift im Körper und im Kopf bzw. der Psyche anrichten. Panikattacken, Vergesslichkeit, Angstzustände, Schlaflosigkeit, Hitzewallungen, begleitet von ständiger Todesangst...die Hormone drehen vollkommen durch, das Immunsystem ist am unteren Limit. Sorry...aber in dieser Phase kommt leider nur extrem wenig gute Laune beim Betroffenen auf!!! Da ist man einfach angewiesen auf ein starkes, verständnisvolles und liebevolles Umfeld und

Menschen die verstehen und wissen, dass dies nicht der Normalzustand ist, sondern eine absolute Ausnahmesituation!!! Kritik und Sprüche wie: "Sei doch mal wieder normal!" oder "Was hast du denn wieder für ´ne Laune?!" oder "Ich kann das Thema Krebs nicht mehr hören!" sind für den Betroffenen da wenig hilfreich. Ebenso wenig wie körperliche Zurückweisung von geliebten Partnern oder Rückzug bzw. Distanz von vermeintlich guten Freunden! Diese Dinge stellen für den Erkrankten eine noch größere psychische Belastung dar und bewirken nur eines, dass man nämlich in ein noch größeres tiefes schwarzes Loch fällt. Niemals zuvor, als in dieser schweren seelischen und körperlichen Belastungsphase der Diagnose- und Therapiezeit, braucht man mehr Liebe, Zuneigung und Verständnis von seinen Lieben!!! ❤ Einen sicheren Hafen, in dem man sich geborgen und beschützt fühlt, aufgehoben und aufgefangen, getragen durch die schwierigste Zeit seines Lebens....und nicht stattdessen im Stich gelassen zu werden oder abgelehnt oder das Gefühl vermittelt zu bekommen, dass man eine Belastung für sein Umfeld darstellt. Leider ist es viel zu oft bittere Realität...!!! Wünsche mir, dass jeder der nun meine Zeilen liest, mal in sich geht und drüber nachdenkt.....der folgende Bericht erklärt es ebenso sehr eindrucksvoll. Gute Nacht....Eure Janeti 😘

16. März 2016 ·

Heute habe ich ganz liebe Post von einer Likerin bekommen ☺ Danke Caro!! Ich habe mich wirklich sehr gefreut 😍 Der Anhänger hängt schon am Schlüssel 👍 Das ist total lieb von dir, wirklich vielen Dank!!

Mein Tag war heute sehr tränenreich, mir ging es nicht wirklich gut und diese süße Überraschung hat mir sofort ein Lächeln ins Gesicht gezaubert (mit Freudentränen 😭)

17. März 2016 · ausgelaugt

Ich war heute mit meinem Engel und unserer Bekannten mit Hund kurz am See spazieren :) Mir geht's leider gar nicht gut und ich wäre lieber auf der Couch geblieben... Aber manchmal muss man sich eben zwingen - es hat sich gelohnt!

Die tägliche Bestrahlung macht mich sehr kaputt leider und von der Chemo ist mir immer wieder übel. Mein Geschmack ist auch nicht der Beste :(Chemo schmeckt nicht gut!

Genug gejammert für heute! Ich leg mich jetzt zu meinem Engel ins Bett und hoffe, dass es morgen besser ist!

Gute Nacht, schlaft gut 🌛 👼

18. März 2016 ·

Die Sonne scheint, es hat 11 Grad, es ist Freitag, Ferienanfang, der Tag könnte perfekt sein... KÖNNTE...

Mir ging es ja gestern schon so schlecht, eigentlich seit Montag von Tag zu Tag schlechter, aber heute ging gar nichts mehr Wegen meiner Übelkeit und der Kraftlosigkeit hatte ich heute nach der Bestrahlung noch ein kurzes Arztgespräch. Mir wurde etwas Stärkeres gegen die Übelkeit verschrieben und Tropfen gegen die Schmerzen (hauptsächlich Muskelschmerzen). Außerdem wurde mir nahe gelegt, mir dringend Unterstützung zu holen vor allem für Haushalt und Kochen/Essen. Mir wurde nochmal deutlich gemacht, dass die Bestrahlung die ich bekomme weit über das Maß einer üblichen Bestrahlung hinaus geht. Im Normalfall werden 1-2 Stellen bestrahlt, bei mir werden 5 Stellen gleichzeitig bestrahlt. Die Ärztin war zum Glück auch sehr ehrlich und sagte mir, dass es noch schlimmer werden wird 😢 "Das werden noch sehr harte Wochen für Sie!"

Ja, ich bin jetzt an meinem allerersten psychischen totalen Mega-Tief angekommen 😢 Vom körperlichen Tief brauch ich dann erst gar nicht anzufangen... :(ist ja nicht das erste. Aber ein paar Dinge zähle ich mal auf... Herzrasen, Schwindel, Kreislaufprobleme, Übelkeit, keine Kraft für nichts, Zittern, Würgereiz usw. Ich habe es mir definitiv "leichter" vorgestellt!

Ich hoffe, dass man halbwegs versteht was ich geschrieben habe 🙈 es fällt mir nämlich gerade echt schwer zu schreiben und die Kraft zum nochmal durchlesen habe ich nicht.

Euer Tag ist hoffentlich besser !! Startet schön ins Wochenende

21. März 2016 ·

Schon wieder Montag :/

✔Blut abgenommen

✔6. Bestrahlung

Und jetzt warten auf die Chemo...

Kraft = 0

Motivation = 0

Das erste Mal seit Diagnose, dass ich am liebsten alles hinschmeißen würde! Mir ging es schon deutlich schlechter, aber das war am Anfang. Am Anfang hatte der Körper noch Kraft, am Anfang hatte die Psyche noch Kraft, am Anfang war halt einfach am Anfang....

Naja jetzt versuch ich mich zu freuen, dass ich so eine tolle Behandlung bekomme :) 👍 Da muss ich halt einfach durch 💪 Wenn keine Behandlung mehr möglich wäre, könnte ich mich in die Ecke setzten und weinen, aber jetzt noch nicht 😊 Also weiter geht´s...

Euch allen einen schönen Tag 🌞 genießt ihn!!

22. März 2016 ·

Heute war endlich mal wieder ein, den Umständen entsprechend, toller Tag 😎 👍 💪

In der Klinik war alles ok, danach hatte ich meine 4. Fahrstunde, dann war "Mittagspause" mit leckerem Essen von unserer Uschi (Frau vom Papa) und von Nachmittag bis Abend wurden wir dann von zwei ganz lieben Menschen auf den Bauernhof zum Reiten eingeladen und sogar abgeholt ☺

Mein Engel durfte endlich wieder reiten 🐎 🏇 🐴 Es gibt einfach kein schöneres Gefühl auf der Welt, als sein Kind glücklich zu sehen 💖 👼

🐕 🐇 🐣 🐴 🐾 🍔 🔍 🐶 🐰 🐓 🐥 🐎 Hund, Hasen, Hühner, Trampolin, Schaukel, Rennen und Toben kamen natürlich auch nicht zu kurz 😉 Um zum Schluss gab es sogar noch 10 frische Eier von den eigenen Hühnern... Einfach ein super toller Tag heute ☺

War euer Tag auch so schön? Was habt ihr gemacht?

👍👍👍👍👍👍👍👍👍👍👍👍👍👍👍 Danke an Tine und Seppi!! Ihr seid so liebe Menschen 👼

25. März 2016 ·

🐰 🐥 🐇 🐣 🎀 Wunderschöne Ostern 🎀 🐣 🐇 🐥 🐰

Ich wünsche euch allen schöne Ostertage mit all den Menschen die ihr liebt 💖 Lasst es euch gut gehen und denkt an die wirklich wichtigen Dinge im Leben - Gesundheit, Liebe und Glück !! 🍀 Das Leben ist zu kurz für Ärger, Streit und Missgunst !!

Mir geht es leider nicht so gut, aber ich werde die Zeit so gut es geht genießen... Versprochen! :)

#Ostern #froheostern #Eier #brunchen #hase #osternest #karfreitag #karsamstag #ostersonntag #ostermontag #familie #liebe

29. März 2016 · hoffnungsvoll

3. Chemo Cisplatin und 11. Bestrahlung 💪

Heute ist meine Dani mitgekommen 💖 ☺ 😍 Total super! Malen, Lachen, Spielen um die Zeit zu vertreiben

Seit 8:15 Uhr sind wir da und gerade läuft die Chemo durch. Danach noch 4 Stunden Wässerung und zwischendurch zu den Kardiologen... Das Herz wird nochmal angeschaut, weil mein Puls viel zu hoch ist und meine Atemnot schlimmer geworden ist. Noch dazu hab ich Husten bekommen. Aber wird bestimmt alles ok sein ✌

Ich hoffe ihr habt einen schönen Tag

29. März 2016 ·

Der Tag geht zu Ende, aber leider im Bett der Klinik Ich muss stationär bleiben 😢

Mein Puls war heute den ganzen Tag zwischen 110 und 140, normal ist zwischen 60 und 80... Mein Herz schafft es nicht und dadurch auch der ganze Körper nicht Es ist bei der Chemo zu viel Wässerung (Flüssigkeit), weshalb jetzt von Cisplatin umgestellt wird auf Carboplatin, das ich eigentlich. erst nach der Bestrahlung, (wenn die 6-mal Cisplatin durch sind), als Chemo bekommen sollte. Jetzt waren es halt nur drei Cisplatin und nächste Woche startet Carboplatin.

Kurz gesagt: Mein Herz kommt mit so viel Flüssigkeit, Chemo, Lungenembolie und Bestrahlung auf einmal nicht klar! Der Körper reagiert mit viel zu hohem Ruhepuls, extremem Schwitzen, Schwindel und Schwäche. Wenn bis morgen alles ok ist darf ich nach der Bestrahlung nach Hause

Meine Hausapotheke wird ab sofort durch Betablocker erweitert... wieder zwei Tabletten pro Tag mehr die ich nehmen muss :/ Aber solange es hilft 👍

Meinen Engel musste ich heute leider enttäuschen und sagen, dass sie nicht auf Mama warten muss 😢 😢 Das tut mir so weh!! Aber es geht ja leider nicht anders.

April 2016

2. April 2016

Es tut mir leid, dass ich die letzten Tage nichts hören hab lassen! Wie einige schon vermutet oder mitbekommen haben, geht es mir nicht gut... Der Körper "funktioniert" nur noch auf Notbetrieb die Luft ist knapp, Kraft ist nach 3 Metern Fußweg wieder weg, Knie zittern, immer wieder ist mir wahnsinnig schwindelig, Kreislauf spielt verrückt, vom Puls und den Muskelschmerzen mal ganz zu schweigen... um nur mal ein paar Symptome aufzuzählen.

Ich wollte euch das mitteilen, damit ihr wisst warum ich nichts hören lasse. Ich habe einfach nicht die Kraft dazu. Das macht mir natürlich Angst... Aber ich hoffe, dass es bald wieder bergauf geht!! 💪

Ich denke an euch und bedanke mich für die Unterstützung und die Kraft die ihr mir gebt 😘 Ich melde mich, falls es nichts Neues gibt, am Montag zur Chemo wieder. Genießt euer Wochenende und lasst es euch gut gehen 😊 ✌ 👼

4. April 2016 ·

Montag ist wieder Chemotag

Ich sag´s euch, ich bin mir sicher, dass Kortison besser puscht als alles andere 👍 Bis vor 2 Stunden hab ich hier noch alles und jeden vollgeheult, wollte nach Hause, hab ernsthaft überlegt die Chemo abzubrechen für heute, dann plötzlich wie aus dem Nichts wirkte das Kortison und ich kann wieder klarer denken und die Kraft ist etwas zurück gekommen! Meine Laune ist deutlich besser als vorhin Deshalb werde ich jetzt mal nicht jammern 😜

1. Chemo Carboplatin ist durch, 2 Stunden Wässerung noch und dann geht's heim zu meinen Engel 👼

Laune ist besser, Ärzte nett, Schwestern nett, Sonne scheint, daheim bevor es dunkel ist, leckeres Essen wartet und Kortison wirkt damit muss man mehr als zufrieden sein 👍 ☺ ✌ 😉

8. April 2016 ·

🌟 Chemo 🌟 Krankenkasse / Haushaltshilfe 🌟

So ich meld mich auch mal wieder Die neue Chemo vertrage ich glaub etwas besser als die vorherige 👍 Allerdings bin ich seit gestern wieder total kraftlos und muss mich sogar zum Zähne putzen hinsetzen die Knie zittern, ich hab wahnsinnige Muskelschmerzen und mir ist ständig heiß und schwindelig.. Aber das vergeht hoffentlich schnell wieder!

Viel mehr belastet mich die KRANKENKASSE!! Ich habe einen Antrag für eine Haushaltshilfe gestellt und dieser wurde mir bewilligt. Damit geht jetzt aber erst der Stress los... Ich muss noch weitere Anträge dafür ausfüllen und das Unverschämteste, ich soll von den 9,- € Stundenlohn (was ja eh schon wenig für die Haushaltshilfe ist) 7,- € selbst zahlen?!?! Geht's noch? Von was denn bitte? Achtung es geht noch weiter... Ich muss das komplette Geld vorstrecken und bekomme es dann von der Krankenkasse zurück! Von was soll ich das bitte vorstrecken?? Ich hab nicht mal so viel wie die

Haushaltshilfe verdient Und das Beste kommt jetzt... Ich muss diese Anträge usw. Monat für Monat ausfüllen und beantragen, weil die Haushaltshilfe immer nur für einen Monat bewilligt wird?!? Ich bin echt wütend das kann es doch nicht sein!! Ich kann mich teilweise kaum auf den Beinen halten und muss mich jetzt auch noch mit sowas rumärgern und drum kümmern!

Ich werd mich mit den Anträgen usw. am Wochenende befassen Meine Haushaltshilfe bekommt jetzt erst mal wöchentlich ihr Geld, das mir dann natürlich fehlt weil ich ja selbst nur das Krankengeld und ALG2 habe. Aber sie ist toll und hat es sich mehr als verdient

10. April 2016 ·

Ich wünsche euch einfach mal einen schönen Sonntag

Mir geht es so lala... ich versuche heute noch ein bisschen Kraft zu schöpfen für die kommende Woche

10. April 2016 ·

Am 4. Februar 2016 (Tag der 2. OP) waren meine Wimpern wieder so lang, dass ich zum ersten Mal Wimperntusche benutzen konnte Heute sind sie wieder so kurz, bzw. fast weg, dass ich sie nicht mehr tuschen kann es ist nur noch eine Frage der Zeit bis sie ganz weg sind 😟 so unfair Naja... wenigstens bleiben die Haare! Hoffe ich!

11. April 2016 ·

Schon wieder Chemotag 💉💊💺🏥

Thema Schleimhäute:

Ich habe lange überlegt ob ich zu diesem Thema etwas schreiben werde... Es ist kein angenehmes Thema, aber ich möchte ja unter anderem aufklären, was es heißt Krebs zu haben, mit allem

Drum und Dran. Bei der Chemo werden die Schleimhäute massiv angegriffen und sind dadurch gereizt und entzündet. Schleimhäute haben wir ja in jedem Hohlorgan (Magen/Darm) im Körper, nicht sichtbar für uns aber spürbar wenn sie gereizt/entzündet sind. Und die sichtbaren Schleimhäute wie im Mund-/und Rachenraum, in der Nase, an/in den Genitalien und am After.

Bei manchen ist der Mund-/Rachenraum so entzündet, dass sie nicht mal mehr essen können. Ich habe da allerdings Glück bisher, bei mir ist es erträglich. Mein Problem liegt etwas tiefer, am After Ich sag ja, ein unangenehmes Thema, aber auch das gehört dazu Man kann nicht viel dagegen machen, versuchen es mit Creme oder Zäpfchen in den Griff zu bekommen aber das hilft in den meisten Fällen nicht. Mit den Ärzten redet man da auch nicht gerne drüber, ich zumindest nicht 🙈 aber man muss ja drüber sprechen, wenn man Schmerzen hat und blutet! Gehört halt einfach zur Chemo dazu, wie so viele andere Sachen auch die man aushalten muss. Zum Glück erholt sich die Schleimhaut dann innerhalb von wenigen Wochen wieder aber bis es soweit kommen kann muss ich mir noch was einfallen lassen...

Einen Tinnitus hab ich zur Zeit auch öfter, genauso wie "eingeschlafene" Füße, die sind dann richtig taub. Kommt auch alles von der Chemo Genug erzählt 🙈

Genießt euren Tag, am besten in der Sonne und freut euch, wenn ihr gesund seid und so einen Sch.... nicht erleben müsst!! Ich mach´s mir auf meinem Chemostuhl gemütlich und schau den Tropfen beim tropfen zu

11. April 2016 ·

Während ich hier seelenruhig bei meiner Chemo sitze, kämpft der kleine Engel Malou gegen Leukämie 😢 Und nicht nur Malou kämpft, sondern auch ganz viele andere große und kleine Helden!

Bitte bitte lasst euch bei der DKMS als Spender registrieren!!! Es ist so wichtig!!!

https://www.dkms.de/de/spender-werden

Ich bin froh einfach nur meine normale Behandlung zu bekommen und auf niemanden angewiesen zu sein der mein Leben rettet... Ihr könnt Helden sein und anderen Menschen das Leben retten, nutzt diese Chance!!

#MundAufStäbchenReinSpenderSein

https://m.facebook.com/Hilfe-f%C3%BCr-Malou-10790525088206.../

14. April 2016 ·

Vorhin war ich bei meiner Gynäkologin, mal wieder Zoladex spritzen. Für die die es noch nicht wissen: Das bekomme ich jeden Monat gespritzt, ist eine dicke Hohlnadel mit einem Implantat das unter der Haut platziert wird. Dadurch bin ich in den künstlichen Wechseljahren, die meine Chance erhöhen irgendwann nochmal schwanger zu werden. Mein größter Wunsch... hoffentlich klappt es! Denn Chemo usw. macht in den meisten Fällen unfruchtbar. Ultraschall von Gebärmutter und Eierstöcke wurde auch gemacht, bis auf eine Zyste ist alles ok :) 👍💪

Gerade bin ich mit meiner 23. Bestrahlung fertig 💪👍 morgen hab ich "frei" weil das Gerät gewartet wird. Ab Montag startet die letzte Bestrahlungswoche, nur noch 5 Mal dann kann ich diesen Mist abhaken ☺

Jetzt geht es erst mal nach Hause! Ich wünsche euch noch einen schönen Tag

15. April 2016 ·

Ich so 👇 Und ihr?

Mir geht es richtig gut :) Ich nehme eigentlich nur Montag, Dienstag und Mittwoch Kortison. Diese Woche habe ich es aber auch Donnerstag und heute genommen... es ist ein Teufelszeug das wahnsinnig aufschwemmt und ich noch runder werde, aber das ist es mir sogar wert, wenn es mir dadurch gut geht

Ich konnte heute mit einem meiner Lieblingsmenschen frühstücken gehen 💖 Und mein Engel ist auch glücklich dass es mir so gut geht 👼 Meine Haare wachsen und locken sich wie sie wollen 😂

Ich wünsche euch einen schönen Start ins Wochenende

16. April 2016 ·

Vielen Dank Martin CuNow für diesen Beitrag!! 👍👍

17. April 2016 · Mein mieser Untermieter Krebs

Ich kann euch nur empfehlen den Film anzuschauen 👍 er ist meiner Meinung nach sehr realistisch... traurig und schön... --> 20:15 Uhr Pro7

Danke für den Tipp Axel Denkler - Mein mieser Untermieter Krebs

18. April 2016 ·

Der letzte Chemotag mit Bestrahlung 👍 😎 danach geht es ohne Bestrahlung weiter!

Nach dem heutigen Tag habe ich noch 4 Bestrahlungen (bis Freitag) und 4 Chemos (hoffentlich nicht mehr!) bis August. Bis auf den ekligen Geschmack im Mund, Muskelschmerzen und Müdigkeit geht's mir eigentlich gut :)

Heute habe ich einen wunderschönen Engel dabei 👼 Er war ein Geschenk und unterstützt mich ab sofort auf meinem Weg zum Gesundwerden Danke!

Mit der Bestrahlung ging es meiner Haut bisher ja sehr gut, seit dem Wochenende aber juckt und brennt es an den bestrahlten Stellen. Vor allem unter der Brust, zwischen der Brust und an der Seite hoch bis zur Achsel die Haut ist rot und es fühlt sich an wie ein richtig fieser Sonnenbrand mit kleinen Brandblasen... Ich hoffe, dass es die nächsten Tage nicht schlimmer wird!!

Ich wünsche euch einen schönen Tag und danke euch für all die Unterstützung

18. April 2016 ·

Ich bin selbst in dieser Gruppe und erschrecke selbst immer wieder was dort geschrieben wird! Natürliche "Heilmittel" sind super zur Unterstützung aber wenn sie "heilen" würden wären alle gesund und niemand hätte Krebs...

Passt auf euch auf und überdenkt alles drei Mal!!

19. April 2016 ·

Da ich weiß, dass ich ganz viele Leser mit habe, bitte ich euch hier einmal für RECOVER YOUR SMILE abzustimmen!

Recover your Smile ist ein Verein der von Spenden lebt und krebskranken Menschen einen wunderschönen Nachmittag beschert! Es gibt nette Unterhaltungen mit Gleichgesinnten, Schminktipps, zwei perfekte Make-Ups und ein tolles Fotoshooting :) Ihr Ziel ist es, Krebskranken wieder mehr Selbstbewusstsein zu geben, denn auch ohne Haare ist man schön

Ich selbst durfte einen Tag ein Teil von Recover your Smile sein und bin dafür sehr dankbar!! Dieser Verein leistet so viel Tolles, dass sollte mit einem Gewinn belohnt werden :) Also bitte alle fleißig abstimmen! Danke

19. April 2016 ·

Ich finde es ist an der Zeit einen Thread zu eröffnen, wo ihr fragen könnt was ihr wissen wollt :) Ich bekomme viele Fragen per

Privatnachricht und das sind oft dieselben Fragen... nicht das es mich stört, aber das zeigt mir dass viele das Gleiche wissen wollen ☺ Deshalb könnt ihr mich gerne unter diesem Beitrag alles fragen was euch so interessiert und ich werde mein Bestes geben alles genau zu beantworten 👍 Das zeigt mir auch gleichzeitig was euch interessiert und über was ich eventuell mehr berichten sollte. Für Kritik jeglicher Art bin ich natürlich auch sehr offen 😎

Also dann, los geht's 😉

21. April 2016 ·

Passt gut auf euch auf und genießt euer Leben! Überlegt genau was euch wirklich wichtig ist! Gesundheit sollte an erster Stelle stehen :) Leider wird einem das erst bewusst, wenn man krank ist. Gesundheit ist für die meisten von uns selbstverständlich... Leider ist es das nicht... Ich wünsche euch allen einen tollen sonnigen Frühlingstag 🌞 👼 😘

#Gesundheit #fuckcancer #sonne #Frühling

21. April 2016 ·

Bevor ich jetzt gleich unter meine Decke krieche, möchte ich mich noch für ein Überraschungspaket bedanken ☺

Es kam von Carolin K. und hat uns riesig gefreut!! 😍 Leonie hat ein ganz tolles Erstleser-Pferdebuch bekommen, das sie gerade im Arm hat beim Schlafen 😂 deswegen konnte es leider nicht mit auf das Foto 😉 Und ich habe ein wunderschönes Pusteblumen-Armband bekommen, genau passend zu meinen Ohrringen 💖 Danke!!! Es ist so schön, das zu erleben... fremde Menschen die so viel ❤ haben...

Kurz zu meinem "Zustand"... ja man kann es echt ZUSTAND nennen! Es nervt mich, dass die einfachsten Dinge immer noch nicht möglich sind :/ 10 Minuten auf den Beinen beim Bummeln und schon läuft der Schweiß in riesen Tropfen am Körper herunter und die Kraft ist weg :(

Aber solange ich sitze geht's mir super 👍 In der Fahrschule (Theorie) war ich am Dienstag und heute auch endlich wieder 💪 Ich will ja fertig werden!

MORGEN IST MEINE LETZTE BESTRAHLUNG 😎 😎 😎 😎 Jippiiii, dann ist wieder ein riesen Stück geschafft!!! (Ich werde euch wahrscheinlich auch noch Fotos von einem Teil der bestrahlten Haut zeigen.) Dann geht nur noch die Chemo weiter. Wie genau usw. erfahre ich morgen im Arztgespräch nach der Bestrahlung.

Ich hoffe ihr hattet einen schönen Tag 🌞 Jetzt wünsche ich euch eine gute und ruhige Nacht 🌜 Schlaft gut! :*

#Danke #pusteblume #fuckcancer #Shoppen #bestrahlung #grey #fahrschule #sonne #leben

22. April 2016 ·

Ich habe meine letzte Bestrahlung geschafft 🎉 🎈 ☺ Jippiiii 🎉 🎉

Aber seit 1,5 Stunden warte ich auf das Arztgespräch um zu wissen wie und wann es mit der Chemo weitergeht...

Der Taxifahrer wartet seit über 2 Stunden, meine Tochter wartet, dass sie nach Hause kommen kann und ich sitz hier rum und kann nichts machen außer selbst warten :/ und dann noch eine gute Stunde Nachhauseweg. Warten ist leider mit so einer Krankheit eine Hauptbeschäftigung!

Was macht ihr bei dem tollen Wetter?? Arbeiten? Sonnen? Genießen?

22. April 2016 ·

Es sind die kleinen und einfachen Momente im Leben ❤ tu was deiner Seele gut tut! Mit meinem Engel 👼 den Abend genießen

23. April 2016 ·

Ich habe euch ja noch Fotos von der bestrahlten Haut versprochen... Hier sind sie 👇

Meine Haut hat die 28 Bestrahlungen super gut verkraftet. Ab der 22. Bestrahlung gingen die Verbrennungen erst los. Es kamen Brandblasen und es hat gebrannt/gejuckt wie verrückt. Wie man sieht, ist das Schlimmste schon wieder vorbei ☺ 👍 Alle Stellen kann ich euch leider nicht zeigen, das ist mir zu intim 😎 Jetzt muss ich weiterhin mit Bepanthen Lotion eincremen und in 4-6 Wochen sollte alles verheilt sein.

Alles also halb so schlimm zum Glück und gut auszuhalten Ich habe es mir deutlich schlimmer vorgestellt...

24. April 2016 ·

Bei uns ist den ganzen Tag schon Couching angesagt und es tut uns beiden richtig gut :) Spielen, Filme schauen, Kuscheln und Teetrinken 👍 😍

Schnee ❄ - Regen 💧 - Sonne 🌞 - Schnee ❄ das ist April 😂

Was macht ihr so bei dem Wetter?? Oder was habt ihr gemacht? Zeigt her und lasst es mich wissen

25. April 2016 ·

Heute war Montag und es war kein Chemotag 💪 👍 🎉 Die letzten 6 Montage war immer Chemo und heute war Pause jippiii !! Keine Bestrahlung - keine Chemo Nächste Woche geht's weiter... Mir geht's soweit gut, Kraft hab ich zwar nicht viel, aber es gibt schlimmeres.

Meine bestrahlte Stelle am Schlüsselbein wird irgendwie schlimmer anstatt besser :/ an den anderen Stellen geht die Haut langsam ab... Mal sehen wie es morgen ist, vielleicht muss ich dann doch los und eine andere Creme oder Aloe Vera kaufen.

Heute hatte ich nach langer Zeit wieder eine Fahrstunde und war ehrlich gesagt ziemlich überfordert 😂 Das Zusammenspiel von Kopf, Händen und Füßen funktioniert irgendwie noch nicht so ganz dank "Chemobrain" 🙈 Aber Übung macht den Meister 💪

Ich hoffe ihr hattet einen schönen Aprilwetter-Tag?! 😉 Jetzt wünsche ich euch eine gute Nacht ✨ Schlaft gut!

<u>27. April 2016</u> ·

Guten Morgen

Mein/e Abend/Nacht war leider sehr schmerzhaft Die Chemo zeigt mir ganz deutlich wer hier die Hosen an hat... Eine Nebenwirkung sind nämlich Magenschmerzen/-krämpfe und die habe ich seit gestern Nachmittag. Erst war es nur immer wieder kurz, dann wurde es von Stunde zu Stunde schlimmer 😢 Das sind Schmerzen die ich keinem wünsche!! Die Schmerzen bei einem Magen-Darm Infekt sind ein Klacks dagegen!

Zum Glück hab ich jemanden gefunden der mir Buscopan Plus aus der Notapotheke gebracht hat. Nach drei Tabletten wurde es dann endlich erträglich. Ich kann mich nur wiederholen, ich wünsche niemanden diese Schmerzen!!

Ich hoffe das es heute nicht mehr so schlimm wird... Eine Tablette habe ich genommen und hoffe sie wirkt schnell und lange. Ich geh jetzt dann mit einer Freundin frühstücken, mal sehen ob ich was esse oder lieber nicht

Ich wünsche euch einen schönen schmerzfreien Tag! Passt auf euch auf

<u>27. April 2016</u> ·

Ich kann euch nur empfehlen es anzuschauen!! Läuft gerade auf RTL. Tolle Frau !!!

28. April 2016 ·

Da die bestrahlte Stelle am Schlüsselbein immer schlimmer wurde, habe ich mir gestern von meiner Gynäkologin Mepilex verschreiben lassen. Das ist ein Schaumhaftverband den man direkt auf die Wunde klebt. Es ist dadurch richtig gut gepolstert und tut weniger weh :) noch dazu kann es so besser abheilen 👍 Wollte euch das nur kurz zeigen

Schönen Tag 🌞 passt auf euch auf

29. April 2016 ·

Da sitzt man gemütlich auf dem Balkon in der Sonne und plötzlich fliegt einem was vor die Nase...

29. April 2016 · Kurtis eventgastronomie - Restaurant LIDO Beach&Burger.

Mir geht es richtig gut heute 👍 Ich genieße den kindfreien Abend mit meiner Dani an einem der schönsten Orte der Welt 😍 Wünsche euch ein wunderschönes Wochenende 💖 👸

Mai 2016

3. Mai 2016 ·

Guten Morgen :)

Mir geht es ganz gut! Ich bin nur ziemlich müde, aber das ist der ein oder andere von euch bestimmt auch 😉 Morgen geht's wieder weiter mit Chemo.

Bei Viola sieht das anders aus... Die Ärzte meinen, dass sie 2016 nicht überleben wird... Sie hofft natürlich, dass sie sich irren und kämpft nach wie vor um ihr Leben! Und das macht sie mehr als toll! Sie ist eine wahnsinnig sympathische Frau und einige kennen sie bestimmt von ihrem Blog Diagnose Krebs - und der Kampf um mein Leben.

Ein Freund von ihr hat jetzt eine Spendenaktion gestartet. Ziel ist es, ihre Wunschbeerdigung zu finanzieren um ihre Familie zu entlasten! Ich selbst habe mich beteiligt und würde mich freuen, wenn auch ihr es tut :) 👍 Folgt Viola einige Tage auf ihren Blog und ihr werdet sehen, dass sie es mehr als verdient hat 👍💖

3. Mai 2016 ·

Es ist soweit :) Meine Selbsthilfegruppe ist offiziell im Selbsthilfekompass!! Wer Interesse hat zu kommen, schickt mir bitte am besten eine WhatsApp Nachricht, Nummer steht ja dabei ;)

http://www.selbsthilfekompass.net/krebs-selbsthilfegruppe-f…

4. Mai 2016 ·

Halli hallo

Ein neuer Tag im Krankenhaus. Ab heute bekomme ich meine Carboplatin Hochdosischemo in der Frauenklinik, auf der Station wo ich meine OP's hatte. Und es fängt schon "gut" an... Mir wurde mal wieder nicht geglaubt, dass die Blutabnahme über die Vene nicht geht Sie möchte es mal versuchen... Ja und was war - ich hatte Recht! Ich glaube in Zukunft sollte ich einfach darauf bestehen, dass es nicht mehr versucht wird... Jetzt heißt es wieder Warten auf die Blutwerte, warten auf die Chemo und dann kann´s endlich los gehen.

Mir geht es übrigens gut :) Die Luft ist etwas knapp, ich schwitze viel, aber sonst ist alles gut

Ich danke euch, das ihr mir so viel Halt gebt Genießt den Tag , wenn möglich ohne Stress und lasst es euch gut gehen

6. Mai 2016 ·

Einen wunderschönen sonnigen guten Morgen an euch alle

Mein zweites Frühstück... Damit könnte ich es durch den Tag schaffen mittags und abends gibt's nochmal Nachschub. Das ist sozusagen die Grundausstattung Wer erkennt etwas??

Ich mach mich jetzt gleich auf den Weg zu meinem Engel in die Schule, da ist heute Maifeier. Anschließend geht es mit meinem Papa und seiner Frau (Engel ist natürlich auch dabei) endlich zu IKEA mein neues Bett kaufen!! Ich komm nämlich schon seit längerer Zeit aus meinem nur noch ganz schwer hoch ein höheres Bett ist dringend nötig! Da freu ich mich schon riesig drauf ☺ Ich hoffe ich halte alles halbwegs durch...

Ich wünsche euch einen mindestens genauso schönen Tag passt auf euch auf!

#Tabletten #Frühstück #IKEA #Frühling #Mai #Engel #Sonne

8. Mai 2016 · feiert Muttertag

Einen wunderschönen Muttertag wünsche ich euch 🌻

Einen kleinen Einblick in die liebevollen gebastelten Geschenke von meiner Tochter, kann ich euch natürlich nicht vorenthalten 😍 dazu gab es noch einen tollen gedeckten Frühstückstisch mit Semmeln, Brezen und Schokocroissant vom Bäcker

Ich bin unbeschreiblich dankbar eine gesunde Tochter zu haben!!! SIE ist mein persönlicher Schutzengel und der Grund warum ich immer um mein Leben kämpfen werde 💪 Genießt die Zeit mit euren Kindern oder Müttern, man weiß nie wann diese Zeit vorbei ist...

Mir geht es heute leider nicht so gut Ich bin ziemlich schwach und sehr müde, aber genieße den Tag trotzdem so gut es geht Ich hoffe, dass die Tabletten noch wirken!! Wir gehen nämlich noch ganz toll zum Essen später 😍 Da freu ich mich schon drauf!

10. Mai 2016 ·

Ich möchte euch die Seite von Christoph ans Herz legen...Er wohnt in meiner Nachbarstadt :) Schaut euch die Seite kurz an! Es wäre toll, wenn ein toller Betrag für ein "neues" Auto zusammen kommt 👍 Danke schon mal!! Darf natürlich gerne geteilt werden

11. Mai 2016 ·

Mal wieder ein Hallo von mir Ich bin wieder unter den "Lebenden"!

Mir ging es leider von Sonntag bis Dienstag ziemlich schlecht Muskelschmerzen/Gliederschmerzen, keine Kraft und sehr müde - das volle Programm nur übel war mir nicht ☺ In der Zeit habe ich sehr viel geschlafen und immer zwischen Couch und Bett gewechselt. Heute geht es mir schon wieder deutlich besser 👍💪😎

Mein Engel konnte gestern endlich wieder Reiten im Reitstall Neumann, danke dafür ❤ Während mein Engel auf Emma geritten ist, bin ich in einer Pusteblumenwiese gesessen und habe ihr zugeschaut 😍 Hat mich zwar viel Kraft gekostet dabei zu sein, aber es hat sich gelohnt! Frische Eier gab es auch noch

Ich muss diese Woche noch den neuen Antrag für die Haushaltshilfe stellen, das habe ich total vergessen 🙈 es gibt immer einen Antrag zum Ausfüllen oder ein Attest, langweilig wird´s definitiv nicht wenn man krank ist!

Ich hoffe euch geht's allen gut! Genießt das tolle Wetter solange man es genießen kann 😊 passt auf euch auf :* Danke für die Kraft die ihr mir gebt

12. Mai 2016 ·

Man sollte den Tag mit einem Lachen beginnen Ich wünsch euch einen schönen Tag! Allen, denen es nicht so gut geht wünsche ich schnelle gute Besserung und vor allem einen schmerzfreien Tag

Ich hatte gestern übrigens wieder eine Fahrstunde, die erste Überlandfahrt 👍 Und heute geht es gleich weiter

12. Mai 2016 ·

Ein ganz großes DANKE an Kurtis eventgastronomie - Restaurant LIDO Beach&Burger !!!! Das ist einer der Orte an dem es mir einfach gut geht Dort kann ich den Rest der Welt für einen Moment vergessen <3 Ich werde solche Momente weiterhin mit euch teilen und wer weiß, vielleicht bin ich das nächste Mal mit DIR dort?! Egal ob mit mir oder ohne, ich kann euch nur empfehlen vorbei zu schauen, auf einen kühlen Hugo und einen Burger in traumhafter Atmosphäre!

13. Mai 2016 ·

Guten Morgen an jeden Einzelnen

Viele Menschen verstehen es nicht, dass die einfachsten Dinge wahnsinnig anstrengend sind für mich und andere Erkrankte. Wie denn auch? Ihr versucht euch hineinzuversetzen und schafft es meist auch etwas, aber warum solltet ihr es nachempfinden können? Das könnt ihr nicht, weil wir es manchmal selbst nicht wahrhaben wollen wie eingeschränkt wir durch unseren Körper sind. Ein "normaler" Mensch macht sich über die meisten Dinge keine Gedanken, weil man es automatisch macht, das ist selbstverständlich.

Das kann sich niemand vorstellen... wenn man sagt, ich kann den Müll nicht runterbringen, dann schütteln die meisten nur den Kopf. Nicht weil sie es nicht glauben, sondern weil es für sie unvorstellbar ist. Anderes Beispiel ist Einkaufen, manchmal schafft man es ewig zu stehen und zu laufen, manchmal ist nach 5 Minuten Schluss. Ich denke so geht es vielen...

Es ist noch so früh und ich bin nach 2 Minuten an meine erste Grenze gestoßen, bei dem Versuch den alten WC Deckel abzumontieren. Der neue müsste natürlich danach drauf aber schon alleine die Haltung und die Bewegung tat weh und ich habe extrem zu Schwitzen angefangen der Körper sagt einfach Nein und das nervt! Man fühlt sich so hilflos und abhängig von anderen... Am liebsten würde ich einfach wieder alles alleine schaffen!! Aber das dauert noch... Deshalb habe ich es sein lassen und vertraue auf meine tolle Haushaltshilfe, dass sie auch das schafft ❤

Tut mir leid für den langen Text schon in der Früh

Ich wünsche euch einen schönen Tag und einen tollen Start ins Wochenende :* Ich mach mich jetzt mal fertig und gehe dann mit einem Lieblingsmenschen frühstücken

13. Mai 2016 · war auf der Suche nach einem Komplizen

Update 28.07.16

Ich habe ein Logo bekommen ❤ Danke

!! Thema Logo !!

Schon seit einiger Zeit hätte ich gerne mein eigenes Logo. Einfach mein Bild, meine Pusteblume, mein persönliches Zeichen und nicht irgendwas "Geklautes" aus dem Internet.

Leider fehlt mir in jeglicher Hinsicht das Talent zu zeichnen :D Somit kann ich mir selbst keins entwerfen. Jetzt kommt ihr ins Spiel ;) Hat jemand von euch Zeit, Lust und das Talent, mir eine Pusteblume zu zeichnen?? Oder kennt ihr jemanden der einen kennt der wieder jemanden kennt... :P

Es sollte eine Pusteblume sein von der einzelne Samen wegfliegen und der Schriftzug "Pinke Pusteblume" vielleicht dabeisteht. Evtl. auch noch die Brustkrebsschleife oder ein Bild von mir seitlich mit Glatze (das hätte ich). Ich weiß nur nicht wie man sowas umsetzen könnte. Geht das nur am PC von Profis oder macht man das auf Papier? Kennt sich jemand von euch damit aus? Ich bin für sämtliche Ideen und Vorschläge offen :) Vielleicht habt ihr ja tolle und andere Ideen als ich?! Dann gerne her damit!

Wer möchte kann mir ab sofort per Privatnachricht oder E-Mail einen Entwurf zukommen lassen :) Jeder der mitmacht und mir hilft bekommt dann wenn ich ein Logo habe eine kleine Überraschung

15. Mai 2016 · unsicher

Komisches Gefühl, wenn man plötzlich einen Knubbel unter

der linken Achsel spürt... Ich bin mir nicht ganz sicher ob es ein Lymphknoten oder eine Zyste ist Ich bin etwas durch den Wind.

Bin bei meiner Tante, in der Nähe von Stuttgart, bis Dienstag und zum Glück gut abgelenkt. Heute Abend steigt eine riesen Geburtstagsparty, sie wird heute 50 🎉 Aber das Kopfkino läuft trotzdem... Die Angst kommt etwas hoch... Am Mittwoch oder Donnerstag bin ich eh bei meiner Gynäkologin zum Zoladex spritzen und dann soll sie mal per Ultraschall draufschauen.

Ich war jetzt den ganzen Vormittag am Überlegen ob ich es euch überhaupt sagen soll oder erst mal für mich behalten soll... Aber es gehört zur Krankheit und ich möchte nichts verheimlichen. Wird schon alles gut sein ✌

Ich wünsche euch Schöne Pfingsten :* Genießt die Zeit mit euren Liebsten!

17. Mai 2016 · hier: **Gummi-Bären-Land**.

Bevor meine liebe Cousine uns jetzt wieder nach Hause fährt, sind wir noch "kurz" ins Gummi-Bären-Land. Ein Paradies für meinen Engel 😍 👼

Das muss ich euch natürlich zeigen 😎

Wir hatten wunderschöne Pfingsten bei der Familie in Baden-Württemberg und fahren mit einem weinenden und einem lachenden Auge zurück ❤

Hattet ihr auch ein schönes langes Wochenende??

18. Mai 2016 ·

Einfach dankbar sein ❤ 👼

Mir ging es heute, wie auch die letzten Tage, richtig gut zum Glück Meine Zoladex-Spritze (künstliche Wechseljahre) hab ich heute wieder bekommen. Leider ist meine Gynäkologin im Urlaub, deshalb war ich damit beim Allgemeinarzt. Sonst gibt's eigentlich nichts Neues. Ich hoffe euch geht es allen gut!?

Gute Nacht ✨ 😴 Schlaft gut 🌛

19. Mai 2016 ·

Alles eine Frage der Einstellung 👍 Man sollte immer das Positive in allem sehen! Meine Gesundheitsexpertin freut sich übrigens auch über jeden einzelnen Like

21. Mai 2016 ·

Gestern habe ich mich mit einer Likerin auf einen Kaffee getroffen :) Immer wieder stelle ich fest, was für tolle Menschen meinen Blog verfolgen ☺ ! Menschen die ich sonst nie kennengelernt hätte... Danke für die liebevoll ausgesuchten Geschenke ❤ und den schönen Nachmittag!

22. Mai 2016 · **A8**

Guten Morgen meine Lieben

Ganz ganz viele tolle Menschen haben es möglich gemacht, dass ich mit meinem Engel 6 Tage Auszeit haben kann ❤ Unser erster Urlaub!! DANKE DAFÜR AN JEDEN EINZELNEN ❤ 😍 Wir sind seit einer Stunde unterwegs nach Österreich, Gmünd in Kärnten. Wir freuen uns schon so sehr ☺ Wohnt jemand von euch dort in der Nähe?

Mir geht es zum Glück sehr gut bis auf die Alltagsnebenwirkungen 😉

Ich wünsche euch einen schönen Sommertag 🌞 🌞 🌞

Wollt ihr mir verraten, was ihr heute Tolles vorhabt?

23. Mai 2016 · hier: **Mentebauer**.

Einen wunderschönen Montagmorgen wünsche ich euch 🌞

Hier ist es einfach unbeschreiblich schön!! Es tut uns wahnsinnig gut, mein Engel ist so glücklich 👼 ❤ ☺

Mir geht es auch sehr gut, nur viel laufen kann ich leider nicht und somit fallen große Ausflüge leider aus... Das müssen wir so hinnehmen 😉

Hier mal ein paar Bilder von unserem Paradies im Gourmetbauernhof Mentebauer 😍

26. Mai 2016 ·

Ich kann es euch nicht vorenthalten 😍 Es geht uns unbeschreiblich gut hier!! Wir wollen gar nicht zurück kommen ☺ Es ist so schön 😍 Gesundheitlich geht's mir auch gut 😉 💪 👍 Ich hoffe euch auch?!

28. Mai 2016 ·

Heute war es so weit... Ja genau HEUTE vor einem Jahr...

Es war der Tag an dem sich mein Leben schlagartig änderte. Es war ein Donnerstag. Wegen meinen immer wiederkehrenden starken Brustschmerzen, die kaum auszuhalten waren, drängte mich meine liebe Freundin Denise dazu nun endlich einen Termin beim Arzt auszumachen. Dieser Termin war dann HEUTE vor einem Jahr!

Ich wusste und spürte, dass in meiner rechten Brust etwas ist, das da nicht hingehört. Der Gedanke Brustkrebs war da, den ich aber beiseitegeschoben habe. Brustkrebs, ich?? Mit 25?? Nein viel zu jung! Ich doch nicht! Es gibt so viele andere Ursachen für die Schmerzen und die harte Stelle in der Brust und den extrem großen Lymphknoten! Aber ich wusste, irgendetwas stimmte ganz und gar nicht!

Mein Arzt redete mir gut zu und tastete meine Brust ab. Plötzlich wurde er ganz ruhig und sagte nur: "Sie haben Recht. Da ist etwas, was da nicht hin gehört." r machte einen Ultraschall und zwei andere Gynäkologen schauten auch mit drauf. Sie redeten in ihrer Arztsprache von der ich kein Wort verstand. Ich hörte nur immer wieder: "Nein, das kann nicht sein. Das darf nicht sein. Das ist nicht möglich. Aber das kann doch nicht sein!" Das Ganze ging so ca. eine halbe Stunde und ich merkte wie mein Arzt nervös und unruhig wurde und gleichzeitig immer wieder meinen Oberschenkel tätschelte. Ich denke das hat er gemacht um mir zu signalisieren, alles gut, bleiben Sie ruhig. Dafür war es aber zu spät, seine Unruhe war deutlich zu sehen und zu spüren!

Am Ende sagte er, dass es nicht so gut aussieht und erklärte mir einiges zu dieser Aussage. Aber er sagte auch dazu, dass es nur eine Entzündung oder irgendwas anderes sein kann. Ich soll ruhig bleiben und am Montag zur Mammographie und Stanzbiopsie in die Klinik gehen.

Für mich war die Ruhe aber vorbei, denn im Inneren wusste ich plötzlich "Ich habe Brustkrebs, aber wenn ich Glück habe täuscht mich mein Gefühl" Ich habe mir versucht einzureden das ich mich täusche, aber eigentlich wusste ich es schon ganz genau... s war wie ein Loch, in das ich hineingefallen bin. In diesem Loch läuft alles ab wie in einem Film, so unwirklich und eine eigene Welt. In diesem Loch sitze ich noch heute. Zum Glück ist es nicht schwarz

30. Mai 2016

Guten morgen ihr Lieben

Auch mich beschäftigt das Unwetter über Baden-Württemberg und Bayern... Ich hoffe, dass ihr alle eine ruhige Nacht hattet!! Hat bei jemanden von euch das Unwetter zugeschlagen? Wie geht's euch? Braucht jemand Hilfe?

Bei uns war zum Glück nichts vom Unwetter spürbar!

30. Mai 2016 · t **FYC - Ich zeige dem Krebs den Mittelfinger.**s

TEILEN !!! TEILEN !!! TEILEN !!! TEILEN !!! TEILEN

Für alle die helfen möchten 👼 ❤ Zusammen schaffen wir es, dass es den Familien wenigstens materiell wieder gut geht 💪 👍 Bitte so oft wie möglich TEILEN !!!

30. Mai 2016 ·

Hoffentlich kommt jemand ☺

JUN16

1. Treffen für Junge Erwachsene mit Krebs

Do 17:30 · Geretsried, Bayern

Juni 2016

1. Juni 2016 ·

So ihr Lieben, ich liege gerade (endlich) mit einem leckeren Tee auf der Couch ☺

Heute war wieder Chemo und ich hatte eine wunderbare Begleitung über die ich mich riesig gefreut habe ❤ Meine Denise Zwiebel war dabei ☺ Zwiebel deshalb, weil wir unseren Kindern früher gesagt haben, sie sollen keine bösen Wörter sagen sondern stattdessen das böse a-Wort durch Zwiebel ersetzen 😂 Das sind doch mal pädagogisch wertvolle Erziehungsmethoden 🙈 😂

Chemo an sich ging eigentlich ganz schnell (1,5 Stunden), trotzdem waren wir aber 5 Stunden dort 😕 Aufnahme - Blutabnahme - warten - Arzt Gespräch (Blutwerte ok 😎) - warten - warten - warten - Chemo - fertig 💪 😉 2 Salben habe ich auch bekommen, für Hände, Füße und Körper, weil meine Haut immer schlimmer austrocknet. Und eine kurze Einweisung bzw. Aufklärung gab es noch. Davon hab ich euch mal ein Foto gemacht 😊 Und eine ganz klare Anweisung "Gehen Sie viel raus an die frische Luft, setzen Sie sich in den Biergarten und trinken ein Radler 😉"

Am späten Nachmittag kam dann noch eine Freundin mit ihrer Tochter vorbei und wir haben den neuen (Elektro-) Grill eingeweiht 🍴 🎉 Jetzt bin ich ziemlich kaputt, aber schön war´s 👍 Ein rundum schöner Tag, trotz Chemo! DANKE euch 😘

Später schreib ich wieder etwas dazu, was heute vor 1 Jahr war. Es war damals nämlich ein sehr aufregender Tag für mich. Was meint ihr könnte es gewesen sein??

2. Juni 2016

Aus meinem "später" wurde ein "morgen" 🙈 Es tut mir leid, aber ich bin gestern Abend einfach eingeschlafen...

Gestern war der 1. Juni, gestern vor einem Jahr hatte ich den Termin zur Mammographie. Es fühlt sich an, als wäre es erst gestern gewesen, aber es ist wirklich schon ein ganzes Jahr vergangen.

Auf dem ersten Bild war ich im Warteraum und das Herz hat mir bis zum Hals geschlagen... ich wusste ja eigentlich vom Gefühl her schon, dass ich Krebs habe. Ich wusste, das könnte das letzte Bild sein auf dem ich "gesund" bin, weil es mir ja noch nicht gesagt wurde...

Als ich ins Zimmer gerufen wurde meinte die Arzthelferin, dass ich viel zu jung sei für eine Mammographie und erst mal ein Ultraschall gemacht wird. Damit sollte es sich dann erledigt haben, meinte sie... Mein Bauchgefühl sagte mir dann aber was ganz anderes!

Während dem Ultraschall meinte der Arzt gleich, dass er eine Mammographie möchte von der Brust mit der Achsel. Mich versuchte er zu beruhigen, weil es auch nur eine Entzündung sein könnte. Die Mammographie war unangenehm, aber gut auszuhalten. Als er die Bilder gesehen hat, hat er mich über die Stanzbiopsie aufgeklärt die er dann gemacht hat. Dabei wird Tumorgewebe mit einer Hohlnadel entnommen und in der Pathologie untersucht. Das

Ergebnis ist nach 2 Tagen da... Also mal wieder in quälendem Warten üben, das ist übrigens die Hauptaufgabe eines Krebspatienten glaub ich entweder zu Hause mit Kopfzerbrechen oder in sämtlichen Wartezimmern.

Auf dem zweiten Bild sieht man das Ergebnis der Mammographie. Das oben Eingekreiste ist ein Teil (wie sich später in einer erneuten Stanzbiopsie und CT rausstellte) von metastasierten Lymphknoten. Das unten Eingekreiste ist der Tumor.

Morgen vor einem Jahr bekam ich dann meine Diagnose.... Darüber schreibe ich dann aber erst morgen.

3. Juni 2016

3. Juni 2015 - dieses Datum wird mich mein Leben lang begleiten!

Es war ein Mittwoch, ich war in der "Schule" (externe Prüfungsvorbereitung zur Kinderpflegerin) und wartete auf den Anruf von meiner Gynäkologin. Konzentrieren konnte ich mich nicht wirklich, weil ich ständig aufs Handy schaute. Doch der Anruf kam nicht... Dieses Warten ist so nervenaufreibend! Es hat mich ganz verrückt gemacht. Ich wollte es einfach nur wissen, einfach Klarheit haben!! In der Mittagspause ca. 11:45 Uhr habe ich dann angerufen, das Ergebnis lag vor und ich werde zurück gerufen von der Ärztin... Also wieder warten...

Um 15 Uhr war ich mit meiner Tochter daheim und habe mir natürlich nichts anmerken lassen. Ich habe mich mit dem Haushalt abgelenkt und mein Engel hat friedlich neben mir gespielt. Das Handy war natürlich ständig griffbereit und auf sehr laut eingestellt ;) ach einer Zeit ist mein Engel dann raus gegangen um mit ihren Freundinnen zu spielen, zum Glück, kann ich im Nachhinein sagen. Mir gingen tausend Gedanken durch den Kopf... "Gleich wird mir gesagt, dass ich Brustkrebs habe, mit 25..." "Aber vielleicht täusche ich mich ja auch die ganze Zeit?!" "Steigere ich mich zu sehr rein? Es ist bestimmt doch alles in Ordnung!"

Durch das Handyklingeln wurde ich aus meinen Gedanken gerissen... Da war er, der Anruf, um kurz nach 16 Uhr... Ich schaute das Handydisplay an und wusste, jetzt wird sich mein Leben in allen Bereichen schlagartig verändern... Nichts wird mehr sein wie es war... Denn es wird nicht alles gut sein, das wusste ich jetzt ganz deutlich, doch die Hoffnung ging mit einem leisen "Hallooo...?" ans Handy.

Die Ärztin klang ganz normal und wurde dann etwas ruhiger bis sie schließlich sagte: "Also mir liegt ihr Ergebnis von der Gewebeprobe des Tumors vor, haben Sie nächste Woche Montag Zeit für einen Besprechungstermin?" Ich dachte ich höre nicht richtig Da hat die Ärztin wirklich mein Ergebnis vor sich liegen, wo drauf steht ob ich Krebs habe oder nicht und ich soll noch 5 endlos lange Tage warten und mir den Kopf zerbrechen?! NEIN!! NICHT ICH!! ICH WOLLTE ES JETZT SOFORT WISSEN!! Das habe ich ihr ganz deutlich gesagt!

Dann kam er, der Satz, bei dem ich nur Ihre Stimme und mein Herz hörte das mir fast aus der Brust sprang... Sie sagte mir etwas zögernd und ganz ruhig: "Also ich muss Ihnen leider mitteilen, dass in Ihrem Tumorgewebe Krebszellen gefunden wurden, aber die Untersuchungen in der Pathologie sind noch nicht abgeschlossen."

Ok, ich hatte ein mittleres Fragezeichen im Kopf und fragte sie, was das jetzt genau heißt, dass die Untersuchungen in der Pathologie noch nicht abgeschlossen sind. Eigentlich wusste ich, Krebszellen bedeutet ich habe Krebs, aber die Hoffnung etwas falsch aufgefasst zu haben ließ mich nicht los, bis sie sagte: "Die genauen Untersuchungen sind noch nicht abgeschlossen, da geht es um die Art des Krebses und welche Rezeptoren usw. Dieses Ergebnis ist dann am Montag da und dann besprechen wir alles. Es ist leider zu 100% sicher, dass Sie Krebs haben. Es tut mir sehr leid für Sie, aber wir bekommen das hin, wir schaffen das!" Ich habe mich dann nur noch bedankt für ihre ehrlichen Worte und habe aufgelegt.

Ich stand einfach nur da, schaute aus dem Fenster und sagte in Gedanken "Ich habe Krebs - Brustkrebs, ich habe Brustkrebs... Es ist leider wahr" Erst als ich es "laut" sagte und somit wirklich aussprechen musste, habe ich angefangen zu weinen und bin auf dem Boden gelegen. Ich habe geweint und geweint und geweint 😢 Und plötzlich hatte ich das dringende Bedürfnis es den Menschen zu sagen, die mit mir auf diesen Anruf gewartet haben und mitgezittert haben.

Der erste Anruf ging an meinen Papa und seine Frau, sie sind ans Handy gegangen, saßen in unserer Lieblingseisdiele und ich habe nur geweint. Ich konnte es nicht aussprechen, ich konnte nur weinen, aber das hat anscheinend mehr als 1000 Worte gesagt. Es war ein schlimmes Gefühl, sowas seinen liebsten Menschen mitzuteilen! Die anderen konnte ich nicht anrufen, das habe ich nicht übers Herz gebracht. Leider haben sie es dann als WhatsApp-Nachricht erfahren. Ich habe geschrieben, dass der Anruf gekommen ist und das der Tumor bösartig ist. Das Wort "Krebs" konnte ich noch nicht benutzen.

Plötzlich schreckte ich hoch, es klingelte. Ach ja mein Engel spielt ja draußen bzw. spielte, denn jetzt wollte sie wieder rein kommen. Schnell wischte ich die Tränen weg und beruhigte mich innerhalb von wenigen Sekunden. Sie merkte natürlich das ich geweint habe, aber Mamas sind da ja sehr erfinderisch ich habe mir also das Knie angehauen

Der Tag ging ganz "normal" zu Ende. So nach und nach nahm dann alles seinen Lauf mit den Untersuchungen. Bei den Untersuchungen war ja fast alles ok, denn ich hatte keine Fernmetastasen, "nur" Lymphknotenmetastasen. Wenn ich was vergessen haben sollte oder euch noch was interessiert und ihr Fragen habt, dann lasst es mich bitte wissen

Hier sind noch ein paar Fotos von den Tagen kurz nach der Diagnose, denn das Leben ging weiter 😎 👍

Das 1. war 3 Tage nach der Diagnose.

Das 2. war 7 Tage danach.

Das 3. war 5 Tage danach.

Das 4. war 9 Tage danach am Johannifeuer, denn das Leben geht weiter

5. Juni 2016 ·

Danke an euch ❤

Danke, dass ihr mich auf diesem Weg begleitet!

Danke, für eure lieben Worte!

Danke, für eure Daumen!

Danke, für euren seelischen Beistand!

Danke, dass ihr mich immer wieder aufbaut!

Danke, für 1500 Likes

7. Juni 2016 ·

Mir reicht es von diesen Tiefs! Es sind zwar immer nur ein paar Tage, aber die haben es in sich :/ Seit Samstag geht es mir von Tag zu Tag schlechter und heute ist glaube ich der absolute Tiefpunkt. Jeder Muskel tut weh, vergleichbar mit Gliederschmerzen. Mein Kreislauf spielt verrückt, mir ist ständig schwindelig. Wenigstens hält sich die Übelkeit in Grenzen. Meine Kraft ist mehr als nur aufgebraucht... Es wird allerhöchste Zeit für das Happy End 😉 Zwei Chemos hab ich noch vor mir, eine davon ist am 22.06. 💪

Mir ist aufgefallen, dass ich euch gar nicht mehr gesagt habe, was aus meinem "Knubbel" unter der linken Achsel geworden ist. Erst mal tut es mir leid, dass ich euch so in der Luft hab hängen lassen 😘 Der Knubbel hat sich zum Glück als Zyste/Abszess rausgestellt!!! Mir ist ein riesen Stein vom Herzen gefallen ☺

Vorhin war ich mit unserem Kater Elvis beim Tierarzt und das war schon wirklich Hochleistung... Der arme Kerl hat eine Blasenentzündung und muss jetzt 2 mal am Tag Tabletten nehmen. In 10 Tagen geht's zur Kontrolle.

Da war es glaub erst mal an Neuigkeiten 😎 Ich hoffe ihr könnt das tolle Wetter genießen?! Da ich körperlich absolut nicht in der Lage bin irgendwo hin zu laufen, werde ich den Tag wohl weiterhin auf der Couch verbringen müssen :/

Lasst es euch gut gehen und passt auf euch auf

7. Juni 2016 · ist auf der Suche nach guter Musik.

Den immergleichen Satz im Ohr:
Das Atmen sich wohl trotzdem lohnt,
das Schicksal niemals wen verschont,
die Straße ist nicht immer eben und grad' deswegen:
Auf das Leben!

Na, kennt ihr auch solche "Mutmachlieder" ? Oder nennt man sie eher "Lebensbejahende Lieder"? Oder "Motivationslieder"? Wie auch immer, ich verarbeite ganz viel mit Songtexten in denen ich mich wiederfinde, womit ich mich einfach identifizieren kann. Habt ihr ein paar Lieder für mich, die zu meiner Situation passen??

Durch Rouge Mariechen bin ich gerade durch Zufall auf das Lied gestoßen, danke 😘

9. Juni 2016 ·

Langsam ist ein Ende in Sicht :D Ich habe heute den Vormittag bei meiner Hausärztin verbracht um die Kurunterlagen gemeinsam auszufüllen. Wenn alles gut geht, sind wir in den Sommerferien für 3 Wochen in Grömitz an der Ostsee :D

Blut habe ich mir auch gleich abnehmen lassen über den Port. Das Ergebnis wird dann per Fax in die Klinik geschickt. Mir geht es zum Glück wieder gut, die meisten Nebenwirkungen sind wieder weg :D Ich hoffe das bleibt bis zur nächsten Chemo so!!

Bei uns regnet es seit gestern Abend in Strömen... Aber irgendwie stört mich das überhaupt nicht ;) Es ist ja nur Regen... Solange es nicht gefährlich wird ist alles gut. Wie ist bei euch die Überschwemmungslage?? Bei uns sind nur die Wiesen etwas überflutet, aber das passiert ja schnell mal. Ich hoffe, dass es nicht schlimmer wird, weil es bis morgen noch so weiter regnen soll.

Ich mach mir jetzt mit meinem Engel einen schönen Nachmittag bei einer Bekannten und ihren neun Golden Retriever Welpen <3 So gerne würde ich es uns ermöglichen einen zu nehmen... Da das nicht geht, besuchen wir sie wenigstens zum Kuscheln und Spielen solange sie noch da sind <3

Ich wünsch euch einen schönen Tag und beschwert euch nicht so über den Regen Versucht doch einfach mal im Regen zu tanzen, das tut sooooo gut :D hihi vielleicht machen wir das heute noch...

10. Juni 2016

Guten Morgen 🌞🌞🌞

Unter diesem Link hat mich eine Likerin markiert, das musste ich einfach mit euch teilen! Ich finde Nr. 15, 18, 19, 36, 41 und 45 am schönsten ❤ Das passt am besten zu mir und meiner Einstellung! Was gefällt euch am besten??

1. Das Leben ist nicht fair, aber es ist trotzdem gut.

2. Wenn Du zweifelst, gehe einfach nur den nächsten kleinen Schritt.

3. Das Leben ist zu kurz, um irgendwen zu hassen.

4. Nimm Dich selbst nicht zu ernst. Niemand sonst tut das.

5. Zahl Deine Rechnungen jeden Monat.

6. Du musst nicht jeden Streit gewinnen. Stimme zu, dass man nicht immer übereinstimmt.

7. Weine mit jemandem zusammen. Es ist heilsamer als allein zu weinen.

8. Spar für Deinen Ruhestand. Fang mit Deinem ersten Gehalt an.

9. Wenn's um Schokolade geht, ist Widerstand zwecklos.

10. Schließe Frieden mit Deiner Vergangenheit, damit sie Deine Gegenwart nicht versaut.

11. Es ist okay, wenn Deine Kinder Dich weinen sehen.

12. Vergleiche Dein Leben nicht mit dem anderer. Du hast keine Ahnung, was bei ihnen los ist.

13. Wenn eine Beziehung geheim gehalten werden muss, solltest Du nicht in ihr sein.

14. Das Leben ist zu kurz für langes Selbstmitleid.

15. Du kannst alles überstehen, wenn Du nur heute nicht aufgibst, an diesem einen Tag.

16. Ein Schriftsteller schreibt. Wenn Du ein Schriftsteller bist, schreib. (Wenn Du ein Musiker bist, mach Musik …)

17. Es ist nie zu spät für eine glückliche Kindheit. Aber Deine zweite Kindheit hängt nur von Dir ab und von niemandem sonst.

18. Wenn es darum geht, im Leben das zu tun, was Du liebst, akzeptiere kein Nein als Antwort.

19. Zünde die Kerze an, benutze die schönen Laken, trage die heiße Unterwäsche. Heb es nicht für eine besondere Gelegenheit auf.

20. Bereite Dich vor, so gut es geht. Dann lass los, lass Dich vom Fluss tragen.

21. Sei jetzt exzentrisch. Warte nicht, bis Du alt bist, bevor Du lila trägst.

22. Das wichtigste Sex-Organ ist das Gehirn.

23. Keiner ist verantwortlich für Dein Glück, außer Dir selbst.

24. Frag Dich bei jedem „Desaster“: Wird das in fünf Jahren noch wichtig sein?

25. Vergib jedem alles.

26. Was andere Leute von Dir denken, ist ihr Problem.

27. Zeit heilt fast alles. Gib der Zeit Zeit.

28. Wie gut oder wie schlecht eine Situation auch sein mag, sie wird sich verändern.

29. Dein Job wird sich nicht um Dich kümmern, wenn Du krank bist. Deine Freunde werden es. Bleib in Kontakt.

30. Glaube an Wunder.

31. Alt werden ist besser als die Alternative: jung sterben.

32. Was Dich nicht umbringt, macht Dich stärker – wirklich.

33. Deine Kinder haben nur eine (erste) Kindheit. Mach sie unvergesslich.

34. Geh jeden Tag raus. Überall erwarten Dich Wunder.

35. Würdest Du all Deine Probleme auf einen Haufen werfen und die Haufen der anderen sehen, Du würdest bestimmt die eigenen wieder mitnehmen.

36. Kontrolliere das Leben nicht, warte nicht auf irgendetwas. Geh raus und mach das Beste draus, jetzt.

37. Werde alles los, das nicht nützlich oder schön ist oder Dir Freude macht.

38. Alles, was am Ende zählen wird: dass Du geliebt hast.

39. Neid ist Zeitverschwendung. Du hast alles, was Du brauchst.

40. Das Beste kommt erst noch.

41. Egal, wie Du Dich fühlst, steh auf, zieh Dich an, zeig Dich.

42. Atme tief durch. Das beruhigt den Geist.

43. Wenn Du nicht nach etwas fragst, wirst Du's auch nicht bekommen.

44. Bring Dich ein.

45. Auch wenn das Leben nicht in Geschenkpapier verpackt ist, es ist ein Geschenk.

11. Juni 2016 ·

Einen wunderschönen guten Morgen und ein tolles Wochenende wünsche ich euch 🌻 🌞 ☺ Mir geht es supi, das Wetter ist durchwachsen und ich bin voller Tatendrang 😎 👍 💪

#fuckcancer #Kämpferin #Survivor #Krebs #Sturm #pinkepusteblume #Lebensfreude

11. Juni 2016 ·

Heute war es so weit 😍 Wir waren endlich wieder bei den Golden Retriever Welpen zum Kuscheln und Spielen ❤

Es hat uns total gut getan! Es waren Momente der Liebe, der Freude und des Glücks ☺ Wahnsinn was so ein paar freche Welpen in einem auslösen...

Ich wollte euch an unserer Freude teilhaben lassen ☺ Was war an eurem Tag heute am schönsten??

Ich wünsch euch schon mal eine gute Nacht ✨

12. Juni 2016 ·

Kurze Zusammenfassung des Spiels Deutschland : Ukraine ⚽ 😉

Das Runde muss ins Eckige - also ich ins Bett 😂 😂 Ich wünsch euch ´ne gute Nacht, schlaft gut und startet morgen gut gelaunt in die neue Woche

14. Juni 2016 ·

Ich wünsch euch eine gute Nacht ✨ 😴 Schlaft gut

15. Juni 2016 ·

In Gedenken an alle, die es leider nicht geschafft haben 😢 so viele mussten gehen... Aber im ❤ sind sie immer bei uns!!!

15. Juni 2016 · fröhlich

Ich genieße gerade mit meinem Engel und unserem Elvis die letzten Sonnenstrahlen auf dem Balkon, bevor die Regenwolken kommen ☀️😎👼🐕☁️💧 Und was macht ihr??

Mir geht es zum Glück immer noch richtig gut, nur das Laufen fällt mir nach wie vor schwer und die Luft ist knapp... Das Problem mit der Luft kommt glaub ich von der Lungenembolie Kommenden Mittwoch (wenn ich bei der Chemo bin) wird nochmal mein Herz angeschaut, weil mein Puls immer noch zu hoch ist trotz Betablocker... sollte nicht so sein eine Blutwerte waren letzte Woche auch nicht so gut, die Leberwerte und der Entzündungswert waren viel zu hoch. Was das genau bedeutet? Keine Ahnung! Heute war ich wieder beim Blut abnehmen, mal sehen wie die Werte sind.

Ich wünsch euch noch einen tollen Tag

17. Juni 2016 ·

Mal wieder ein aktuelles Bild von mir ab mich ja im Vergleich zu dem davor sehr verändert... Die Haare sind gewachsen und ich hab sehr viel zugenommen leider... Aber das wird schon wieder weg gehen hoffe ich

17. Juni 2016 · traurig

Es kam Post und ich könnte einfach nur heulen 😢 Ich meld mich dann nochmal wenn ich mich beruhigt habe und schreibe mehr...Musste es nur einfach grad loswerden

17. Juni 2016 · traurig

Also gesundheitlich ist alles beim Alten, nichts Neues, alles gut!!! Tut mir leid wenn ihr euch deswegen jetzt Sorgen gemacht habt!!! Ich hätte das gleich dazu schreiben sollen....

Ich habe ja alle Unterlagen zu meiner Wunschklinik nach Grömitz (Klinik Ostseedeich) geschickt. Von der Klinik habe ich diesen Brief bekommen mit einer Ablehnung, weil ich ja ein Rezidiv (=Rückfall) in den Lymphknoten hatte

Viele denken jetzt vielleicht, dass das ja nicht so schlimm ist, es gibt ja noch viele andere Kliniken. Aber für mich ist das gerade sehr schlimm, weil das die einzige Klinik ist, die ein Kind nicht nur als Begleitperson, sondern auch als Patient aufnimmt! Mein Engel hat alles hautnah mitbekommen, wir brauchen dieses Projekt "Gemeinsam gesund werden" so sehr!!! :(Und nur wegen diesem blöden Rezidiv dürfen wir nicht hin 😢 ich könnte nur noch weinen... Ich hatte das Rezidiv während meiner Therapie, nicht danach.

Ich will in keine Klinik wo mein Engel nur meine Begleitperson ist, von morgens bis abends betreut wird und sich nur wieder alles um mich dreht!!! Nein, nein, nein das geht nicht

<u>19. Juni 2016</u> ·

Guten Morgen :*

Es regnet mal wieder und das nicht wenig... Heute wäre der perfekte Couch-Kuschel-Tag 😍 Aber Ich sitze beim Erste-Hilfe-Kurs für den Führerschein 😁 ist ja hilfreich, aber dauert sooo lange :/ Was habt ihr heute vor??

<u>22. Juni 2016</u> ·

Heute ist die vorletzte Chemo 💪👍

Wir warten grad bei einem Kaffee auf die Blutergebnisse und die Chemo. Ich bin zum Glück nicht alleine, weil meine Freundin Denise wieder dabei ist ☺

Gestern hab ich das 13. Mal die Zoladex Spritze bekommen. Mein Gewicht schießt immer weiter in die Höhe und ich fühle mich als würde ich gleich platzen 😮

Kurz zu meiner Kur... Ganz vielleicht könnte ich dank zwei Engeln doch noch Glück haben und aufgenommen werden ❤ Wenn ich mehr weiß sag ich euch Bescheid 😉

Ich wünsch euch einen schönen Tag Danke, dass es euch gibt!!!

23. Juni 2016 ·

Einen wunderschönen guten Morgen euch allen 😊 😊 😊

Ich war gerade bei der Physiotherapie wegen meinen extremen Rückenschmerzen und der Lymphdrainage. Das ganze Gewicht was ich die letzten Monate zugelegt habe, ist hauptsächlich Wasser und zwar gaaaanz viel. Das bedeutet viel Brennesseltee trinken und grünen Spargel essen. 5 Monate ohne Lymphdrainage machen sich sehr bemerkbar :(ab sofort wird es wieder jede Woche gemacht 👍

Jetzt sitze ich hier noch im Wartezimmer, weil es um 10 Uhr weiter geht mit einer Fahrstunde.

Diese Zitate an der Tür finde ich so toll 😍 Habe beim Durchlesen ein paar Mal gelächelt ☺ Am schönsten fand ich: "Wie lange ich lebe, liegt nicht in meiner Macht, dass ich aber, solange ich lebe, wirklich lebe, das hängt von mir ab." Und: "Die schwierigste Zeit in unserem Leben, ist die beste Gelegenheit, innere Stärke zu entwickeln." Nur dass ihr es wisst, bald bin ich Superwomen 😂 😂

Genießt den Tag und lasst es euch gut gehen :) Und vor allem passt auf euch und eure Lieben auf

24. Juni 2016 ·

Hallo meine Lieben, die Sonne lacht, es ist einiges zu tun heute und ich bin einfach nur zittrig und kraftlos... Trotz den ganzen Aufputschtabletten wie Kortison, hab ich keine Kraft

Ich habe heute noch eine Besprechung mit 2RadTransporte und einen Kuchen sollte ich dann am Abend auch noch backen, für die

Hochzeit von meiner Tante und ihrem (ab morgen) Mann :) 😍 Aber der Kuchen ist leicht zu machen, nichts Aufwendiges. Ich hoffe, dass ich das irgendwie auf die Reihe bekomme.

Meine Haushaltshilfe ist gesundheitlich leider sehr angeschlagen und kann nicht kommen, wofür ich vollstes Verständnis habe ❤ aber es ist natürlich für mich umso schwerer....

Unser Kater Elvis hat immer noch eine schlimme Blasenentzündung und bekommt ab heute ein neues Antibiotika (Antibiotikum?). Hoffentlich hört er dann endlich auf überall hin zu pieseln und wird gesund!

Ich hoffe es geht euch allen gut!?! Falls nicht wünsche ich euch gute Besserung und viel Kraft :*

Genießt das Wetter, wenn ihr könnt und habt einen schönen Start ins Wochenende

25. Juni 2016 ·

Ein paar Stunden Hochzeit und zurück ❤

Ich habe mich durchgekämpft und es hat sich gelohnt!! Zum Schluss hat die Kraft fast nicht mehr bis zum Auto gereicht, aber geschafft ist geschafft Sogar die wunderschöne Braut, meine Tante, habe ich ganz ohne Alkohol doppelt gesehen 😁 Ich bin wirklich über meine körperliche Grenze gegangen und hoffe, dass ich dafür morgen nicht "bestraft" werde. Falls doch - das war es wert 💪

Toller Abend, tolles Essen, glückliche Menschen und ich mittendrin ❤ Danke, dass wir dabei sein konnten!

Und jetzt gute Nacht ✨ 😴 Schlaft gut

26. Juni 2016 ·

Noch schnell eine wichtige Neuigkeit bevor Fußball los geht ⚽ Es geht um unsere Kur in der Klinik Ostseedeich in Grömitz

Gerade hat mich die Gründerin des Projekts "gemeinsam

gesund werden" angerufen und mir versprochen, dass sie am Dienstag mit den Ärzten in der Klinik redet und mein Fall noch mal überprüft wird 😍😍👸👍💪🎉

Es gibt Hoffnung und ich werde hoffentlich Glück haben!! Ende der Woche werde ich dann Bescheid bekommen

Danke, Nicole StaudingerdingeRexrodt von Fircks Stiftung für krebskranke Mütter und ihre KinderKinder 👸❤👸❤

Und jetzt viel Spaß an alle beim Fußball schauen

26. Juni 2016 ·

Ich würde mich freuen, wenn ihr die liebe Andrea Voß unterstützt!!! Es ist super was sie alles versucht auf die Beine zu stellen 👍

#wirkönnenheldensein #fuckcancer

27. Juni 2016 ·

Ich will nur dass es aufhört!!!! Seit gestern Abend habe ich wieder diese wahnsinnigen Muskelschmerzen / Gliederschmerzen oder wie auch immer man diese Schmerzen nennen möchte... Das Atmen tut weh, das Reden tut weh, jede Bewegung tut weh und ich hab absolut überhaupt keine Kraft 😢 Die Nacht war schon schrecklich und genauso ging es in der Früh weiter. Ich weiß nicht wie ich mich hinlegen soll, weil jede Berührung weh tut. Heute ist ein richtig doofer Tag :/ Heute muss ich einfach jammern

Ich freu mich auf morgen 💪 morgen ist es hoffentlich schon besser und das Leben kann weiter gehen!

Aber ich habe eine saubere Wohnung und ein leckeres Essen dank meiner Haushaltshilfe ❤ Sie ist einfach Gold wert, ohne sie wäre ich verloren!

27. Juni 2016 ·

Bernadette ❤

Schon oft haben wir über meinen Blog oder Brustkrebsgruppen geschrieben. Von Anfang an wusste ich, dass du ein toller Mensch bist. Sogar ein Bild hast du mir gezeichnet 😍 Und jetzt seh ich dieses Video und möchte dich einfach nur in den Arm nehmen 👼 Du bist ein Engel, so zuckersüß und sympathisch!!

#mammamia #porträtsmitmut #fuckcancer #mdr

29. Juni 2016 ·

Die Muskelschmerzen sind weg ☺ 🎉 Ich bin so glücklich ☺ ☺ Aber irgendwie könnte ich auch weinen... Meine Rückenschmerzen werden immer schlimmer. Es ist zwar nur eine Stelle, aber die tut immer mehr weh 😢 Morgen bin ich wieder bei der Physiotherapie, danach ist es hoffentlich besser!

Meine Kraft ist auch noch nicht zurückgekommen Die Knie zittern und ich kann nur kurz stehen. Eigentlich wollte ich heute zur Fußpflege (man muss sich ja vor allem während der Chemo etwas pflegen , aber den Termin musste ich leider absagen. Es hätte gut getan einfach mal raus zu kommen und kurz abzuschalten. Zur Blutabnahme sollte ich eigentlich. auch, aber das muss bis Montag warten.

Ich verbring also die nächsten Stunden noch auf der Couch und am Nachmittag werde ich mit meinem Engel in ein Figuren-Theater gehen :) Da freut sie sich schon seit Tagen drauf und Mama wird es schaffen ❤ 💪 👼

Ich hoffe, dass es euch gut geht?! Falls nicht, schicke ich euch ganz viel Kraft und Durchhaltevermögen!! Genießt die Kleinigkeiten des Lebens und wisst sie zu schätzen 😘

29. Juni 2016 · feiert das Leben.

Es sind die kleinen, unscheinbaren Momente, die das Leben lebenswert machen ❤

Denn irgendwann ändern sich nicht die Dinge an sich, sondern die Bedeutung die wir Ihnen geben ❤

Der Tag war toll, ich konnte lachen, ich konnte glücklich sein, ich konnte stolz sein, ich konnte ein paar Meter laufen, ich konnte zum Theater, ich hatte weniger Schmerzen, ich konnte die Sonne spüren, ich konnte atmen, ICH LEBE - alles andere ist Nebensache!

Juli 2016

2. Juli 2016 ·

Es gibt Neuigkeiten zum Thema Reha/Kur.

Die liebe Frau Annette Rexrodt von Fircks (Gründerin der Stiftung Rexrodt von Fircks Stiftung für krebskranke Mütter und ihre Kinder gemeinsam gesund werden) hat sich sehr für mich eingesetzt, aber leider hat auch sie es nicht geschafft, dass ich in der Klinik Ostseedeich aufgenommen werde Vielen lieben Dank für Ihre Mühe <3 Denn der Versuch zählt mehr als der Erfolg!

Ich habe vollstes Verständnis dafür! Es gibt Kriterien, die erfüllt werden müssen und Richtlinien, die eingehalten werden müssen. Ich bin niemandem böse und möchte auch nicht, dass ihr es seid. Dennoch bin ich sehr traurig darüber... :(

Frau Rexrodt von Fircks hat mir zwei tolle Kliniken ans Herz gelegt. Zum einen die Klinik Nordfriesland in St. Peter Ording und zum anderen die Winkelwaldklinik Nordrach. Über diese beiden Kliniken werde ich mich in den nächsten Tagen mal informieren und Kontakt aufnehmen :) Falls jemand von euch die Kliniken kennt (oder auch nur eine davon), dann erzählt mir doch bitte von euren Erfahrungen. Das könnt ihr natürlich auch in einer privaten Nachricht tun, wenn ihr es nicht öffentlich sagen wollt

2. Juli 2016 ·

Wir lassen es uns jetzt während dem Fußball Spiel gut gehen ❤ Was meint ihr, wie endet das Spiel Deutschland : Italien ??

#Fußball #DFB #DieMannschaft #Deutschland #Italien #Schokofondue #Engel #glücklich #happy #fuckcancer

4. Juli 2016 · schmerzerfüllt

20:30 Uhr Update:

Ich bin stationär bei uns "um die Ecke" im Krankenhaus. Morgen stehen einige Untersuchungen an wegen Verdacht auf Knochenmetastasen.

Kaum ging es mir mal zwei Tage gut kommt heute wieder ein richtig heftiges Tief

Seit Februar habe ich ja Probleme mit meinem Rücken , rechts unten habe ich immer wieder Schmerzen und kann mich nicht gut bewegen. Heute Mittag bin ich bei Uschi Treppen gestiegen und plötzlich war es wie ein stechender extremer Krampf/Schmerz durch die ganze rechte Körperhälfte... Ich musste mich festhalten sonst wäre ich gestürzt. Seitdem kann ich mich nicht mehr bewegen, geschweige denn laufen ich habe versucht bis zum Auto zu kommen damit ich zum Orthopäden gefahren werden kann, aber keine Chance An der Wohnungstür bin ich fast zusammengebrochen vor Schmerzen Kaum belaste ich die Muskeln auf der rechten Seite kommt dieser unaushaltbare Schmerz

Ich sitze hier fest und kann nicht weg weder nach Hause noch zum Arzt 800mg Ibu und 40 Tropfen Novaminsulfon hab ich genommen und ein Kirschkernkissen liegt auf der Stelle. Gleich versuche ich nochmal aufzustehen und zu laufen... Ich hoffe es geht, aber ich glaube nicht. Ich weiß nicht was noch alles kommen muss Herz, Lunge, Wasser im ganzen Körper und jetzt noch das... ES NERVT MICH!!! STOPP!!! ES MUSS AUFHÖREN, JETZT!!!

5. Juli 2016 · **Kreisklinik Wolfratshausen**.

Ein Morgen im Krankenhaus

Ich kann schon seit einer Stunde nicht mehr schlafen... Die Sonne strahlt und das Schmerzmittel läuft immer noch in Kombination mit Tabletten. Ganz weg sind die Schmerzen nicht, aber gut auszuhalten. Die Nacht war soweit ganz ok 👍

Ich wünsche euch einen schönen Tag 🌻 Passt auf euch auf! ❤

5. Juli 2016 · Wolfratshausen, Bayern ·

🌼 Zusammenfassung von heute 🌼

Am Vormittag wurde meine Hüfte geröntgt, ob alles ok ist hat mir keiner gesagt.

Ich bekomme diese Woche noch ein Termin beim Onkologen. Das ist das Wichtigste!

Am Nachmittag war noch ein Neurologe da. Er hat u. a. mit seinem Hämmerchen meine Reflexe in den Beinen und Füßen getestet. Links hat mein Bein reagiert, rechts nicht... ich spüre rechts auch nicht so viel wie links... Daraufhin hat er ein MRT für morgen verordnet.

Mein Engel hat seit heute Mittag Fieber und gerade hat sie sich übergeben 😢 Das ist gerade das Schlimmste an der ganzen Situation 😢 Ich will einfach nur zu ihr!!! Könnte mich grad unter der Decke verkriechen und heulen... 😢 Ich weiß, dass sie gut versorgt ist, aber es tut trotzdem sehr weh! Ich mag einfach heim mit ihr!!

Meine Schmerzen waren heute den ganzen Tag gut auszuhalten und jetzt werden sie wieder schlimmer, vielleicht muss ich mir nochmal was geben lassen... Ich versteh nicht warum es nicht aufhört weh zu tun :/ Morgen muss ich heim!

DANKE FÜR EURE LIEBEN WORTE

7. Juli 2016 · am Boden zerstört.

Update! Siehe neuer Beitrag von 07.07. Abend

Guten Morgen 🌞

Es tut mir leid, dass ich gestern nichts hören habe lassen!

Ich durfte gestern um 9:45 Uhr ins MRT und danach nach Hause bzw. zur Hausärztin und Apotheke und dann heim. Beim MRT kam raus, dass es, allen Anzeichen nach, Metastasen in der Wirbelsäule sind... 😢 😢 😢 Der Verdacht, den alle für unwahrscheinlich hielten, hat sich wirklich bestätigt Ich habe Knochenmetastasen.

Heute um 8 Uhr bin ich in Bad Tölz zur Knochenszintigraphie (schreibt man das so?!). Da wird das komplette Skelett angeschaut, wo überall was ist und dann habe ich die 100%-ige Sicherheit. Der Arzt gestern war sich schon sehr sehr sicher... Aber ein kleines Fünkchen Hoffnung im Hintergrund habe ich noch.

Mehr kann ich jetzt erst mal nicht schreiben, weil ich mich fertig machen muss. Wenn ihr Fragen habt, dann fragt bitte :) Ich habe die Zeit mit meinem Engel gestern sehr genossen, leider hat sie immer noch Fieber.

Ich melde mich später, wenn ich ein Ergebnisse habe...

Ein riesen Danke an meine Mama die mich gestern abgeholt und heim gefahren hat und mich auch heute wieder fährt und dabei ist!! ❤ Und ein riesen Danke an meine Bonusmama Uschi, die sich ganz ganz lieb seit Montag um meinen Engel kümmert, wie auch heute wieder

7. Juli 2016 ·

Das endgültige Ergebnis!

Heute war ein anstrengender Tag...

Erst mal <3 lichen Dank für die unzählig vielen lieben Nachrichten und Kommentare!!! Ich habe es leider noch nicht geschafft auf alles zu reagieren, aber habe mich riesig gefreut :* Ich hoffe ihr seid mir nicht böse, ich antworte auf jeden Fall noch!

Und jetzt zum heutigen Tag...

Ich war mit meiner Mama heute früh um 8 Uhr beim Knochenszinti (Knochendichtemessung). Bis sie mir allerdings endlich dieses radioaktive Mittel über die Vene spritzen konnten sind 1,5 Stunden vergangen. Sie hatten keine passende Portnadel und eine Vene war auch nicht zu finden. Mit einer Babynadel ging es dann endlich. Nachdem mir das gespritzt wurde mussten wir 2,5 Stunden warten und ich musste 2 Liter trinken.

Um 12 Uhr war ich dann im Gerät bis 12:45 Uhr. Die Besprechung danach war irgendwie komisch... Der Arzt hat gesagt, dass er sehr gute Nachrichten hat "Metastasen sind nur in der Lendenwirbelsäule, der Rest der Knochen ist frei! Das ist sehr gut!" Wir waren etwas verwirrt... Klar ist es gut, dass der Rest frei ist, aber trotzdem ist es keine gute Nachricht Ich habe definitiv Knochenmetastasen. Hallo?! Spinnt der?! Daran ist definitiv nichts gut!! Scheiße man Zu den Knochenmetastasen schreib ich dann die Tage nochmal extra was.

Wir sind dann ohne Termin einfach zu meinem zukünftigen Onkologen gefahren, haben die Untersuchungsergebnisse hingelegt und gesagt, dass ich für spätestens nächste Woche einen Termin brauche. 5 Minuten später durfte ich ins Arztzimmer Man darf ja auch mal Glück haben. Das ist echt ein toller Arzt, ich hab einen super ersten Eindruck r hat gemerkt, dass ich in der Luft hänge und keinen festen Ansprechpartner habe. Ich hab mich sehr verstanden und gut aufgehoben gefühlt. Er fordert alle Befunde von sämtlichen Ärzten an und liest sie sich durch. Als Therapie hat er mir Zometa und Strahlentherapie empfohlen, aber ich soll in München abklären was sie mir in der Klinik empfehlen und dann besprechen wir nochmal alles, weil er dann auch mehr über mich weiß.

Am Montag habe ich von 13:30 bis ca. 17:30 in München ein PET-CT (CT mit Kontrastmittel und radioaktiven Mittel). Da wird geschaut, ob in den Organen auch Metastasen sind. Das Ergebnis bekomme ich dann aber erst ein paar Tage später. Ob die Chemo am Mittwoch stattfindet stellt sich noch raus.

Ich hoffe ich habe nichts vergessen zu erzählen...bin ziemlich durch den Wind... Bitte fragt, wenn ihr Fragen habt!!! Das ist und wird jetzt alles sehr viel auf einmal, aber am Dienstagnachmittag weiß ich hoffentlich schon mehr. Da denkt man, man ist fast fertig mit dem ganzen Scheiß und dann wird es noch schlimmer

Ich dachte mir ich zeig euch noch die ungeschminkte verheulte Wahrheit von gestern und die leckere Wartezeit von heute

10. Juli 2016 · **Alpenwarmbad Benediktbeuern**.

Liebe Grüße aus dem Freibad an euch alle von meiner Schwester Anastasia und mir

Mir geht es mit den Schmerzmitteln zum Glück ziemlich gut Ich bin etwas nervös wegen morgen... Aber genieße den Tag heute in vollen Zügen! Ich hoffe, dass es noch viele so tolle Tage geben wird

Meinem Engel ging es die letzten zwei Tage wieder gut und seit 3 Stunden schläft sie hier im Schatten auf der Decke und hat erhöhte Temperatur

Ich hoffe ihr genießt das Wetter und das Wochenende auch?!

11. Juli 2016 ·

Das PET-CT habe ich hinter mir Wie man sieht, hat es die

Assistenzärztin sogar geschafft mir eine Nadel zu legen und das auf Anhieb.

Jetzt heißt es warten... Warten auf das Ergebnis... Ich mag dieses Gefühl überhaupt nicht, wenn man weiß, dass das Ergebnis schon feststeht und man es nur noch nicht gesagt bekommt

Morgen ist das gynäkologische Tumorboard. Da setzen sich sämtliche Ärzte zusammen und besprechen die aktuellen Fälle. Ich bin gespannt was rauskommt und was sie mir für eine Therapie vorschlagen.

Ich hoffe so sehr das meine Organe frei von Metastasen sind!!! Und diesmal brauch ich eure Daumen mehr denn je... Mir geht es gut, aber ich habe richtig Angst Letzte Nacht hab ich auch noch geträumt, dass ich Metastasen in Lunge und Leber habe. Ich hab ja wirklich eine positive Einstellung, aber im Moment ist da auch sehr viel Angst dabei... Angst bald nicht mehr hier sein zu dürfen und vor allem Angst meinen Engel alleine lassen zu müssen Aber so weit darf es nicht kommen, deswegen drücke ich mir selbst die Daumen und Zehen, dass ich morgen endlich mal (zum 1. Mal) positive Nachrichten bekomme!!!

12. Juli 2016

Ich warte immer noch auf den Anruf von der Klinik...

Am Vormittag war ich mit meiner Mama lecker frühstücken Davor und danach haben wir noch einiges erledigt, Krankenkasse, Apotheke, Arzt, eingekauft usw.

Jetzt bin ich daheim und ruhe mich mit meinem Engel erst mal aus. Die war heute wieder in der Schule Der "normale" Alltag kehrt wenigstens für sie zurück.

Meinem Rücken geht es heute nicht so gut :/ Ich glaube ich hab ihn zu viel belastet, weil ich ja durch die Schmerzmittel fast keine Schmerzen hab.

Ich bin überwältigt von den ganzen Daumen, Zehen und Pfoten die seit gestern für mich gedrückt werden IHR SEID ALLE SOOO TOLL!! DANKE

12. Juli 2016 ·

Habt ihr es gehört????? Mir ist ein riesen Felsbrocken vom Herzen gefallen ☺ ☺ ☺ ☺

Ich habe KEINE METASTASEN in den Organen!!! 🎉🎉🎉🎉🎉🎉🎉🎉🎉🎉 Euer Daumendrücken hat geholfen ❤

Morgen bin ich in der Klinik um alles zu besprechen. Ich werde eine Tablettenchemo mit Xeloda machen und zusätzlich Zometa per Infusion bekommen. Xeloda nehme ich 2 Wochen durchgehend ein, dann ist eine Woche Pause. Übermorgen geht es los. Zometa bekomme ich alle 4 Wochen. Mehr weiß ich noch nicht. Genaueres erfahre ich morgen.

Ich bin so glücklich, dass ich keine weiteren Metastasen im Körper habe!!!! 😍 😍 😍 👍 💪 😎 🎉 💖 ☺ 👼 Die erste gute Nachricht seit 13 Monaten!!

13. Juli 2016 ·

Heute hatte ich die Besprechung in der Klinik... Ich war froh, meine Mama an meiner Seite zu haben! Wo fange ich an zu erzählen? Ich stehe noch ziemlich neben mir. Ich bring es einfach mal auf den Punkt...

Mit allergrößter Wahrscheinlichkeit werde ich mein Leben lang Chemo (Xeloda) und Zometa (für die Knochen) brauchen. Es geht ab sofort darum die Metastasen zu stoppen damit sie sich nicht weiter verbreiten können. Mein Gesundheitszustand wird sich nicht zum Positiven verändern, er soll sich nur nicht verschlechtern... Das ist das Ziel. Einfach ein Stopp. Ich werde also nicht mehr gesund werden... Diese Aussage macht mir sehr zu schaffen... Das Gefühl nur noch mit Medikamenten überleben zu können, kein "normales" Leben mehr führen zu können und kein Ende in Aussicht zu haben, ist schrecklich

Im Gespräch mit meiner Ärztin habe ich mir erst mal erklären lassen, was genau das alles heißt was in dem Befund steht. Es sind 3 Metastasen in 3 Wirbeln. In einem Brustwirbel und zwei Lendenwirbeln mit jeweils einem gesunden Wirbel dazwischen.

Morgen früh beginnt meine Chemo mit Tabletten, die kann ich zum Glück zu Hause nehmen. Diese Tabletten (Xeloda 500mg) nehme ich zwei Wochen lang jeden Morgen 4 und jeden Abend 4. Dann ist eine Woche Pause. In dieser Pause muss ich an einem Tag zur Besprechung in die Klinik. Jede Woche muss Blut abgenommen werden um zu schauen ob alles ok ist oder die Dosis verringert werden muss. Es gibt wie immer einige unschöne Nebenwirkungen, aber die zähle ich jetzt nicht alle auf sondern warte ab, welche ich bekomme

Zusätzlich bekomme ich alle 4 Wochen Zometa per Infusion. Zometa stärkt und schützt die Knochen, damit sie nicht kaputt gehen wenn ich das so richtig verstanden habe. Hat auch einige Nebenwirkungen, aber mal abwarten welche ich bekomme

Mein Herz wurde auch angeschaut und ich hatte ein Gespräch mit der Kardiologin, wegen meinem zu hohen Puls. Mit meinem Herz ist zum Glück alles in Ordnung und wegen dem zu hohen Puls soll ich ein Langzeit EKG machen bei der Hausärztin.

Große Lust habe ich auf die Therapie nicht, aber um weiterzuleben muss es sein... Angst habe ich natürlich auch In drei Monaten wird geschaut, ob die Chemo anschlägt...

Bei Fragen bitte bitte immer fragen !! Ich geh jetzt mal mit gemischten Gefühlen ins Bett und hoffe, dass es euch besser geht!! Und übrigens bin ich noch total sprachlos, im Positiven, wie viele fremde Menschen sich mit mir gefreut haben gestern DANKE dafür, ihr könnt euch nicht vorstellen wie glücklich mich das macht und wie sehr es mir hilft weiterzukämpfen!!! IHR seid die BESTEN

14. Juli 2016 ·

Jetzt geht's los... Immerhin sind sie rosa

Eine Woche erst mal nur 3 Tabletten morgens und abends, weil meine Blutwerte nicht so gut sind. Wenn die Blutwerte besser sind, muss ich jeweils 4 nehmen.

Ich wünsche euch einen schönen Tag

15. Juli 2016 ·

Heute mal Pustekuchen statt Pusteblume (Entdeckt von meiner Mama)

Mir geht es ziemlich gut 💪 👍 Meine Füße sind etwas taub, aber sonst ist nichts von Nebenwirkungen zu spüren ☺ Ich hoffe es bleibt so!!! Meine Rückenschmerzen sind heute trotz der maximalen Menge an Schmerzmitteln, teilweise wirklich extrem :(Ich hoffe, dass diese Schmerzen durch die Chemo weggehen!!

Am Montag bekomme ich ein Rezept für einen Rollstuhl, damit ich wieder mehr am Leben teilhaben kann. Lange Strecken kann ich einfach nicht mehr laufen :Aber dank dem Rollstuhl kann ich dann wieder Ausflüge mit meinem Engel machen wie z. B. in den Zoo oder Museum usw. ❤

Ich wünsche euch ein wunderschönes Wochenende! Lasst es euch gut gehen und passt auf euch auf

17. Juli 2016 · Tollwood.

🌟 Ein Wunsch ändert nichts... Eine Entscheidung ändert alles! 🌟

Leider war ich gestern zu müde um euch das noch zeigen, deshalb jetzt ;)

Ich war mit meiner Schwester Anastasia auf dem Tollwood-Festival in München. Es war sooo schön ❤ Und ich war so kaputt danach 😂 In ein paar Momenten hab ich mir ehrlich gesagt gewünscht, dass ich den Rollstuhl schon hätte... Dann hätte ich nicht über meine Grenzen gehen müssen. Aber es hat sich gelohnt! Diese Atmosphäre ist einfach einmalig und mit nichts zu vergleichen ☺ Leider hab ich mir mein neues weißes T-Shirt komplett mit roter Soße vollgesaut 🙈 aber wäre ja langweilig, wenn mal nichts passieren würde 😁

Die Chemo verkrafte ich echt richtig gut bisher, nur taube Füße. Die Rückenschmerzen sind immer noch sehr stark aber ich komm klar damit, muss ich ja

Vorhin war ich mit zwei Menschen frühstücken, die etwas ganz besonderes für mich sind! Ich hab die Zeit sehr genossen ❤ Und Himbeeren hab ich auch noch bekommen 😍 🍇 DANKE!!

So genug erzählt ;) Ich wünsch euch noch einen schönen Sonntag

18. Juli 2016 ·

Heute war so viel los ☺ Und morgen ist auch wieder so viel 😜 Irgendwie hat mir heute die Kraft gefehlt zu schreiben. Aber das hole ich morgen nach! Es war ein schöner Tag, mir geht es bis auf ganz schlimme Rückenschmerzen gut und ich wünsch euch eine gute Nacht :* Mehr erzähle ich euch morgen...

19. Juli 2016 ·

Gestern und heute war einiges los :)

Gestern war ich zum ersten Mal im Fitness-Studio, mit meiner Bonusmama Uschi. Ich war felsenfest davon überzeugt, dass ich 10 Minuten auf dem Laufband spazieren gehe und dann 15 Minuten Pause brauche --->Pustekuchen 😂 Ich bin komplette 60 Minuten durchgehend auf dem Laufband gegangen und habe 3 km geschafft 💪 👍 😎 😍 wuhuuu ich bin so begeistert von meinem Körper!! 🎉

Danach habe ich mir dann auch endlich richtig gute Schuhe für meine Wirbelsäule gekauft 👍 😍 👍 Das sind ab sofort meine Alltagsschuhe und Sportschuhe, bis ich ein zweites Paar habe.

Seit 10 Tagen habe ich, bis auf zwei ganz kleine Ausnahmen bisher, meine Ernährung ganz spontan umgestellt. Ich verzichte auf Weizen, Zucker und am Abend auf Kohlenhydrate ;) Es klappt viiiiel besser als ich dachte ☺ Ich gebe den Metastasen keine leichte Angriffsfläche mehr!

Heute war ich erst bei meiner Gynäkologin, das Zoladex spritzen lassen. Gleich danach bin ich wieder mit Uschi ins Fitness Studio, 50 Minuten spazieren auf dem Laufband --> 3 km 💪 Anschließend bin ich direkt zum Zahnarzt, ein paar Karieslöcher zu machen wegen dem Zometa, das ich ab 03.08. bekomme. Bevor man das bekommt, sollten die Zähne zu 100% in Ordnung sein.

Meine Rückenschmerzen werden trotz stärkerer Schmerzmittel nicht besser :(außer auf dem Laufband, da sind sie fast weg. Am Donnerstag bin ich bei meiner Allgemeinärztin und da werde ich das nochmal ansprechen.

Mein Staubsauger gibt langsam aber sicher den Geist auf Dabei ist er erst 5,5 Jahre alt... Habt ihr Tipps für einen neuen?? Ich bin ziemlich überfragt... Ich hab so viel im Kopf und jetzt auch noch der Staubsauger.

So jetzt ist es schon wieder so spät und ich muss schlafen 🌌 Morgen früh geht's wieder ins Fitness-Studio zum spazieren ;) Ich wünsch euch eine gute Nacht und einen schönen Tag morgen 😊

21. Juli 2016 · trinkt Tee

Einen wunderschönen guten Morgen wünsche ich euch ☕ 🔍 Startet gut in den Tag und genießt ihn :*

Ich verbringe den Tag heute mit meiner Mama und vielleicht kommt auch meine Schwester Jessi mit. Wir fahren zum Blutabnehmen, stärkere Schmerzmittel holen, Einkaufen, Krankenkasse, Physiotherapie usw. Ich hoffe, dass zwischendurch noch Zeit für einen Cappuccino ist ☺ ☕ ☺ Am Nachmittag wird mein Rollstuhl geliefert. Ist ein komisches aber auch ein gutes Gefühl. Nur wo ich ihn hinstellen soll weiß ich noch nicht...

Ich hoffe euch geht's allen mindestens halbwegs gut!! Falls nicht schick ich euch ganz viel Kraft und gute Besserung :* 💪

22. Juli 2016 ·

Ich möchte und kann gar nicht viel dazu sagen.... Ich wohne ja nur ein paar Kilometer von München entfernt. Meiner Familie hier bei mir im Ort und in München geht es zum Glück gut 👼 ❤

Es ist grausam was dieses Jahr alles passiert.... Ich hoffe meinen Münchner Likern und alle die in München sind geht es gut!?! Wir können nur der Polizei München vertrauen und hoffen!

Ich nehme jetzt nur noch meinen Engel ganz feste in den Arm und schlafe mit ihr ein 💗 👼 Passt immer auf euch auf!! Gute Nacht ✨ 😘

#München #Schießerei #dasmussaufhören #Attentat #Munich #prayformunich

25. Juli 2016 ·

Es hört einfach nicht auf... Axt Attacke, Amoklauf, Messerattacke, Angriff mit Machete, Sprengstoffexplosion usw. Und ich soll mich auf mich selbst konzentrieren? Ist schwer... Aber wichtig!

Am Mittwochvormittag habe ich einen Termin in der Strahlentherapie um die bevorstehende Bestrahlung zu besprechen.

Heute war eine Ärztin mit einer Pflegefachkraft vom Opal-Palliativ-Team bei mir. b sofort kümmern sie sich um meine Medikation wegen den Schmerzen. Die sind 24 Stunden durchgehend erreichbar und können mir bei allgemeinen Fragen helfen, ein erweiterter Hausarzt quasi der nur nach Hause kommt. Blutabnahme usw. macht aber trotzdem meine Hausärztin.

Im Fitness-Studio bin ich fast jeden Tag, obwohl es mir teilweise ziemlich schwer fällt und ich mich durchkämpfen muss. Ich hoffe einfach, dass es mit der Zeit besser wird

Meine Angst kommt langsam etwas hoch Mir wurde heute wieder gesagt, dass ich mich in einem Krankheitsstadium befinde, das tödlich endet... Ich habe Angst, dass es schneller als gedacht ist... Es gibt viele Menschen die damit alt werden, ja, das weiß ich, aber es gibt mindestens genauso viele die sehr früh und plötzlich daran sterben.

Naja ich kämpfe mich trotzdem immer weiter durch Mein Logo ist auch fast fertig und alles weitere habe ich in Planung Darauf freue ich mich schon!! Kennt ihr eine tolle Stiftung, die euch am Herzen liegt?? Am liebsten eine die etwas für Kinder machen oder es um Krebs geht. Einfach eine Stiftung die auch wirklich auf Spenden angewiesen wäre.

26. Juli 2016 ·

Ich wollte euch ja noch etwas zu den Knochenmetastasen sagen, aber ich habe gemerkt, dass Prof. Dr. med. Ingo J. Diel es besser kann In diesem Artikel wird alles sehr verständlich erklärt. Ich kann euch nur raten diesen Artikel zu lesen um zu verstehen was Knochenmetastasen genau sind Ich bin selbst auch noch viel am lesen...

27. Juli 2016 · am Boden zerstört

Zur Abwechslung mal wieder schlechte Nachrichten... Es hört einfach nicht auf...

Ich war heute ja im Klinikum rechts der Isar in der Strahlentherapie zur Besprechung für die Bestrahlung. Dort habe ich erfahren, dass die Metastasen in der Wirbelsäule nicht die einzigen sind 😢 In der Hüfte (links und rechts), in den Rippen (links und rechts), in der

Halswirbelsäule und in beiden Schultern haben es sich die Biester auch gemütlich gemacht 😢

Ich bin mit den Nerven am Ende, dieser scheiß verfickte Dreckskrebs bringt mich echt um!!! So viel geweint wie heute habe ich lange nicht 😢 Ich weiß ihr meint es gut und ihr seid immer so lieb ❤ Aber ich möchte gerade kein "Alles wird gut", "Lass den Kopf nicht hängen" oder "Du packst das" hören! Denn niemand weiß ob es gut wird und niemand weiß ob ich es packe... Mein Gefühl dazu ist leider sehr schlecht Ich werde nicht aufgeben, ich werde immer und immer weiterkämpfen, aber ob ich es schaffe, wer weiß das schon?!

Fakt ist, ich werde sterben... Ob in 6 Monaten oder 6 Jahren, das weiß niemand. In den nächsten Wochen werde ich es meinem Engel sagen müssen und alles Drumherum vorbereiten. Umso länger es sich hinauszögern lässt umso besser 💪

Nächste Woche wird nochmal ein CT gemacht und die zu bestrahlenden Stellen werden eingezeichnet. Vorerst wird die untere Hälfte der Wirbelsäule, die Halswirbelsäule, die linke Schulter und die rechte Hüfte bestrahlt. Ende nächster Woche oder Anfang übernächster Woche geht es los, 3 Wochen lang von Montag bis Freitag immer.

Aber es gab heute auch etwas Positives... Mein LOGO ist fertig 🎉🎉🎉🎉🎉🎉🎉🎉😍😍😍😍👍👍👍👍👍 Morgen zeig ich es euch ☺ ☺ ☺ Und morgen zeig ich euch auch noch Bilder von den Metastasen usw. falls ihr das sehen wollt.

Macht euch einen schönen Abend, ich nehm euch alle ganz feste in den Arm 😘 😘 ❤ DANKE, dass es euch gibt!!!! Passt auf euch auf und bleibt gesund!!! 👼

29. Juli 2016

Heute feiern wir bei meiner Tante, den Geburtstag von meiner Mama ☺ ☺ ❤

Gerade sitzen wir noch auf dem Balkon und genießen das schöne Wetter 🌞 👍 Die Aussicht ist so schön 😍 Später gibt es dann noch leckere Wraps 😍 Wird sicher ein toller Abend/Nacht!!

Mir geht es soweit gut, ich kann mich nicht beschweren Die Schmerzen halten sich in Grenzen und die Kraft ist recht wenig in den Beinen wegen den Metastasen in der Hüfte, aber das sind pupsige Kleinigkeiten im Vergleich zu manch anderen Tagen

Ich wünsch euch einen tollen Start ins Wochenende! Lasst es euch gut gehen und passt auf euch auf.

August 2016

1. August 2016 ·

Erst mal einen schönen Montag euch allen

Ich habe euch ganz vergessen zu sagen, dass ich am 28.07. (Donnerstag) mit meiner Tochter geredet habe, bzw. sie mit mir. Sie kam von sich aus auf mich zu und fragte mich, ob ich wieder gesund werde... Ich sagte ganz ehrlich, nein und sie fragte weiter wo überall der Krebs jetzt ist. Das habe ich ihr natürlich gezeigt und ihre Frage war dann, ob ich sterben muss wenn der Krebs alles kaputt gemacht hat... das hab ich ihr ebenfalls ganz ehrlich mit ja beantwortet. Sie weiß jetzt, dass alles getan wird um mich ganz lange am Leben zu erhalten, aber dass es auch recht schnell vorbei sein kann

Natürlich ist das jetzt nur eine Kurzform. Das Gespräch war noch viel ausführlicher und es kommen auch immer wieder neue Fragen von ihr dazu.... Es gibt glaube ich nichts schlimmeres, als seinem Kind sagen zu müssen, dass man sterben muss und nicht weiß wann 😢 😢 Noch dazu wenn man alleinerziehend ist.

Es ist so viel zu klären, überlegen und erledigen... langweilig wird es definitiv nicht! Tausend Gedanken in meinem Kopf, hauptsächlich im Bezug auf meinen kleinen Engel 😢

Meine Schmerzen werden immer schlimmer anstatt besser :/ Der Rücken wird etwas besser, aber dafür die anderen Stellen schlimmer. Ich weiß auch gar nicht so recht was ich schreiben soll... Mein Gefühl ist leider gar nicht gut, was die Zukunft angeht Ich habe einfach wahnsinnige Angst!! Und von der will ich mich nicht beherrschen lassen...

2. August 2016 ·

Kurze Info an alle die mir seit letzter Woche Mittwoch so ❤liche Nachrichten geschrieben haben:

Ich werde auf jede einzelne Nachricht noch antworten!! Zur Zeit geht es drunter und drüber, es ist sehr viel los und mein Kopf ist sehr voll. Ich bin viel unterwegs und wenn ich daheim bin brauche ich Ruhe... Ich möchte nicht einfach nur schnell antworten, sondern es in Ruhe machen und mir Zeit dafür nehmen 😊 Die Zeit habe und nehme ich mir in den nächsten Tagen! Seid mir bitte nicht böse

4. August 2016 · Alpenwarmbad Benediktbeuern.

Gestern habe ich zum ersten Mal ZOMETA bekommen. Es stärkt und schützt die Knochen. Die häufigsten Nebenwirkungen sind Erkältungssymptome, Fieber, Knochen- und Muskelschmerzen.

Diese Knochenschmerzen haben mich voll im Griff seit heute Morgen :(Kraftlosigkeit und Schwindel gehören leider auch dazu :/ DEFINITIV KEIN GUTER TAG HEUTE!! zumindest was die Gesundheit angeht.

Mit viel Kraft, Schmerzen und Überwindung habe ich mich dann ins Freibad gequält und bin jetzt froh, dass ich hier bin :)

Meine Schwester Anastasia, meine Bonusmama Uschi, ein paar andere liebe Menschen und mein Engel sind natürlich dabei.

Ich hoffe ihr könnt diesen tollen Sommertag auch genießen passt auf euch auf

6. August 2016

Ich mache mir im Moment viele Gedanken darüber, ob es noch andere Therapiemöglichkeiten gibt. (wie z. B. die Immuntherapie)

Es gibt bestimmt Krebszentren in Deutschland die sich noch besser mit Knochenmetastasen und generell Metastasen auskennen. Diese möchte ich finden und anrufen :) Ich möchte noch ganz viele Jahre hier bleiben!! Und ich glaube dafür muss ich sehr viel tun, weil mir mein Gefühl nach wie vor sagt, dass ich nicht mehr viel Zeit habe...

Ich hab euch mal einen Teil eines, meiner Meinung nach, sehr interessanten Textes kopiert und den Link mit eingefügt.

http://mobil.derstandard.at/.../Immuntherapie-Strategie-gegen...

Hat ein Tumor gestreut, ist auf zellulärer Ebene viel passiert: Eine Krebszelle löst sich vom Tumor, gelangt in die Blutbahn, durchbricht die Gefäßwand, dringt in ein neues Organ ein und bildet eine Metastase (Anm.: griechisch für Übersiedlung) samt eigener Blutversorgung. Der hochkomplexe Vorgang widerspricht gleich mehreren biologischen Regeln: Normalerweise bleiben Zellen an ihrem Platz – eine Nervenzelle im Gehirn, eine Leberzelle in der Leber -, und normalerweise dringen Zellen nicht in andere Organe ein und wachsen dort unkontrolliert. "Wir wissen noch erschreckend wenig über den Vorgang der Metastasierung", sagt Hellmut Augustin vom Deutschen Krebsforschungszentrum in Heidelberg, der die Rolle der Gefäßneubildung bei Tumoren erforscht.

Doch um in die komplizierten Krebsmechanismen gezielt einzugreifen, muss man diese genau verstehen. Momentan ist das nur bei wenigen Krebsarten, etwa dem Melanom, der Fall. "Der schwarze Hautkrebs hat sich zum Vorzeigebeispiel der Immuntherapie entwickelt", sagt Armin Gerger, Klinischer Onkologe an der Medi-Uni Graz.

Bei der Immuntherapie wird das körpereigene Abwehrsystem wieder in die Lage versetzt, Krebszellen anzugreifen – auch versprengte Metastasen. Theoretisch kann es Krebszellen aufgrund ihrer veränderten Oberfläche erkennen und ausschalten. Doch Tumorzellen sind gewiefte Gegner: Sie tarnen sich oder legen das Abwehrsystem lahm. Beim Melanom etwa hemmen Oberflächenstrukturen der Krebszellen die körpereigenen Killerzellen, indem sie sich an sie heften. Bei der Immuntherapie blockieren die neuartigen Medikamente diese Anheftstellen, sodass Krebszellen vom Immunsystem wieder als gefährlich erkannt werden.

Die erste Immuntherapie gegen Hautkrebs, Ipilimumab, ist seit vier Jahren auf dem Markt, kürzlich folgten weitere Präparate. "Erstmals kann Patienten mit vormals nicht heilbarem Hautkrebs die Perspektive eines Langzeitüberlebens geboten werden", sagt Gerger, der mit einer breiten Anwendung der Immuntherapie auch bei anderen Krebsarten in den nächsten Jahren rechnet.

Der Nuklearmediziner Uwe Haberkorn von der Uniklinik Heidelberg verfolgt einen anderen Ansatz: Bei der Endoradiotherapie spürt ein radioaktiv markiertes Molekül Krebszellen auf und zerstört sie. "Der Tumor wird, bildlich gesprochen, von innen bestrahlt", sagt Haberkorn. Dazu müssen die Wissenschafter zunächst bestimmte Strukturen auf der Oberfläche der Tumorzellen identifizieren, um das passende Gegenstück zu konstruieren, das sie dann radioaktiv markieren. Haberkorn hat mit Kollegen den Wirkstoff PSMA-617 entwickelt, der spezifisch an Prostatakrebszellen andocken kann. Die ersten klinischen Studien verliefen erfolgversprechend.

"Aber zielgerichtete Therapien verlangen nach zielgerichteter Diagnostik", sagt Augustin. Gegenwärtig sind etwa 200 verschiedene Krebserkrankungen bekannt, die sich in ihrer Biologie, in den Behandlungsmöglichkeiten und auch in ihrer Neigung, Metastasen zu bilden, unterscheiden. Zwar kann man heute einen Tumor genetisch entziffern – doch beim nächsten Schritt hapert es: "Lungentumore weisen bis zu 10.000 Erbgutveränderungen auf. Aber was bedeutet welche Mutation? Wir können die Spreu vom Weizen noch nicht wirklich trennen", sagt Augustin.

Aus diesem Grund existieren heute nur für einige metastasierende Krebsarten zielgerichtete Therapien – die im Übrigen nicht allen Patienten helfen. Onkologen greifen dann auf Chemotherapien zurück und kämpfen mit einem grundsätzlichen Problem: "Krebszellen passen sich kontinuierlich an, um zu überleben. Das heißt, mit jeder Therapie, die das Ziel hat, Krebszellen zu töten, züchtet man sich auch resistente Krebszellen heran", erklärt Kenner. Ein Krebspatient muss sich also alle zwei bis drei Monate radiomorphologisch untersuchen oder Gewebe entnehmen lassen, um zu prüfen, ob der Tumor geschrumpft oder gewachsen ist oder ob er gestreut hat. Die Therapie muss dann entsprechend angepasst werden.

Operation, Chemotherapie und Bestrahlung sind heute noch immer wichtige Waffen im Kampf gegen Krebs. Doch die neuen Therapieansätze lassen hoffen. "Das Ziel ist klar", sagt Kenner, "Krebs soll in Zukunft immer öfter wie eine chronische Krankheit behandelt werden können." (Juliette Irmer, 30.9.2015)

6. August 2016 · hofft auf ein Wunder.

Weil ich oft gefragt werde: "Wie hast du denn vorher ausgesehen?"

Hier ein Foto, das kurz vor der zweiten Chemo entstanden ist, nachdem ich mir die Haare ganz kurz schneiden hab lassen. Wenige Tage danach sind sie ausgefallen...

Zum direkten Vergleich eignet sich das Foto von vorgestern ganz gut

7. AUGUST 2016 · auf der Suche nach einem Zauberer

Wie wird man nur diese Scheißangst los??

Ich habe so unfassbare Angst vor diesem einem Moment für immer zu gehen... Dieser Moment in dem ich meine Augen für immer schließe, er ist so nah und er macht mir so eine Wahnsinnsangst, damit hätte ich nie gerechnet!

Die Angst, etwas nicht mehr sagen zu können in diesem Moment... Zu spüren wie die Zeit ganz schnell davon läuft und man sie mit aller Kraft noch um einzelne Sekunden verlängern will, aber es nicht schafft.

Diese riesige Angst und diesen unbeschreiblichen Schmerz habe ich nicht wegen mir selbst, sondern wegen meiner bezaubernden Tochter die gerade seelenruhig neben mir schläft...

Die Vorstellung, dass ich bald unter der Erde liegen könnte, nicht mehr für sie da sein kann und nicht mehr in ihrem Leben aktiv mitwirke und das alles von jetzt auf gleich, zerreißt mich innerlich unzählige Male pro Tag. Natürlich genieße ich alle Momente im Hier und Jetzt, denn jetzt bin ich da, aber der Gedanke, dass es bald anders sein könnte ist immer wieder dabei...

Der Tod, er gehört dazu, ja .... ABER NOCH NICHT JETZT!! Oder doch ... ? Wie stirbt man denn? Schläft man ein? Weint man dabei, weil man traurig ist? Kann man überhaupt weinen? Erstickt man oder ist man von jetzt auf gleich tot weil das Herz aufhört zu schlagen? Oder passiert es ganz langsam wie beim Einschlafen? Merkt man es rechtzeitig um noch seine Liebsten zu sich zu holen oder rufen?

Niemand spricht darüber, aber irgendwann müssen wir uns alle damit beschäftigen und dann kommen all diese Fragen, all die Angst und all der Schmerz....

9. August 2016 ·

Die 1. Bestrahlung der Knochenmetastasen mit Maske über Kopf und Schultern ist jetzt Ich versuch euch ein Foto davon zu machen Bis später...

9. August 2016 ·

Danke für so einen lieben Text Nicole

9. August 2016 ·

Heute war die 1. Bestrahlung der Knochenmetastasen, zumindest ein Teil davon. ein Oberkörper sieht aus wie eine Landkarte, weil sie sich alles eingezeichnet haben. Das Gerät ist diesmal ein altes Bestrahlungsgerät das um mich herumfährt.

Als erstes werden die Halswirbel bestrahlt, dazu brauch ich die Maske... Die Maske fixiert den Kopf und drückt ihn leicht nach unten indem sie überall ganz eng anliegt, nicht mal 1 mm Luft habe ich :(Ich muss mich echt wahnsinnig anstrengen um nicht in Panik zu geraten! Eigentlich habe ich fast keine Platzangst, aber es ist einfach nur extrem beklemmend unter dieser Maske. Man fühlt sich gefangen, irgendwie unbeschreiblich. Nichts für mich und ich wünsche es keinem!!

Weiter geht's mit dem Rest der Wirbelsäule und zum Schluss dann noch die Hüfte. Das ist dann überhaupt nicht schlimm, nur unbequem und anstrengend für die Arme, weil ich sie auf dem Kopf halten muss damit sie nicht im Weg sind.

Mir ist immer wieder übel, wie auch heute. Heute wurde es allerdings nicht im letzten Moment besser wie es sonst ist :(Ich habe es grad noch in die Wohnung geschafft und musste mich übergeben... Den restlichen Tag habe ich hauptsächlich mit schlafen verbracht. Das Erbrechen kam wohl von den starken Schmerzmitteln (u. a. Morphium), die ich seit fast 3 Wochen nehme. Jetzt gibt es noch zusätzlich Tabletten gegen Übelkeit und ich hoffe, dass es ab morgen dann besser ist, damit ich für die 2. Bestrahlung halbwegs fit bin.

Jetzt werde ich wieder weiter schlafen und mit meinem Engel kuscheln 👼 ❤ Ich hoffe, dass es euch besser geht!! Falls nicht schicke ich ganz viel Kraft und gute Besserung 😘

Passt auf euch auf und schlaft gut 🌛

Ach ja auf dem Foto ist nur die Maske, die wird angehoben, ich leg mich hin und die Maske kommt drauf

10. August 2016 · war dankbar für 2.000 Likes.

Ich bzw. IHR habt ja über Nacht die 2000 Likes-Grenze geschafft 😘 Danke euch!!!

Ich Finde es super, dass sich so viele für diese scheixx Krankheit interessieren und mich auf meinem Weg, wie lang auch immer er noch sein wird, begleiten!

Ich würde mich freuen, wenn jeder meine Seite auf seinem Profil teilen möchte :)

Danke und habt einen schönen Tag ❤

FEIERT EINEN BESONDEREN TAG.

10. August 2016 ·

Heute ist ein besonderer Tag ☺ Ich grinse bis über beide Ohren!!

Ich war gerade bei der Gemeinde und habe mein Gewerbe angemeldet um die Produkte mit meinem Logo drauf verkaufen zu dürfen 🎉🎉 Ab sofort darf ich verkaufen 💪👍🎉🎉 Jetzt fehlen nur noch die Produkte, die bekomme ich hoffentlich nächste Woche cardesign&werbung GbR :)

Ich habe vor, einige Dinge mit meinem Logo bedrucken zu lassen und diese dann zu verkaufen. Den Gewinn daraus werde ich an wechselnde Vereine, Einrichtungen und Stiftungen spenden. Wenn ich anfange die ersten Produkte zu verkaufen, teile ich auch mit wohin als Erstes gespendet wird. Ich hoffe einfach mal, dass ihr dann bereit seid viel zu kaufen 😎 😘 😉

Angefangen wird mit Stofftaschen (mit langem Henkel) und DIN A5 Blöcken (25 Seiten). Mal sehen was dann noch alles kommt und woran IHR Interesse habt 😉 Bedrucken lässt sich ja fast alles heutzutage.

Auf mein Logo bin ich sehr stolz und sage ein riesen DANKE an Dana G. und Manuela D. !!! So wie es geworden ist, ist es perfekt 😍 Ich möchte euch gerne ein kleines Dankeschön zukommen lassen :) Meldet euch bitte per PN.

Den Beitrag zu teilen ist natürlich ausdrücklich gewünscht!!!! 👍 😎 😉 😁 Danke ❤

Jetzt gibt es noch ein paar Schmerztabletten und eine gegen Übelkeit und dann mach ich mich auf den Weg zum Taxi, das mich zur 2. Bestrahlung nach München fährt. Schönen Tag euch noch 😘

#Logo #PinkePusteblume #Spenden #Verein #Einrichtung #Stiftung #fuckcancer #GuterZweck #Danke

11. August 2016 ·

Das müsste besser in die Leiste als Titelbild passen ☺ Danke Manuela

11. August 2016 ·

Danke an Andrea Voß von "Wir können Helden sein!!!" 👍 Hoffentlich hilft es

12. August 2016

Heute habe ich die 4. von 12 Bestrahlungen geschafft

Meine Übelkeit kommt nicht wie gedacht von den Schmerzmitteln, sondern von der Bestrahlung... Wegen die Übelkeit nehme ich seit gestern MCP-Tabletten (haben leider nicht geholfen) und seit heute noch zusätzlich Ondansetron (ein stärkeres Medikament gegen Übelkeit). Ich hoffe so sehr, dass ich damit die Übelkeit in den Griff bekomme!!

Meine Schmerzen sind durch die Bestrahlung noch nicht besser geworden. Meine Rippe, die nicht bestrahlt wird, tut immer mehr weh :/ Wenn es bis Dienstag nicht besser geworden ist spreche ich es sofort nochmal an!

Ich dachte mir, dass ich euch mal einen Teil meiner Schmerzmittel zeigen könnte. Die beiden hier sind die stärksten die ich nehme, sie gehören zu den Betäubungsmitteln. Jedes Mal wenn sie mir gebracht werden, muss ich unterschreiben, dass ich sie vom Bringdienst bekommen habe.

Die oberen nehme ich bei Bedarf bis zu 6 mal am Tag, wenn die normalen Schmerzmittel (Novalgin, Ibu) nicht ausreichen. Die unteren nehme ich jeden Abend, sie haben eine Langzeitwirkung über 24 Stunden.

Ich hoffe euch geht es allen gut?! Ich wünsch euch allen eine gute Nacht Schlaft gut und passt auf euch und eure Lieben auf Und wie immer bitte alles fragen was ihr nicht versteht oder was ihr wissen wollt Es gibt keine doofen Fragen und ich beantworte wirklich sehr gerne ALLES! Und vor allem ein HALLOOO und Danke an alle neuen Follower

14. August 2016 : Märchenwald Wolfratshausen.

Heute wird das erste Mal der Rollstuhl getestet Auch wenn ich mir echt doof vorkomme, bin ich froh, dass ich ihn habe!! Der

Ausflug ist so viel angenehmer durch ihn :) Ein wunderschöner Tag mit wundervollen Menschen ❤ DANKE!!!

Ich hoffe ihr könnt das tolle Wetter auch genießen 🌞 Passt auf euch auf und genießt den Tag!

15. August 2016 ·

Ein schöner Tag kommt selten allein ☺

Heute war ich mit meinem Papa, seiner Frau und meinem Engel im Münchner Tierpark ❤ Es war soooo schön, vor allem weil ich dank dem Rollstuhl nicht über meine Grenzen gehen musste 😉 Er erleichtert mir den kompletten Tag und macht ihn damit noch schöner!

Trotzdem bin ich total kaputt und die Schmerzen sind auch da, aber halten sich in Grenzen. Morgen steht mir ein ziemlich anstrengender Tag bevor, aber ich freu mich auch drauf. Davon erzähl ich euch dann morgen Jetzt fallen mir schon die Augen zu und ich sage nur noch gute Nacht, schlaft gut und passt auf euch auf 😘

16. August 2016 ·

Heute war ein Tag, puuh...

In der Früh um 10 Uhr sind wird mit einer Bekannten und ihren Hunden eine gemütliche Runde spazieren gegangen bzw. wurde ich gefahren. Mein Engel war total glücklich 😍

Gleich im Anschluss, um 11:30 Uhr, sind wir nach München zur Bestrahlung gefahren.

Um 14 Uhr ging es von dort aus weiter, meine Mama in der Hautklinik besuchen. Sie hat eine Entzündung und ist hoffentlich bald wieder fit 💪

Um 15:45 Uhr ging es zurück in unseren Wohnort. Dort war ich mit meiner Tante und ihrem Mann um 17 Uhr beim Jugendamt zu einem Beratungstermin verabredet. Das Gespräch war super! Danach waren wir noch ganz lecker essen ☺

Jetzt fall ich wieder müde ins Bett und freue mich darauf, dass es morgen etwas ruhiger wird 😉

Was habt ihr heute gemacht?? Passt auf euch auf und schlaft gut 🌛 😘

19. August 2016

Also langweilig wird es mir irgendwie nicht, leider ...

Heute Vormittag habe ich mit meinem Papa und Uschi ganz viele Sachen für den Flohmarkt in München hergerichtet, auf den wir morgen früh um 4:30 Uhr fahren. Ich hoffe, dass ich alle Sachen verkauft und verschenkt bekomme

Seit gestern habe ich Schluckbeschwerden. Seit heute Morgen sind die Schmerzen unerträglich geworden 😢 bei jedem Schlucken könnte ich weinen Essen und Trinken war heute gar nicht möglich. An einem Croissant habe ich ewig rum genuckelt und das zweite habe ich wegen den Schmerzen nicht mal zur Hälfte geschafft. Getrunken habe ich nur ein paar Schlückchen zu den wichtigsten Schmerztabletten.

Die Schmerzen kommen von der Bestrahlung der Halswirbelsäule... Da wird leider der obere Teil der Speiseröhre unabsichtlich mitbestrahlt und dadurch entzündet sich die Speiseröhre. Das wird nächste Woche dann von Tag zu Tag noch schlimmer 😣

Mein Taxiunternehmen konnte mich heute wegen Fahrermangel leider nicht zur Bestrahlung fahren. Meine liebe Bonusmama Uschi ist zum Glück eingesprungen und hat mich gefahren, was sogar ganz gut war, weil ich danach noch zur Apotheke und zum Rossmann musste. Der Arzt von der Strahlentherapie hat mir nämlich Tepilta (Suspension zum Einnehmen gegen die Schmerzen beim Schlucken) und Astronautennahrung (Flüssignahrung) verschrieben. Das haben wir dann noch bei der

Apotheke bestellt und im Rossmann Babynahrung für mich gekauft 😉

Das Tepilta hilft irgendwie gar nicht Und diese Astronautennahrung schmeckt nur so mittelmäßig gut Deshalb gab es zum Abendessen Apfel-Banane mit Babykeks ☺

Ich hoffe so sehr, dass es am Wochenende etwas besser wird und nächste Woche nicht noch schlimmer....

Ich hoffe ihr seid gut ins Wochenende gestartet und habt was Schönes vor!? Spätestens um 4 Uhr muss ich wieder aufstehen, deshalb schlaf ich jetzt mal und wünsche euch eine gute Nacht ✨

<u>20. August 2016</u> ·

Guten Morgen 🌞 Die Nacht war kurz, aber ich bin fit Seit 5:30 sind wir am Flohmarkt. Und was macht ihr so? Hat jemand Lust vorbeizukommen?

<u>21. August 2016</u> ·

Es ist zum Heulen 😢 Seit Freitag ist ja meine Speiseröhre ganz akut entzündet. Gestern ging es ein mini kleines bisschen besser am Vormittag. Am Abend wurde es wieder deutlich schlimmer. Ich weiß nicht was ich machen soll, es tut sooo weh und nichts hilft so wirklich!

Tepilta hilft gar nicht, Mundspülungen helfen auch nichts, Salbeibonbons helfen etwas, Salbeitee bekomm ich nicht mehr runter, Karamalz in Minischlucken hilft nur kurz, Wassereis hilft kurzzeitig gut und Eiswürfel auch. Hab ganz tolle Tipps von meinen Leidensgenossen bekommen, die aber alle nicht so ganz helfen leider immer nur ganz kurz.

Ein paar Bissen Leberkäse und ein paar wenige Gabeln Kartoffelbrei waren gestern auch noch möglich. Die Astronautennahrung kann ich nicht trinken vor Schmerzen und vom Babybrei habe ich seit gestern 1,5 Gläser geschafft. Meine ganzen wichtigen Tabletten bekomm ich nicht runter, weshalb auch meine Schmerzen überall wieder stärker geworden sind Übergeben hab ich mich heute Vormittag auch, warum auch immer.

Zum Glück habe ich so eine tolle Familie die mich heute zweimal mit Karamalz (das ich total eklig finde) und Wassereis versorgt hat ❤ Morgen bei der Bestrahlung werde ich nochmal mit einem Arzt reden und dann wahrscheinlich die Bestrahlung an der Halswirbelsäule abbrechen... Ich habe über ein Jahr sehr viel ausgehalten und halte auch immer noch sehr viel aus, aber zu wissen, dass es von Tag zu Tag noch schlimmer wird und 1-3 Wochen zum Verheilen braucht, übersteigt meine Kraft bei Weitem 😢 😢 Ich bin einfach am Ende und könnte nur weinen!

Tut mir Leid, dass ich euch heute nichts Positives berichten kann

22. August 2016 ·

Der erste Versuch seit Freitag etwas Lauwarmes zu essen... 👍

22. August 2016 · : **Klinikum rechts der Isar**.

Und die Infusion läuft... Nur kurz zur Info für euch 😉 Gegen die Schmerzen gibt es Fentanyl Pflaster, 37 mg erst mal und morgen schauen wir ob es wirkt. Eigentlich soll ich stationär bleiben bis Freitag, aber ich hab nicht locker gelassen und wir haben uns jetzt vorerst anders geeinigt. Heute 2 Stunden Infusion mit Flüssigkeit und Glucose, morgen das Gleiche und dann wird geschaut wie es mir geht... Es wird noch deutlich schlimmer mit dem Rachen und der Speiseröhre 😢 Das Problem mit den Medikamenten habe ich jetzt auch geregelt 👍 das eine wird gespritzt und das andere kann ich erst mal weg lassen und der Rest per Infusion und Pflaster.

In 2 Stunden darf ich erst mal heim 👍 Mein Körper und meine

Psyche sind am Ende... Ich freu mich wenn ich hier weg kann, obwohl alle ganz lieb sind.

22. August 2016 ·

2.195 mal gute Nacht an euch ❤ Danke, dass es euch gibt!!!

23. August 2016 ·

Danke an Tanja Lühr vom Geretsrieder Merkur für diesen liebevollen Artikel ☺ sie ist so toll!! Und Danke an das gesamte Merkur-Team für die Unterstützung!

Ein kleiner Fehler ist nur, dass es nicht über 2 Jahre sind wo ich kämpfe, sondern über 1 Jahr. Ich hoffe natürlich, dass es über 2 Jahre und sogar über 10 Jahre werden 💪

Ich werde mir in den nächsten Tagen mal ernsthafte Gedanken machen, über alles was ich noch erleben möchte mit meinem Engel zusammen. Manches vielleicht auch ohne sie. Wenn ich meine "Löffelliste" fertig habe, werde ich sie natürlich veröffentlichen und euch an der Erfüllung teilhaben lassen

#merkur #merkuronline #Krebs #Löffelliste #Dankbar #PinkePusteblume #Geretsried #GeretsriederMerkur

24. August 2016 ·

So ich melde mich auch mal wieder ☺ Erst einmal ein ganz liebes Hallo an alle meinen neuen Unterstützer ❤ Ich werde überhäuft mit ganz tollen und liebevollen Nachrichten/Kommentaren 😍 Ich schaffe es momentan gar nicht allen zu antworten, aber mit ein bisschen Geduld bekommt jede/r einzelne eine Antwort 😉 Auf jeden Fall schon mal ein riesiges Danke!!

So und jetzt zu meiner gesundheitlichen Situation... Es hat sich ein bisschen was getan in den letzten zwei Tagen. Gestern hatte ich meine letzte Halswirbelsäulen-Bestrahlung! Ich habe es abgebrochen... heute und morgen wird nur noch die restliche Wirbelsäule und die rechte Hüfte weiter bestrahlt. Die Dosis könnte gerade so ausreichen für die Halswirbelsäule, das ist die mini kleinste Mindestdosis. Ich habe es einfach nicht mehr ausgehalten :(Das erste Mal in den 15 Monaten, dass ich etwas abbreche... Aber ich habe ein gutes Gefühl dabei und stehe dazu, denn ich finde meine Entscheidung richtig 👍

Mein Rachen und die Speiseröhre tun so unglaublich weh, das wünsche ich keinem!! Vorgestern Abend gab es einen leckeren Vanillepudding und seitdem nur ein paar Eis weil einfach nichts geht. Ach und einen halben Liter eiskalte Milch habe ich heute geschafft ☺ Es soll jetzt aber langsam besser werden so in ca. 5 Tagen 💪 Ich kann es kaum erwarten!

Mein blutverdünnendes Medikament muss ich mir ab sofort spritzen, anstatt Schmerztabletten gibt es Schmerzpflaster und Schmelztabletten die auf der Zunge zergehen. eine Betablocker versuch ich runter zu bekommen, die sind ganz winzig und den Rest lass ich weg. Morgen würde meine Tablettenchemo wieder los gehen, aber damit muss ich warten bis ich wieder schlucken kann :/ und dann auch nur die halbe Dosis, weil meine Blutwerte so schlecht sind.

Seit Montag bekomm ich jeden Tag 1,5 Liter Flüssigkeit mit Glucose, bis Freitag. Dann hoffe ich, dass ich halbwegs fit bin und die Schmerzen ein kleines bisschen weniger werden, denn Freitagabend geht es los nach Kroatien 😍 😍 Das erste Mal nach 12 Jahren wieder das Meer sehen 🎉 🎉 🎉 Mein Papa und meine Bonusmama Uschi nehmen meinen Engel und mich für eine Woche mit ❤ Wir freuen uns schon so sehr drauf!! Obwohl die Ärzte nicht begeistert sind, werde ich mit fahren, denn ich habe ein gutes Gefühl und mein Gefühl täuscht mich selten 😉 Das mit dem Trinken wird in ein paar Tagen sicher wieder besser klappen und bis dahin gibt es Eiswürfel.

So das war jetzt ganz schön viel auf einmal und ein wahnsinnslanger Text 😅 Meine Infusion ist jetzt fast fertig und ich kann endlich wieder heim zu meinem Engel 👼 Danke übrigens an alle, die sich während meiner Klinikaufenthalte so lieb um sie kümmern!! Ohne euch würde das alles nicht so super klappen ❤

Einen schönen Sommerabend euch alle und passt auf euch auf

25. August 2016 ·

Ich hab die Bestrahlungen geschafft 💪 👍 🎉 JIPPIIIIII ☺ ☺ Weil alle so lieb zu mir waren, habe ich ihnen einen Obstkorb als Dankeschön mitgebracht. Alle haben sich total gefreut und sich gleich mit Freude drauf gestürzt 😉 War also ein voller Erfolg 👍

Jetzt bekomm ich noch meine letzte Infusion mit Flüssigkeit, Glucose und Novalgin. Ab morgen muss ich mindestens 750 ml Flüssigkeit irgendwie runterbekommen... Mit kalter Milch und so einem ganz ganz dünnen Strohhalm kann das vielleicht klappen. Nein - es MUSS klappen 💪

Dann geht es heute noch zur Apotheke, den Rest bestellen und morgen Abend kann der Urlaub beginnen mit der Hoffnung, dass es von Tag zu Tag besser wird!

Meiner Psyche geht es langsam wieder etwas besser :) Der Drang ganz viel auf einmal zu trinken wird aber immer schlimmer... ich will einfach einen halben Liter kaltes Wasser trinken ohne Schmerzen! Dass dieses Durstgefühl weg ist. Aber das dauert noch... :/

Ich hoffe ihr könnt den heißen Sommertag etwas genießen 😊 Passt auf euch auf und lasst es euch soweit wie möglich gut gehen

25. August 2016 ·

Ich muss euch das einfach noch erzählen:

Heute Abend, direkt nach dem Krankenhaus, habe ich mich mit

meiner Tante und ihrem Mann getroffen. Das alleine war ja schon schön, aber wir waren beim Essen und ich habe 2 Pfannkuchensuppen gegessen 🎉🎉🎉🎉🎉

Es hat weh getan, aber war auszuhalten und es hat sooooo gut geschmeckt! 😍 Jetzt sind die Schmerzen zwar stärker als zuvor, aber es hat sich gelohnt! Das macht mich so glücklich und ich möchte ja schließlich mein Glück mit euch teilen ☺

Dann hab ich heute noch ein paar total Schöne Geschenke bekommen und 2 Postkarten ❤ Danke, ich hab mich natürlich total gefreut!!!!

So jetzt ist der Tag auch schon wieder vorbei... Morgen muss ich doch nicht ins Krankenhaus und kann mich somit voll und ganz aufs Packen konzentriere.

Ich wünsch euch eine gute Nacht ✨ 😴 Schlaft gut 🌛 😘

27. August 2016 ·

Guten morgen aus Kroatien meine Lieben 🌞

Das erste kleine Stückchen Meer wollte ich festhalten 😍

Während ihr alle hoffentlich gut geschlafen habt, sind wir nach Kroatien gefahren. Seit über 10 Stunden sind wir jetzt unterwegs. Unsţ allen reicht es 🙈 Aber in 2 Stunden haben wir das Ziel erreicht

28. August 2016 ·

Guten Morgen ☺ 🌊🐙🐳

Wir sind im Urlaubsmodus angekommen 👍 ☺

Meinem Hals geht es nicht wirklich gut... Aber ich hoffe, dass es morgen besser ist und ich dann übermorgen vielleicht was essen kann.

Heute gibt es auf jeden Fall den ganzen Tag dieses Slush Eis Getränk 😉 damit bekomm ich wenigstens Flüssigkeit in mich rein!

Wir genießen gerade den Strand und lassen die Seele baumeln ☺

Ich schicke euch allen ein paar Sonnenstrahlen und etwas Urlaubsfeeling ❤ Passt auf euch auf

30. August 2016 · Der Reisebegleiter für den letzten Weg hier: **Podaca**.

Ich sitze gerade am Strand und lese mein neues Buch

Eine Aussage, von Luise Ganschor, könnte auch von mir sein: "Niemand weiß, wann er stirbt! Daher sage ich immer: Das Gute ist, wir wissen es, denn man tut dann alles bewusster. Und das Doofe ist, wir wissen es!"

Das lasse ich jetzt einfach mal so stehen und wünsche euch einen schönen Tag 🌞

September 2016

1. September 2016 ·

Es ist so weit 😍

Am vorletzten Urlaubstag kann ich das Essen anfangen zu genießen ❤ ❤ Und es schmeckt sooooo gut!!!

Ich habe zwar mehr Schmerzen als zu Beginn des Urlaubs, irgendetwas stimmt mit meinem oberen Rücken nicht, aber das ist mir egal.

Ich kann wieder essen 😍 😍

Gestern ging sogar schon das trinken und am Abend fast die Hälfte von einer Portion Spaghetti Carbonara.

Das es aber heute so gut klappt, dass ich das verschiedene Obst essen kann begeistert mich ☺

Ich hoffe euch geht es gut und ihr passt auf euch auf!! :*

Wie ist denn das Wetter bei euch??

1. September 2016 ·

Heute war der letzte Abend in Kroatien ❤

Den habe ich mit meinem Engel alleine verbracht und es hat uns sehr gut getan Wir haben nochmal den einsamen Strand genossen, gekuschelt und dabei dem Rauschen vom Meer zugehört und Karten gespielt.

Morgen Mittag fahren wir noch nach Split und Trogia, bevor am Abend dann die lange, lange, lange Heimreise beginnt.

Es sollte einfach jedem kranken Menschen irgendwie ermöglicht werden, hin und wieder dem Krankheitsalltag zu entfliehen!

Körperlich hat es mir zwar nicht geholfen, aber seelisch dafür umso mehr

3. SEPTEMBER 2016 ·

Heute morgen um 5 Uhr sind wir zu Hause angekommen Danke an Papa und meine Bonusmama Uschi ❤

Der Urlaub war sehr schön, wir konnten gut abschalten und jetzt geht es weiter :) Mehr Kraft als zuvor hab ich leider nicht, aber davon bin ich auch nicht ausgegangen. Mir ging es darum, eine Pause vom Alltag zu haben ☺

Heute stand nur einkaufen und faulenzen auf dem Plan

Morgen darf ich zum zweiten Mal Recover your smileile um Bilder für und mit meinem Engel zu machen ❤ Eigentlich darf man nur einmal zu Recover your smile, aber da ich sterben werde und mein Engel dann alleine ist, wurde mir angeboten nochmal zu kommen um Fotos zu machen. Diese Fotos gehören dann ihr ❤ Es sollen die allerschönsten Erinnerungsfotos werden die sie dann hat!

Die Kulisse ist bestimmt auch atemberaubend, denn das Shooting findet Schloss Kempfenhausen am Starnberger See statt

Meine Mama fährt und begleitet uns ❤

Ich freue mich schon richtig darauf und hoffe, dass ich nicht so verkrampft wie letztes Mal bin

Hier ein paar Fotos vom Juli 2015, kurz nach der 2. Chemo damals...

4. September 2016 ·

Hilfe!! Ich habe nichts zum Anziehen!!

Ich habe gerade das gleiche Problem wie gesunde Frauen 😜

Ich habe nichts schönes zum Anziehen für das Fotoshooting 🙈 🙈 🙈 Das allermeiste ist zu klein, natürlich auch die ganzen schöneren Sachen. Der Rest ist entweder so 0815 gemütlich oder schwarz.

So richtig wohl fühle ich mich in nichts davon... :(

Tja... was mach ich jetzt?!? :/

Vor dem Schrank bzw. Der Schublade stehen und verzweifeln und dann so ein 0815 T-Shirt anziehen

4. September 2016 Schloss Kempfenhausen am Starnberger See.

Der Nachmittag bei Recover your smile heute war einfach nur unbeschreiblich schön!!! Dieser Tag zählt zu den schönsten in meinem Leben ❤

Das Team ist einfach der Hammer und vor allem Barbara ist so eine liebenswerte Frau!! Ich Danke euch von ganzen Herzen ❤ ❤

Hier ein paar private Bilder, die während des Shootings von meiner Mama und mir gemacht wurden ☺

Wir freuen uns schon auf die Bilder vom Fotografen 😍

Da sind wir dann auch mal zu dritt drauf 😉

Ich war überglücklich heute und habe den Tag mit meinem Engel und meiner Mama sehr genossen 👼

7. September 2016 ·

Guten Morgen 😘
Ein kurzes Update 😉

Gerade sitze ich in der Klinik vor dem Arztzimmer der Schmerzambulanz. Dort habe ich gleich mein erstes Gespräch um die Schmerzen endlich mal in den Griff zu bekommen. Dann würde es mir bestimmt etwas besser gehen. Danach geht's wieder zurück in die gynäkologische/onkologische Tagesklinik um das Zometa für die Knochen zu bekommen.

Gestern Nachmittag hatte ich einen Termin beim Pfarrer... Wir haben über den Tod und die Beerdigung geredet

Er hat mir aufgeschrieben was der Kern jeder Beerdigung ist bzw. des Gottesdienstes und hat mir alles gesagt was ich noch selbst dazu machen kann. Das sind z. B. Lieder, Texte, ein selbstgeschriebener Brief, ein biblischer Text oder der eigene Taufspruch und und und... Wenn ich das alles weiß, was ich möchte, dann können wir quasi den Gottesdienst planen. Ich hab schon so ein paar Gedanken im Kopf und werde in den nächsten Wochen alles nach und nach aufschreiben.

Ich wünsche euch einen schönen Tag, hoffentlich habt ihr auch etwas Sonne 🌞 Genießt die kleinen schönen Momente und passt auf euch auf

8. September 2016

Mir geht es heute deutlich besser als erwartet ☺ ☺ 🎉

Deshalb sitze ich seit Nachmittag in meinem Lieblingscafe mit meiner liebsten Denise und den Kindern ☺ ❤ Heute ist ein Tag, an dem ich das Leben genießen kann. Ich glaube, dass ich das den neuen Schmerzmitteln zu verdanken habe 😉Ausnahmsweise gab es sogar Weizen zum Essen 🙈 😜

Ich hoffe, ihr hattet und habt auch einen schönen Tag

9. September 2016 ·

Mein Engel Leonie und ich sagen ganz ganz ganz oft ❤lichen Dank für die liebevollen Päckchen und Überraschungspakete, für die Postkarten, für die lieben Kommentare und Nachrichten und für ALLES andere!!!!

Wir freuen uns wirklich sehr! Es lenkt ab, es bringt viel Lachen und Freude und vor allem mein Engel liebt es Post zu bekommen ☺ Es macht mich sooo glücklich, wenn ich in ihre leuchtenden Augen schauen kann bei dem Satz "Engel, es ist Post für dich/uns da" 👼 😍 Deshalb ein riesen DANKE an jeden Einzelnen der uns in irgendeiner Art und Weise unterstützt!!!!! Durch euch erleben wir so viele schöne kleine Momente 👍 😘 Ihr seid soooo toll

9. September 2016 ·

Hallo meine Lieben, da es mit dem Zeitungsartikel nicht so ganz geklappt hat, versuche ich jetzt anders und ein letztes Mal.

Mir wurde caremaker von einer lieben Bekannten empfohlen.

Ihr sollt gar nichts spenden, sondern den Link einfach nur oft teilen, damit er sich verbreitet ☺ Dankeschön ❤ 👼

10. September 2016 · sehr dankbar

Einen wunderschönen guten Morgen euch allen 😊

Und ein ❤liches Wilkommen an alle neuen Unterstützer :)

Ich bin überwältigt von dem bisherigen Ergebnis des Spendenaufrufes und auch etwas sprachlos ☺ 🙈 👼

Ich kann nicht oft genug DANKE DANKE DANKE sagen!!! ❤ ❤ ❤ ❤

Eins stört mich aber sehr....

Sehr viele Menschen die zwischen 1€ und 20€ Spenden, ENTSCHULDIGEN sich dafür, dass es nicht mehr ist... Ehm Hallooo??!!?? Ich möchte sowas nicht mehr hören!!! 😎 Jeder einzelne Euro zählt so viel und ich bin für jeden einzelnen Euro unendlich dankbar 💪😍😍😍😍👼👼👼 Ihr seid alle so großartig, DANKE!!!! ❤

Leider geht es mir aber seit heute morgen nicht so gut

Ich habe wahnsinnige Rückenschmerzen von den Metastasen und kann mich fast nicht bewegen

Dazu hab ich mich 3 mal übergeben und habe gerade nochmal alle Medikamente genommen, in der Hoffnung, dass sie drin bleiben und gaaaanz schnell wirken!

Ich werde versuchen, den Tag heute so gut wie möglich mit meiner Mama und meiner Schwester Jessi zu verbringen.

Am Abend wollte ich mich mit einer ehemaligen Freundin treffen, aber ob das klappt weiß ich noch nicht. Erstmal abwarten wie der Tag wird... :(hab mich so darauf gefreut.... Aber mit etwas Glück klappt es bestimmt noch ;)

Euch wünsche ich einen wunderschönen Samstag! Genießt das Leben, es ist so schön ❤ 👼 und passt auf euch und eure Lieben auf

12. September 2016 ·

Es ist 2 Uhr Nachts, egtl. sollten alle schlafen...

Aber ich lieg wach, komm irgendwie nicht zur Ruhe heute, lieg die ganze Zeit unbequem, dreh mich hin und her und kann einfach nicht einschlafen

Seit 11 Uhr geht das so!

Jetzt dachte ich mir, ich nutze die Zeit einfach ; (denn wer weiß wie viel ich noch habe. So sollte nicht nur ich denken, sondern jeder von euch!

NUTZT EURE ZEIT, EGAL WANN UND WIE VIEL IHR DAVON HABT ❤ !

Ich hatte gestern einen wunderschönen Tag, auch wenn die Schmerzen ihn mir immer wieder kaputt machen wollten!

Immer wieder hatte ich Schmerzen im unteren Rücken die

kaum auszuhalten waren und ich am liebsten geweint hätte. Aber der Ort und der Moment waren zu schön um zu weinen. Mit meiner Mama und meiner Schwester Jessi war ich Kaffee trinken und am Starnberger See den Sonnenuntergang anschauen ❤

Dabei haben wir ganz viele Fotos gemacht, denn Fotos haben ab sofort eine noch wichtigere Bedeutung...

Am Abend habe ich mich noch mit der ehemaligen Freundin und ihrer lieben Begleitung wie geplant getroffen. Egtl. Wollte ich absagen, aber sie hat mich dann doch noch dazu gebracht Es war total schön und es hat mir sehr gut getan sie wieder zu sehen 👍 ☺

Heute waren meine Schmerzen schon etwas besser zum Glück ☺ ☺

Wir waren mit meiner Tante (wo mein Engel über Nacht war) Eis essen und am frühen Abend ist dann noch eine Freundin von meinen Engel gekommen.

Mit dem Film „Bibi und Tina - Mädchen gegen Jungs“ wurde dann der heutige Tag beendet 😉

Morgen geht es schön aber auch stressig weiter, denn am Dienstag beginnt die Schule wieder und dafür müssen wir noch einiges kaufen usw.

Ich werde jetzt nochmal die Wohnung durchlüften und dann versuchen zu schlafen... Hoffentlich klappt es!

Ich wünsche euch noch eine gute Nacht und einen guten Start in die neue Woche :* Passt auf euch auf bei allem was ihr tut

12. September 2016

Vor genau 12 Stunden habe ich geschrieben, dass ich nicht schlafen kann...

SEITDEM HABE ich 30 Minuten geschlafen :/

Dafür hatte ich heute Morgen um 5 Uhr ein tolles Telefonat mit einer Gleichgesinnten. Es ist Helen und von ihr werde ich euch in den nächsten Tagen noch etwas posten.

Gerade eben sind wir vom frühstücken und Schulsachen einkaufen zurück gekommen und im Briefkasten lag eine Postkarte aus Indien ;) Schon irgendwie lustig :D

Ich habe außerdem ganz tolle Post von Nicole Staudinger bekommen Eine handsignierte Ausgabe ihres brandneuen Buches Nicole ist eine wahnsinnig tolle Persönlichkeit, ich durfte sie kennenlernen und seitdem hilft sie mir unbewusst bei vielen Gedankengängen

Dieses Buch werde ich in Ehren halten und demnächst anfangen zu lesen Ich kann euch nur empfehlen dieses Buch zu kaufen!! Und das sage ich nicht um "Werbung" für Nicole zu machen, denn die hat sie überhaupt nicht nötig!! Ich sagen es aus vollster Überzeugung, denn sie hat eine ganz besondere Art zu schreiben, das habe ich in ihrem Buch "Brüste umständehalber abzugeben" gemerkt. Sie ist einfach einzigartig und das Buch kann nur toll sein!! Ich bin glücklich, dass ich es bekommen habe DANKE NICOLE!!!

Jetzt werde ich dann mit meinem Engel die Schulsachen für morgen herrichten und dann vielleicht ein bisschen schlafen, denn ich bin jetzt 29 Stunden wach... Irgendwie geht es mir aber gut damit, was mich ziemlich wundert :P

Genießt euren Tag und passt auf euch auf

12. September 2016

Das ist sie, die liebe Helen Lang mit der ich heute Nacht telefoniert habe... Sie sammelt jetzt Geld für ihre Beerdigung damit kann ich mir noch ein kleines bisschen Zeit lassen... steht mir aber auch noch bevor.

Diese Zeit hat sie nicht mehr... die Ärzte hoffen, dass sie Weihnachten noch erlebt! Es wäre toll, wenn ihr helfen könntet und sei es nur durch teilen ❤

Das liegt mir sehr am Herzen... Danke!

12. September 2016 ·

Ich möchte allen, die mich kennenlernen wollen, gerne an diesem Tag die Möglichkeit dazu geben ❤

Es können alle kommen, natürlich mit Begleitung. Es soll ein gemütliches beisammen sitzen werden :)

Ganz Wichtig wäre nur, dass ihr, wenn ihr kommen möchtet, auf Zusagen geht!! Und falls ihr nicht alleine kommt, schreibt bitte einen kurzen Beitrag hier in die Veranstaltung mit der Anzahl der Personen die ihr noch mitbringt. OHNE EUCH MITZUZÄHLEN, DENN IHR DRÜCKT JA AUF ZUSAGEN!

Ich hoffe, dass es mir an diesem Tag halbwegs gut gehen wird und wir das Treffen gemeinsam genießen können. Ich freu mich auf euch :*

OKT29

Sa 11:00 · Cafe Ole · Geretsried, Bayern

15. September 2016 ·

Meine Lieblings Nicole Staudinger ❤

Ich bewundere sie immer wieder! Sie ist das komplette Gegenteil von mir

15. September 2016 · München, Bayern ·

Ich bin gerade auf dem Weg durch die Klinik zu Frau Prof. Nadia Harbeck um mir eine Zweitmeinung zu holen 👍

Bin gespannt was bei dem Gespräch raus kommt!

In den letzten Tagen war viel los und ich hatte leider keine

Zeit/Kraft zu schreiben. Vielleicht geh ich später mal das erste mal Live

15. September 2016 ·

1. LIVE-VERSUCH

15. September 2016 ·

LIVE - Heute nochmal oder in den nächsten Tagen ?

16. September 2016 ·

Wir sollte viel öfter Dinge tun, die wir sonst vielleicht nicht tun würden!!

Diese beiden Bilder wollte ich euch noch zeigen

Gestern bin ich mit meiner Bonusmama Uschi aus der Klinik in Großhadern raus gekommen und habe dieses Metallpferd gesehen.

Mein erster Satz: "Eigentlich müsste man sich da jetzt drauf setzten und einfach mal etwas machen was man eigentlich nicht machen würde..." Gesagt getan 😎 Mut aller Kraft hab ich mich hoch gekämpft und fand es super 👍 ☺ 💪 einfach mal die Beine baumeln lassen.

Das zweite Bild habe ich in der Klinik gemacht, weil ich mir dachte, dass viele von euch vielleicht nicht wissen was ein (auch mein) Palliativteam macht.

Das ist auf diesem Bild super erklärt :)

Wenn ihr wollt, kann ich heute um 18:45 ca live kommen 😘 einfach nur so, denn etwas neues gibt es nicht.

16. September 2016 ·

Ein kurzer Smalltalk

18. September 2016 ·

Meine heutiges Abend- bzw Nachtprogramm

Danke für dein Paket Sara und danke an alle anderen die uns Postkarten und kleine tolle Überraschungen geschickt haben!!! Das hat uns heute richtig glücklich gemacht 😍 DANKE ❤

Mir ging es heute eigentlich ziemlich gut ☺ Die Schmerzen sind natürlich da, aber auszuhalten. Wir haben uns heute ein paar Schuhe gegönnt ☺ ☺ Für mich bequeme Turnschuhe, die gut für meine Wirbelsäule sind. Für meinen Engel gab es Herbststiefel und Hausschuhe für die Schule.

Den Abend haben wir bis vor kurzem mit meiner Schwester Anastasia verbracht ❤ War sehr schön!! Ich hab die Zeit mit ihr heute sehr genossen ❤ ❤

Morgen fahren wir mit Leonies Freund und den Eltern in einen Indoor-Spielplatz, weil es regnen soll. Den Ausflug in den Tierpark müssen wir deswegen leider verschieben. Aber ich denke, dass es im Indoor-Spielplatz auch lustig wird, obwohl ich nicht mehr mitspielen und klettern kann wie früher... :/

Ich werd jetzt mal schlafen gehen, denn die Nacht ist kurz 🌙

Ich hoffe euch geht es gut und ihr könnt euer Wochenende genießen! Falls nicht schicke ich euch ganz viel Kraft :* Schlaft gut, bis morgen

20. September 2016 ·

Wuhuuu Guten Morgen 😉

Ich wache auf und sehe 4.000 Likes 👍💪👍💪🎉👼

Dankeschön für so viel Unterstützung :*

Ich wünsche mir, dass ich euer denken (falls überhaupt nötig 😜) ein bisschen ändern kann. Ich möchte, dass ihr alle mit eurer Zeit wertvoller umgeht und nichts auf die lange Bank schiebt! Man lebt im hier und jetzt, wer weiß schon was in 20 Jahren ist?!?

Startet gut in den Tag :*

Ich bin mit meiner Mama in einer Stunde beim Blut abnehmen und danach schauen wir uns das Hospiz in Polling an

Passt auf euch auf und genießt die vielen kleinen schönen Momente

20. September 2016 ·

So ich bin gerade eben heim gekommen und würde in 30 Minuten ca. noch kurz live kommen um euch vom Hospizbesuch zu erzählen.

Habt ihr Lust??

20. September 2016 ·

Live:Hospizbesuch usw.

21. September 2016 · am Boden zerstört

Gestern ist ein ganz besonderer Mensch von dieser Welt gegangen 😭 Leider habe ich es vorhin erst erfahren...

Es kam so plötzlich und niemand hat so plötzlich damit gerechnet Sie ist seit November 2015 eine Brustkrebsfreundin von mir 💕 und auch davor hatten wir Kontakt, denn sie hat quasi fast um die Ecke gewohnt in München.

Meine liebe Alex, ich bin sprachlos, schockiert, zu tiefst traurig, wütend, sauer, voller Hass und voller Liebe 😭😭😭💕

Ich kann mich nur schwer beruhigen 😭😭😭😭

Eines deiner letzten Worte an mich war "Wir schaffen das Jacky, wir werden unsere Kinder aufwachsen sehen & alt und grau werden!"

Ich werde ab sofort auch für dich weiterkämpfen!!!

Ich wünsche deinen Hinterbliebenen und ganz besonders deiner

Familie ganz ganz ganz viel Kraft das irgendwie durchzustehen!! Die meiste Kraft schicke ich aber an deinen Sohn 😇 😭

In Gedanken werde ich dich immer bei mir haben 💔 sobald ich von Memphis zurück bin, werde ich dich ganz in Ruhe besuchen!!

Flieg mit den Engeln, mit allen anderen Brustkrebsfreundinnen die uns voraus gegangen sind und komme in Frieden und Liebe Ohne Schmerzen zur Ruhe 😇 ❤ 👑 💐 🕯 ❤

23. September 2016 · reist von **Flughafen München** n ach **Memphis**.

Wir sind auf dem Weg zum Flugzeug um meinen allergrößten Herzenswunsch zu erfüllen 😍 😍 😍 😍 😍 😍 😍 😍 MEMPHIS --> GRACELAND--> ELVIS PRRESLEY 💔

Ich danke allen die mir das ermöglicht haben ❤ und allen die mich mit so liebevollen Worten unterstützen!! Ihr seid der absolute Hammer!! DANKE DANKE DANKE 😇 Wir freuen uns alle schon wie verrückt 😁 😁 😁 😁

Um 12:15 starten wir. Mir geht es soweit gut, die Schmerzen halten sich zum Glück in Grenzen, nur so als kurze Info

24. September 2016 ·

Hello from Memphis ❤ 👑

Wir sind die gut angekommen usw 😉 Dazu schreibe ich später nochmal mehr!

Wir cruisen gerade durch Memphis und ein paar von euch haben mir ganz tolle Tipps gegeben, was wir hier machen sollen und wo wir essen sollen ☺ die bräuchte ich jetzt bitte, bitte nochmal!!! Unser Frühstück im Hotel war nämlich nicht wirklich genießbar 😁 Danke euch!!

24. September 2016 ·

Ein ganz kurzes Hallo aus Memphis

25. September 2016 ·

Die einen ruhen sich aus, die anderen haben ein Date mit Elvis ;)

Mein Engel und ich haben uns zwei Trinkbecher gekauft. Leonie hat einen pinken mit viel Glitzer und natürlich auch Elvis :)

Ich bin überglücklich und dankbar!! Mein allergrößter Herzenswunsch erfüllt sich gerade und ich bin mittendrin statt nur dabei ☺ Und noch schöner ist es, weil sich auch gleichzeitig der Herzenswunsch von meinem Papa erfüllt ❤

Die Zeitumstellung haben Leonie und ich, glaub ich, ganz gut verkraftet. Die Nacht war etwas unruhig und kurz, Leonie hat vorhin im Auto eine Stunde geschlafen und ist seitdem wieder fit. Ich glaube, dass der Jetlag erst beim zu Hause ankommen eintritt. Warten wir mal ab 🤔

Eins steht aber definitiv fest....

Ich werde nicht mehr fliegen, wenn ich wieder zurück bin! Mal ganz abgesehen von dem unwohlen Gefühl das ich habe, habe ich wahnsinnige Schmerzen in den Beinen bis zum Oberschenkel hoch bekommen. Sie waren irgendwie taub, haben gejuckt, weh getan und gespannt. Ich hab natürlich Angst vor einer Thrombose, weil ich da ja wegen der Lungenembolie etwas gefährdet bin.

Schon komisch, bei euch ist es gerade Mitternacht und bei uns später Nachmittag. Die ganzen Bilder poste ich dann wahrscheinlich morgen ;)

Ich hoffe euch allen geht es gut?!?

Schlaft schön

25. September 2016 ·

Ihr erinnert euch bestimmt noch an das Fotoshooting wo ich vor 3 Wochen mit meinem Engel und meiner Mama war ?!?

Schaut mal was „Recover your smile“ aus mir gemacht hat

Ich bin euch soooo dankbar, ihr seid unbeschreiblich toll!!! Danke

Die anderen Fotos zeigen ich euch dann auch noch ;)

Bei uns beginnt gerade der Tag. Und der wird toll ❤

Passt auf euch auf!!

25. September 2016 ·

Ein kurzes Hallo aus Memphis

26. September 2016 ·

Live von Graceland

26. September 2016 · Elvis Presley's Graceland.

Der größte Traum ist wahr geworden... Ich kann es kaum glauben ❤ Danke, dass ich das erleben durfte

27. September 2016 ·

Guten Morgen aus MEMPHIS

und einen schönen Nachmittag

Ich krieche jetzt mal mit Schmerzen aus dem Bett und würde dann ein kleines Live Video machen, wenn Leonie dann immer noch schläft. Sie hat nämlich Fieber bekommen in der Nacht. Also wahrscheinlich bis gleich im Live Video

27. September 2016 ·

Kurzes Hallo aus dem Hotel bevor unser letzter Tag beginnt

27. September 2016 ·

Mississippi River

28. September 2016 ·

Live vor Elvis seinem Grundstück zum Abschied

29. September 2016 ·

Nur kurz zur Info...

Seit heute morgen sind wir auf der Heimreise.

Jetzt sitzen wir in Philadelphia im Flieger nach Deutschland in 10 Minuten starten wir... Das Wetter ist leider nicht gut 😟 aber wir werden schon ankommen...9 Uhr ist die geplante Ankunftszeit in München.

Bis dann.

Oktober 2016

1. Oktober 2016 ·

Ich bin körperlich in Deutschland angekommen, aber in Gedanken noch in Memphis 😍

Ich möchte euch jetzt endlich mal die Bilder von meinem „Recover your smile" Nachmittag zeigen 😆

Es sind so liebe und tolle Menschen dort ❤

Eine davon habe ich sogar am Flughafen in Philadelphia getroffen.

Danke für diesen unbeschreiblich tollen Nachmittag 😍 😘 ❤ 👼 Dieser Nachmittag war noch toller als der erste im Juli letzten Jahres und hat viel in mir bewegt...

2. Oktober 2016 ·

In ca. 30 Minuten würde ich mal wieder live kommen. Kein bestimmtes Thema, einfach nur so um mit euch zu "quatschen"

2. Oktober 2016 ·

Bin mal wieder live für euch

3. Oktober 2016 ·

Jetzt hätte ich fast vergessen euch die Bilder vom Hospiz in Polling zu zeigen 🙈

Ich denke es erklärt sich alles von allein...

Ich hab im Video schon bisschen darüber erzählt. Falls ihr aber Fragen habt, bitte bitte fragt mich!!

So jetzt werde ich auch endlich mal schlafen :)

Gute Nacht meine Lieben 🌙🌟 schlaft gut

3. Oktober 2016 ·

Mit meinem neuen Lieblingspulli

--> GRACELAND --> ELVIS ❤

3. Oktober 2016 ·

Zur Info für alle:

Ich habe keine Lust "bisschen intim" zu schreiben! 😂😂

Aber danke fürs Angebot 😎 normal kannst du mir natürlich gerne schreiben!

Und nein ich bin nicht spießig oder prüde ;)

Danke und gute Nacht meine Lieben

3. Oktober 2016 ·

Falls jemand Interesse hat und die Seite noch nicht kennt

4. Oktober 2016 ·

Heute um 9 Uhr hatte für mich Zeit keine Bedeutung mehr, denn die Zeit stand still... Und das nicht nur für mich, sondern für ca. 100 andere Menschen auch....

Ich hatte heute die Ehre, unsere liebe Alexandra Lange, die am 20.September leider für immer ihre Augen geschlossen hat, auf ihrem allerletzten Weg zu begleiten ❤

Meine Gedanken gehören heute ganz dir und deinen Hinterbliebenen, liebe Alex!! Du wirst für immer in meinem Herzen bleiben und ich werde dich bei allen besonderen Ereignissen, positiv sowie negativ, noch bewusster in meine Gedanken rufen!! ❤

Ich kannte deine Familie nicht und doch kannte sie mich... Ich wurde so herzlich empfangen, dass ich schon vor dem Gottesdienst in meinem Vorhaben, bei deiner Beisetzung dabei zu sein, bestätigt wurde ❤ Es war richtig zu kommen!

Mein Gefühl hat mich, wie immer, nicht getäuscht...

Ich wünsche deiner liebevollen Mama, deiner bezaubernden Schwester, deinem wundervollen Ehemann und natürlich deinem wahnsinnig tapferen Sohn Maxi nur das Beste, unbeschreiblich viel Kraft und Mut!!

Mein allertiefstes und herzlichstes Beileid an deine gesamte Familie, Freunde und allen Hinterbliebenen!!

Du liebst weiße Blumen, von mir hast du allerdings eine pinke bekommen und ich bin mir sicher du weißt wieso

Ich danke dir für alles ❤ Du bist ein so toller Mensch und wirst natürlich auch mir unendlich fehlen Wir sehen uns dann oben...

Du bist ein Engel und fliegst jetzt mit den anderen Engeln....

6. Oktober 2016

Guten morgen meine Lieben :*

Heute kommt auf RTL bei Punkt 12 ein Beitrag über meine liebe Helen Lang!!

Ich habe sie ein bisschen überredet den Spendenaufruf über

Caremaker zu machen und habe diesen vor ein paar Wochen auch geteilt.

Kann mir jemand diesen Beitrag irgendwie aufnehmen und schicken oder in guter Videoqualität mit dem Handy Filmen bitte bitte??????

Ich kann es leider nicht selbst anschauen, weil ich ab jetzt in der Klinik bin... Heute steht das wichtige PET-CT an!

Gestern war ich auch schon hier, für die Zometa Infusion und zum Gespräch wegen der Chemo (die meinem Gefühl nach nichts bringt). Gestern war meine Mama zum Glück die ganze Zeit dabei ❤

Ich wünsche euch einen schönen Tag!! Passt auf euch auf 😘

6. Oktober 2016 · Geretsried, Bayern ·

An meine lieben Unterstützer im Umkreis von 70km um Geretsried...

Mein Papa sucht dringend einen vernünftigen, tollen Mitarbeiter!!

Es wäre super, wenn ihr das bitte ganz oft teilen könntet!!!

Vielleicht kennt ihr ja jemanden, der/die auf die Stelle passt??

Ich erreiche hier einfach mehr Menschen, als auf seiner Seite und möchte unser Familienunternehmen so gut es geht unterstützen

7. Oktober 2016 ·

Heute erfülle ich noch einen Wunsch von meiner Löffelliste 😎

In 15 Minuten komm ich mal kurz live um zu erzählen

7. Oktober 2016 ·

Heute wird ein weiterer Punkt auf der Löffelliste abgehakt ☺ 7.10.16

7. Oktober 2016 ·

Eishockey Tölzer Löwen in PINK

7. Oktober 2016 ·

Da flammen Erinnerungen auf ☺

Wir hatten einen wunderschönen Abend im Eisstadion! Fast so wie früher 😍 richtig schön wars!! Alle Spieler waren in pinken Trikots, um auf Brustkrebs aufmerksam zu machen ❤ Oktober ist Brustkrebsmonat! 😉 Geht zur Vorsorge!!!

Heute Nachmittag kam noch ein Anruf von meiner Ärztin aus der Klinik. Dazu schreibe ich dann morgen etwas, weil ich jetzt schlafen muss.

Ich wünsche euch eine gute Nacht 🌙 ✨

#86Baindl #46Curth #Eishockey #BadTölz #TölzerLöwen #breastcancer #pinkOctober

8. Oktober 2016

Ich hatte heute einen wunderschönen Tag im Wildpark mit zwei ganz besonderen Menschen ❤ Danke für die tolle Brotzeit, fürs Schieben durch Kies und bergauf und einfach danke für alles!!

8. Oktober 2016 ·

Ich habe mein Versprechen nicht gehalten!

Das tut mir sehr Leid... !

Ich hoffe ihr seid mir nicht böse und könnt bitte noch ein paar Stunden warten...

Ich werde morgen VORMITTAG LIVE kommen und euch von dem Telefonat mit meiner Ärztin erzählen, sobald einige zuschauen.

Und das ist sicher, denn morgen geht unser Ausflug erst um 12 Uhr los ;)

Gute Nacht und schlaft gut 😘🌙⭐

9. Oktober 2016 ·

LIVE: Befund vom PET-CT

9. Oktober 2016 ·

Live vom Speedway VIP Gäste von Martin Smolinski

11. Oktober 2016 ·

Für die, die es nicht mitbekommen haben (was ja mal vorkommen kann bei über 4000 Unterstützern

Ich treffe mich mit euch um euch ein bisschen kennen zu lernen bevor es zu spät ist. Viele haben geäußert, dass sie sich gerne mal mit mir treffen würden. Das freut mich riesig und schmeichelt mir sehr :) Leider habe ich aber nicht die Kraft und die Zeit, mich mit jedem einzeln zu treffen. Deshalb dieses Treffen

Gebt einfach nur hier in der Veranstaltung Bescheid zu wie vielt ihr kommt und bitte unbedingt für euch selbst auf Teilnehmen klicken

12. Oktober 2016 ·

Halli Hallo meine Lieben und einen schönen Abend

Ich hoffe euch geht es gut? Es ist ja jetzt schon doch ein paar Tage her, wo ich was hören/sehen lassen hab von mir.

Ich hab mir vorgestern zum allerersten Mal mein eigenes Video angeschaut... Das Video zum Thema PET-CT.

Ich bin so langsam am realisieren und verdauen von dem Ergebnis. Manchmal fühle ich mich wie in einem Traum und denke, dass ja alles nicht echt ist und alles wieder gut wird, weil es eine

Geschichte ist. Das schlimme ist nur, dass die Geschichte wahr ist und das nicht wieder alles gut wird... :(Das ist mir natürlich mehr als bewusst. Ich hasse Geschichten ohne Happy End!!!

In dem Video finde ich übrigens, dass ich zum ersten Mal seitdem ich Videos mache, richtig krank aussehe... Ich kann euch nicht genau sagen warum, aber man sieht mir, finde ich, von Anfang an an, dass es mir nicht gut geht.

Vorgestern Abend habe ich mit meiner Tante geschrieben und sie hat mich gefragt ob ich einschlafen kann, oder ob sie kommen soll um meine Hand zu halten und La Li Lu zu singen :) Ich meinte dann zu ihr, dass Sarah Conner schöner wäre zum einschlafen... Sie hat es auf ihre Stimme bezogen und ich auf das ausgewählte Lied :D Missverständnis quasi.

Ich hab ihr dann geschrieben, dass es natürlich um das Lied geht und nicht um ihre tolle Stimme :D :D

Sie meinte dann "Jetzt hast aber grad noch die Kurve gekriegt! ;) " Ich "Ja gerade so noch, wie immer halt ;) ...... Außer jetzt.... ;("

So aus dem lustigen schreiben heraus, hat sich die Stimmung plötzlich geändert. Das war gestern so ein Erlebnis für mich, dass mir wieder gezeigt hat wie schnell das Leben jetzt vorbei sein kann... Erst lacht man noch gemeinsam und plötzlich wendet sich das Blatt...

Meine Schmerzen waren ja so extrem schlimm in den letzten Tagen. Vorgestern (Montag) habe ich mit meinem Palliativteam telefoniert. Wir haben viel geredet, ich habe meine Schmerzen genau beschrieben und somit haben wir neue Medikamente ausgewählt, die ich am Abend dann begonnen habe zu nehmen.

Ich habe jetzt ein Schmerzpflaster seit Montag auf der Haut kleben und heute habe ich noch ein zweites, allerdings schwächeres, dazu kleben müssen. Mal abwarten ob es jetzt besser wirkt... Eine neue Schmerztablette nehme ich jetzt; immer nur Abends und das Lyrika (auch gegen Schmerzen) haben wir jetzt auf 300 mg jeweils morgens und abends hochdosiert. Nebenbei nehme ich natürlich noch weiterhin 4000mg Novalgin am Tag und zusätzlich kann ich ich noch bis zu 6 Tabletten, mit dem Wirkstoff von den Pflastern nehmen.

Den Namen/Wirkstoff von den Schmerzpflastern und den Schmerztabletten habe ich grad nicht im Kopf, aber wenn ihr das wissen möchtet, fragt mich einfach in den Kommentaren, dann schreib ich es euch noch als Antwort.

So jetzt ist der Text eigentlich schon lang genug, aber ich denke ihr möchtet noch wissen wie es mir geht?! Ich versuche mich kurz zu halten...

Mir geht es von den Schmerzen her deutlich besser :D :D :D Weg sind sie noch lange nicht, aber wir sind auf dem Weg der Besserung und das finde ich schon mal mega super ;)

Jetzt kommt das aaaaber..... Ich bin von den Schmerzmitteln soooooo extrem müde, dass ich beim Nachrichten schreiben, zuhören, Nachrichten lesen, generell lesen, nichts tun usw. einfach einschlafe. Ich schlaf dann nicht tief, aber es ist wie ein Sekundenschlaf (ein paar viele Sekunden, manchmal auch Minuten). Mir fallen einfach die Augen zu und ich kann mich nicht dagegen wehren. Sogar beim schreiben mit einem Stift und Formulare ausfüllen passiert es :(Ich schaffe einfach gar nichts mehr was ich will. Mit allem bin ich hinterher, mit meinem Blog, mit den Nachrichten die ich bekomme, mit meinen privaten Dingen, Anträge, Formulare usw.

Ich schlafe soooo tief, dass mir seit gestern meine liebe Bonusmama Uschi in der Früh mit Leonie hilft, dass sie stressfrei in die Schule kommt und ich stressfrei aufwachen kann. Dafür bin ich ihr wirklich dankbar. Auch vom Rest der Familie sind viele Hilfsangebote da, aber ich tu mir noch schwer damit diese anzunehmen, denn ich möchte es noch alleine schaffen. Wenn ich merke, dass ich es nicht mehr schaffe, sag ich ihnen Bescheid und bekomme Hilfe :)

Ok es ist doch noch ein ziemlich langer Abschnitt geworden :D

Hihi Heute war ein langer Tag und wir waren leider erst spät daheim, weil mein Engel eine Zirkusaufführung hatte :D

In einem richtigen Zirkuszelt, hat die ganze Schule mit den Leuten vom Zirkus eine komplette 2 Stunden Show eingeübt. Es war von lustigen Clowns, über Seiltänzerinnen bis hin zu den Akrobaten alles dabei. Die Kinder haben das so so so so toll gemacht!! Leonie war bei der Ziegendressur dabei und hat es ganz toll gemacht, ich bin richtig stolz auf sie und hab ihr das natürlich gesagt <3

So jetzt geht es auch für mich endlich ins Betti.

Morgen bin ich ab 10 Uhr mit meiner Tante in der Klinik. Erst bei den Strahlentherapeuten um eine neue Bestrahlung zu besprechen und danach in meiner Tagesklinik zur Besprechung von Befund, Chemo und weiteres Vorgehen.

Ich wünsch euch eine gute Nacht :* Schlaft gut und habt morgen einen schönen Tag. Passt auf euch auf!

Und Entschuldigung für so einen langen Text mit so vielen Infos, aber in den letzten Tagen konnte ich einfach gar nicht schreiben und das Reden war noch anstrengender.

13. Oktober 2016 ·

Ich war heute den ganzen Tag mit meiner Tante in der Klinik.

Ich bin zwar sehr sehr kaputt und leg mich jetzt erstmal kurz hin, aber später gibt es noch ein LIVE VIDEO 😘😘😘

Wer ist alles dabei???

13. Oktober 2016 ·

LIVE: Befund Besprechung + Strahlenklinik

13.10.16

14. Oktober 2016 ·

LIVE: Kurzes Hallo aus Seefeld/Wellness Hotel

16. Oktober 2016 ·

Hallo meine Liebsten ❤

Das Wochenende mit meiner Mama geht dem Ende zu...

Wir fahren jetzt noch mit der pinken Bahn von der Rosshütte runter und dann geht es nach Hause. Das Wochenende war soooooo wunderschön 😍 mehr Bilder usw gibt es vielleicht später ;)

Morgen Mittag beginnt meine neue Chemo :/ aber an die versuch ich jetzt noch nicht zu denken. Vielleicht komm ich später noch live 😘

Ich hoffe ihr hattet ein tolles Wochenende und euch geht es gut!! Bis dann ❤ 😜 😘

17. Oktober 2016 ·

!!! UPDATE Es dauert noch etwas länger, mein wichtiges Telefonat geht vor :) !!!

So ihr lieben, die 1. neue Chemo habe ich zusammen mit meiner Schwester Jessi überstanden und sie war gar nicht schlimm ☺

So gegen 21:30 Uhr werde ich LIVE kommen und euch vom Wochenende und dem heutigen Tag alles erzählen was ihr wissen möchtet.

Bis später

19. Oktober 2016 ·

Ich bin stationär in der Klinik bis Freitag.

Mir fallen beim Schreiben die Augen zu. Morgen melde ich mich ausführlich. Mir geht's soweit gut, ihr müsst euch keine Sorgen machen 😘

21. Oktober 2016 ·

Danke für alle eure Genesungswünsche und alle anderen liebevollen und kraftgebenden Worte!!! <3 <3 <3

Zuerst möchte ich mich entschuldigen, dass sehr wenig Reaktion von mir in den letzten Tagen kam! Ich bin so extrem müde, dass ich beim Schreiben und Lesen in jeglicher Form immer sofort kurz einschlafe und wieder aufwache.

Es fällt mir wahnsinnig schwer die Augen offen zu halten :(

Die Nachrichten stauen sich..... Es tut mir Leid, aber ich schaffe es momentan nicht die ganzen Nachrichten zu lesen...

Ihr versteht das sicher, aber mir tut es im Herzen weh!!! <3

Jetzt mal zum aktuellen Überblick....

Ich bin am Mittwoch vormittag mit 39,2 Grad Fieber ins Krankenhaus. Während der Chemo muss ich ab 38,5 Grad ins Krankenhaus.

Die Blutwerte ergaben, dass mein Entzündungswert viel zu hoch war (er war bei 5). Es war sofort klar, dass ich stationär bis Freitag bleiben muss und dann wieder nach Hause kann. is heute habe ich Antibiotika bekommen und etwas Flüssigkeit.

Ich habe in der Zeit dort sehr viel geschlafen und die restliche Zeit mit meiner Mama verbracht und am Mittwoch war auch meine Schwester Jessi dabei. Gestern Abend war dann meine Tante noch da <3 So verging die Zeit von Mittwoch bis heute Nachmittag recht schnell :)

Heute Mittag wurde dann nochmal Blut abgenommen um zu schauen ob der Entzündungswert wieder runter gegangen ist und ein ein orales Antibiotikum reicht. er Entzündungswert ist soweit in Ordnung, aber meine Leukozyten sind viel zu niedrig (bei 1000, normal sind 4000).

Ich muss weiterhin stationär bleiben :(

Mit ganz lieb schauen und fragen, durfte ich am Nachmittag

dann nach Hause zu meinem Engel fahren, aber morgen Mittag muss ich wieder zurück in die Klinik auf unbestimmte Zeit....

Die Gefahr des Ansteckens ist sehr sehr hoch bei mir und sehr gefährlich! Somit musste ich mit vielen Tränen meinen lieben Brustkrebsmädels leider für morgen absagen :(Morgen wäre das große Gruppentreffen gewesen...

Ich hoffe, dass ich wenigstens dann bis zum Treffen mit euch allen wieder fit bin!

Ab morgen Mittag bin ich dann also wieder im Krankenhaus unter Beobachtung wegen meinem Leukozyten.... Das Essen dort ist nicht mehr so gut wie es damals war :D Wer mich besuchen kommen möchte, darf gerne etwas zum Essen mitbringen ;)

<3 <3 Ich bin meiner Familie und Freunden übrigens sowas von dankbar, dass sie Leonie so gut versorgt haben und es die nächsten Tage auch weiterhin tun werden <3 <3 Mein Engel ist so stark und geht so toll damit um!! Sie passt sich den Veränderungen so super an!! Ich bin unbeschreiblich stolz auf sie <3

Ich merke gerade, dass ich am Laptop viel besser schreiben kann :D Ich bin während dem ganzen Text jetzt nur 2 Mal eingeschlafen ;) Leider gibt es kein W-Lan im Krankenhaus, sonst könnte ich alles vom Laptop aus machen und somit mehr schaffen :D hihi Naja ich verbringe jetzt noch den kurzen Abend mit meinem Engel und schlaf dann schön eingekuschelt mit ihr ein <3

Euch wünsche ich auch noch einen schönen Abend :) Danke für alle lieben Worte in Form von Nachrichten und Kommentaren! Auch wenn ich nicht darauf reagiere, ich lese ALLE!!

23. Oktober 2016 ·

Guten Morgen ich bin gerade erst aufgewacht und zwar zu hause....

Gestern spätnachmittag in der Klinik...

"Hallo Frau Drappeldrey, warum haben sie denn Sachen dabei,

Sie bleiben doch nicht stationär!" ääääää??? Ich war kurz davor zu sagen, dass sie das wiederholen soll.

Diese Ärztin die mir gesagt hat, dass ich wieder stationär bleiben muss, hat anscheinend überreagiert und die Ärztin, die gestern für mich da war, hat nochmal mir ihr telefoniert und gesagt, dass sie da überreagiert hat und ich nicht stationär bleiben muss.

Ja... Mir hat natürlich keiner Bescheid gesagt, weil ich das ja falsch verstanden habe! Von wegen falsch verstanden!! Ich habe da ganz genau zugehört am Freitag, weil es mir wichtig war wegen meinem Brustkrebstreffen das ich für Samstag ganz groß geplant hatte. Das habe ich nach der Nachricht am Freitag natürlich absagen müssen bzw habe ich gesagt, dass ich nicht kommen kann. Daraufhin sind viele auf halbem Weg wieder umgedreht oder haben alles abgesagt und es ist nur eine gekommen. Die Liebe Tanja ist sogar bis Montag da, weil sie hier einen Kurzurlaub macht. Mit ihr war ich gestern sehr lecker beim Italiener essen und habe den Tag ausklingen lassen 😍 ❤

Naja, ich bin also zu Hause und der ganze Aufwand, die ganze Planung wegen Leonie war umsonst. Trotzdem bleibt sie noch bis morgen früh bei meiner Tante ☺

Ach ja ganz vergessen zu sagen...

Ich habe 4 Herpes am Mund und 4 Herpes im Mund 😣 Essen ist ziemlich schmerzhaft... Bin gespannt wie es später wird...

Ich wünsche euch noch einen wunderschönen Sonntag 🌞 lasst es euch gut gehen und genießt den Tag!

Ich gehe heute Abend wieder mit Tanja essen und den restlichen Tag verbringe ich zu Hause. Passt auf euch auf 😘

24. Oktober 2016

Mal ganz spontan

25. Oktober 2016 ·

Heute Abend gibt es super mega tolle News die ich euch in einem LIVE VIDEO erzählen muss! Ca. 21:30 Uhr geht's los ☺ ☺ ☺ ☺ ☺ ☺ ☺ ☺ ☺ ☺ ☺ ☺ ☺ ☺ ☺ ☺

25. Oktober 2016 ·

Tolle Neuigkeiten von heute

26. Oktober 2016 ·

Sie meine Lieben :)

Besser spät als nie....

Das hier ist das Kinderzimmer, welches ich los bekommen muss.

Wir werden das Zimmer in den nächsten Tagen leer räumen um dann noch bessere Fotos zu machen. Schlaft gut, gute Nacht 😴 🌙 💫 🌌 Passt auf euch auf

29. Oktober 2016 ·

Das Treffen mit euch war wunderschön ❤

Danke an alle die da waren!!!!!

Hier auf dem Bild ist die erste Hälfte zu sehen :)

Wir sind dann nach drinnen "umgezogen", da gingen dann einige und einige kamen dazu, somit hat es sich super verteilt 😎

Von drinnen mit den anderen lieben Gästen habe ich leider kein Bild :(

Es war ein toller Tag und ich habe viele tolle Menschen kennengelernt und wieder gesehen ❤ Ich bin jetzt müde und das Atmen fällt mir etwas schwer... manchmal vergess ich es und atme dann mal kurz nicht... setze also mal kurz aus wenn ich nicht dran denke. Ist Grad etwas komisch aber das vergeht bestimmt bald wieder. Ich trinke gerade nebenbei einen Tee und werde nach einer kurzen Pause mal anfangen eure ganzen Nachrichten zu beantworten.

Macht euch noch einen schönen Abend und passt auf euch auf! 😘

Noch kurz zur Info.... Morgen Mittag zieht unser Kater Elvis leider aus 😭 Deswegen wird heute noch fleißig mit ihm gekuschelt 🐈

Er wird uns soooo fehlen.... 😭

31. Oktober 2016 ·

Auf dem Weg nach Waldkirchen bei Passau zu Kerstin Ott

31. Oktober 2016 · Wellness & Kosmetik Simona Seibold.

Wir sind angekommen, im kleinen Paradies 😍

Jetzt lassen wir es uns gut gehen, erkunden die Umgebung und später treffen wir uns mit Kerstin Ott in der Discothek Lobo. Wird bestimmt ein ganz toller Abend ❤

31. Oktober 2016 ·

😎 Live on stage 😎

Schönen Abend noch meine Lieben und passt auf euch auf 😗

Danke Kerstin, für den schönen Abend mit dir ❤ Du bist eine wahnsinnig tolle Persönlichkeit!!!

November 2016

1. November 2016 ·

Ganz vergessen live zu kommen.....

2. November 2016 ·

Gleich gibt's ein LIVE VIDEO....

2. November 2016 ·

LIVE: Meine Haare....

3. November 2016 ·

Jetzt schreib ich zu später Stunde doch noch etwas....

Ich habe ja gestern im Video erwähnt, dass ich heute in die Klinik fahre um das mit meinen Atemaussetzern abzuklären.

Da war ich heute Vormittag und wurde nach 1 Stunde warten

wieder nach Hause geschickt mit der Antwort "Damit kennen wir uns nicht aus, damit gehen Sie bitte zum HNO Arzt."

Ich habe dann schon gesagt, dass es für mich ziemlich zeitaufwendig ist in die Klinik zu fahren. noch dazu sind Ferien!! Er hat sich dann entschuldigt und meinte das er das nochmal anspricht bei den Schwestern. In Zukunft werde ich also immer einen Arzt verlangen bevor ich in die Klink fahre!

Mir wurde dann wenigstens noch Blut abgenommen, was eh nötig war und Leonie hat ein Mittagessen bekommen. So hat sich unser Besuch dort wenigstens etwas gelohnt um es positiv zu betrachten ;)

Im Video gestern habe ich auch erwähnt, dass mir meine Haare jetzt ausfallen.... Das ist seit heute noch mehr....

Morgen Nachmittag ist das Fotoshooting, das ich unbedingt noch mit Haare machen wollte :) Das werde ich noch gerade so schaffen jippiii :D

Das nächste Shooting ist dann in Penzberg und das wird mit Glatze sein und hoffentlich gaaaanz vielen Leuten (Freunde und Familie).

Das Shooting morgen Nachmittag ist nur mit Leonie und auch für sie, denn irgendwann wird alles ihr gehören....

So jetzt geh ich aber mal ins Bett und hoffe, dass ich mich im Schlaf nicht zu viel hin und her drehe mit dem Kopf... denn beim Drehen und anfassen fallen die Haare aus :/ Schlaft gut und habt morgen einen schönen Tag :* Passt auf euch auf und lasst es euch wie immer gut gehen!

4. November 2016 ·

Was Chris geschrieben hat ist sehr wichtig!!!

Wer möchte und kann dabei sein?? Ich würde mich freuen wenn mein Verein ziemlich schnell zustande kommt ☺

Bei weiteren Fragen könnt ihr gerne kommentieren oder mit Chris schreiben.

6. November 2016

Draußen schneit es und ich sitze hier mit einer Tasse Tee in meine Elvis-Decke gekuschelt :)

Mein Umzug rückt näher, es sind schon einige Kisten gepackt und es sieht ein kleines bisschen nach Umzug aus. Trotzdem liegt noch viel vor uns, denn es ist noch nicht mal die Hälfte geschafft.

Am 19.11. um 9 Uhr ist es so weit, es geht los und es werden viele Helfer gebraucht! Ich brauche bitte noch 3 starke Männer, die für die Möbel und die wenigen schweren Kisten zuständig sind.

Viele, viele Helfer brauche ich bitte, die eine Kette bilden und die Kartons Stück für Stück nach unten bringen. Denn wenn jeder immer komplett runter und wieder hoch läuft, kostet das zu viel Kraft, deshalb immer nur ein Stück. Umso mehr Helfer da sind umso kürzer wird ein Stück ;)

Die Kisten sind wirklich nicht so schwer, sie werden von Frauen gepackt und können von Frauen locker getragen werden.

Ich wohne momentan im 2. Stock, die neue Wohnung ist im 1. Stock mit Aufzug ;)

Außerdem wird mir meine Küche zwischen dem 16. und 18. geliefert. Da sie nur bis zur Bordsteinkante geliefert wird, bräuchte ich dann bitte zwei starke Männer, die mir die Küche per Aufzug in die Wohnung tragen.

Wer an einem oder mehreren Tagen kann, bitte kommentieren und gerne eine PN schreiben :) Ich hoffe auf viele Helfer!!! Danke ;)

Meine jetzige Wohnung ist ab 20.11. bezugsfertig und sucht einen Nachmieter. Wer möchte denn zum 20.11. oder spätestens zum 1.12 in meine 57qm große 2-Zimmer Wohnung einziehen??? Die Wohnung kostet nur 482€ warm und ist deshalb nur mit einem Wohnberechtigungsschein zu bekommen.

Den Wohnberechtigungsschein bekommen alle Menschen mit niedrigen Einkommen und er ist über die Gemeinde zu beantragen.

Wer Interesse hat schreibt mir bitte eine PN und wir machen einen Besichtigungstermin aus.

So ich denke das ist genug Info für heute :D

Noch kurz zu meinem Gesundheitszustand.... Mir geht es so halbwegs gut, die Schmerzen sind viel Stärker.... wenn das nicht besser wird, spreche ich das bei meinem Palliativteam an und wir werden dann die Medikamente wieder wechseln...

Sonst geht´s mir ganz gut :) Ich bin froh, dass ich meine liebe Alex hab, die bisher die meisten Umzugskartons gepackt hat :D

Meine Haare fallen immer mehr aus :/ Überall liegen Haare rum und meine ganze Kleidung ist voll :(Ich muss wohl bald alles abrasieren... Davon habe ich vor ein Livevideo zu machen :) Habt ihr überhaupt Lust zuzuschauen??

Am Freitag habe ich es noch mit Haare zum Fotoshooting geschafft und es war soooooo toll <3 Die ersten Bilder habe ich schon geschickt bekommen und hab geweint vor Freude <3 <3 Morgen Nachmittag, nach der Chemo, werde ich euch die ersten 3 Bilder die ich bekommen hab zeigen :) Nur leider ohne Leonies Gesicht...

Bis morgen meine Lieben :* Schlaft gut und passt gut auf euch auf

7. November 2016 · nervös

Ich bin gerade in der Klinik zur Chemo, aber davon bin ich gerade noch sehr weit entfernt...

Mir wird vor der Chemo immer Blut abgenommen über den Port... Mein Port funktioniert aber nicht 😧 😠 😢 Nichts geht rein oder raus.... Panik macht sich in mir breit 😢 😧 😪 im schlimmsten Fall heißt das --> Einen neuen Port implantieren lassen!!!

Bitte, bitte nicht ......

Jetzt warte ich darauf, dass mich jemand mit dem Rollstuhl in die Radiologie bringt... Mal sehen was die machen und sagen.

7. November 2016 ·

Hallo ihr Lieben, mit letzter Kraft melde ich mich noch bei euch <3

Ich war bis 17 Uhr in Behandlung in der Klinik und bis dann endlich das Taxi da und ich daheim war, war es 19:30 Uhr.

Mein Port ist nach wie vor dicht... Viel Quälerei und Schmerzen aber er wird nicht frei, der Thrombos ist zu fest.

Nach vielen Tränen und langer Überlegung habe ich mich dann für eine nicht ganz ungefährliche Maßnahme entschieden.

Es wurde eine Flüssigkeit in den Port mehr oder weniger gespritzt, diese Flüssigkeit soll die Verstopfung auflösen und somit irgendwann ein durchspülen möglich machen. Heute hat es nicht geklappt, aber die Ärzte sind sich ziemlich sicher, dass es morgen früh klappen wird, da versuchen wir es noch einmal.

Die Nebenwirkungen erkläre ich jetzt nicht sonst schreit ihr alle sofort NEIIIIN NICHT MACHEN!!!!! :P

Jetzt geh ich ganz schnell schlafen, ich bin sowas von kaputt.

Psychisch geht es mir gar nicht gut heute, ich hab den kompletten halben Tag fast ohne Unterbrechung geweint :(

Es kommt so viel zusammen....

Naja... Wenn das morgen mit dem Durchspülen klappt dann geh ich im Anschluss Blut abnehmen und dann zur Chemo. Falls es nicht klappt muss der Port raus und ein neuer rein.... auch nicht ungefährlich.

Somit gut Nacht, schlaft gut und passt auf euch auf :* Bis morgen

8. November 2016 ·

Ankündigung: Um 20:30 Uhr gibt es ein kurzes Live Video in dem ich euch von gestern und heute kurz erzähle.

8. November 2016 ·

LIVE: Die letzten zwei Tage - Das Port Drama

10. November 2016 ·

Heute Vormittag gibt es ein LIVE VIDEO!

Ihr dürft zuschauen wie mir die Haare abrasiert werden 😎

10. November 2016 ·

LIVE: Schnipp schnappt, Haare ab

11. November 2016 ·

Wir sitzen im Flieger und starten ;) Ab nach Berliiiiiin

12. November 2016 · KaDeWe

Liebe Grüße aus dem Kaufhaus des Westens in Berlin ❤ 😘 😘 😘 🐻 Wir genießen unsere Zeit in vollen Zügen

14. November 2016 ·

Guten Morgen, ich habe mich dafür entschieden, mir den Port heute entfernen und mit etwas Glück auch erneuern zu lassen 💪 😉

Ich melde mich später noch mal 😘

Habt einen schönen Tag und passt auf euch auf

14. November 2016 ·

🍾🍾🍾🍾Ich habe es geschafft 🍾🍾🍾🍾

Und es war sooooooo super!!!

Ich hatte zwar Schmerzen beim Nadel legen usw aber sonst wer allen super und lief nach Plan 💪

Keine Verkrampfungen oder sonstige Schmerzen.

Seit 13 Uhr bin ich fertig

Ich bin glücklich und heute ist ein toller Tag ☺ ☺ ☺

Das ist übrigens mein alter Port ;)

Klein, kaputt gestochen und Silber..... Und ein Thrombos war übrigens nicht im Schlauch, sondern er wurde einfach nur zu oft benutzt!

Hatte mein Gefühl mal wieder recht 😎

Der Schlauch wird dort an dem kleinen rausstehenden Spieß angeschlossen.

15. November 2016 ·

LIVE: Am Tag danach...

Ein kurzes Hallo von mir

15. November 2016 ·

Danke Gisela für den wundervollen besonderen Engel ❤

Dieser Engel hat mich daran erinnert, dass ich mich mal wieder bei allen bedanken sollte, weil ich bestimmt vergessen habe, mich bei ein paar Leuten persönlich zu bedanken! Falls das zb. Genau bei DIR war dann tut es mir sehr Leid!! 😘

Ich sage jetzt einfach ein riesen DANKE AN ALLE für eure liebevollen kleinen Geschenke, selbstgemachten Sachen, besonderen Dinge und Postkarten!!!

❤❤❤ DANKE ❤❤

15. November 2016 ·

Ich muss euch unbedingt noch erzählen wie dieses Foto entstanden ist!

Das ist Bettina

Bettina arbeitet am Flughafen, hat uns mit ihrem coolen Flugzeugfahrdienstauto abgeholt und genau dort hingefahren wo wir hin mussten.

Aber allein deshalb entsteht ja noch kein Foto 😉

Ich bin aus dem Flugzeug noch nicht mal ganz draußen gewesen, da rief mir schon jemand ganz laut entgegen "Jaaaaa, das ist sie die Pinke Pusteblume!!" Und ein strahlendes Gesicht schaute mich an und sagte ganz aufgeregt " ich bin Bettina und eine Stille Mitleserin auf deinem tollen Blog!"

Ich war erstmal ganz überrascht und konnte es gar nicht glauben, dass ich so empfangen werde und während dem Gespräch, ging es schon zu ihrem Flughafenhallenauto. ch war also genauso begeistert wie sie :)

Eine ganz liebe und tolle Frau die Bettina und zum Schluss hat sie sich tierisch über ein gemeinsames Foto gefreut, das sie jetzt über diesen Weg endlich bekommt 😘 😘

16. November 2016 ·

Hilfe, die Männer die die Küche bringen, haben sie wirklich nur bis zur Bordsteinkante gebracht 😢

Gibt es Männer, nur 2, die mir die Küche in den 1. Stock mit Aufzug tragen können biiiiittteeee ✊ ✊

16. November 2016 ·

Die liebe Carolin Frimmer , eine Leserin von meinem Blog, hat als Kopf des Ganzen mit vielen anderen tollen Unterstützern, die ich hoffentlich noch alle kennen lerne, ein BENEFIZKONZERT für mich organisiert 😍 ☺ ☺ 👼 ☝ 😍

Ich bin ganz begeistert, überrascht und neugierig! Sogar Radio Alpenwelle möchte darüber berichten. Das muss ich euch natürlich zeigen und ich hoffe, dass ich einige von euch dort sehe und kennenlerne. Am 14.12 bin ich am Nachmittag bei Radio Alpenwelle ☺ da freue ich mich schon drauf! Wann die Aufnahme dann im Radio ausgestrahlt wird, weiß ich nicht, aber ich denke kurz danach :)

Und ich habe heute eine ganz tolle Nachricht bekommen....

Die möchte ich euch gerne noch in einem LIVE VIDEO sagen, so gegen 22 Uhr. is später meine Lieben :*

Die Veranstaltung darf natürlich sehr gerne von jedem geteilt werden

16. November 2016 ·

LIVE: Eine super gute Nachricht, die ich euch nicht vorenthalten möchte

18. November 2016 ·

Ein kurzes Halloooo zwischen Kartons und packen 😎

⚠ Ich möchte alle, die uns was schicken möchten, egal ob Paket oder Postkarte, darüber informieren, dass wir ab sofort eine neue Adresse haben! ⚠

Und so nebenbei... Zeigt mir mal eure coolen, lustigsten oder schönsten Snapchat Bilder ☺ ☺ 😍 😉 😎

Soooo und jetzt stürze ich mich wieder ins Umzugschaos, die restlichen Sachen müssen gepackt werden.

Macht euch einen schönen Tag und passt auf euch auf

19. November 2016 · zieht um

Mein Umzug ist geschafft 💪 🍾 💪 🍾 💪 🍾 💪

Ich bin überwältigt von so einer wahnsinnig großen Hilfsbereitschaft!!!!

Ein mega dickes DANKE an die Feuerwehr Wolfratshausen 💪 💪

Ihr wart alle sowas von spitze !!!!

Danke Maria Pi , denn durch dich hatte ich zahlreiche, starke Feuerwehrmänner und sogar eine super Feuerwehrfrau ❤

Danke ganz besonders noch an Alex Schmidt & Mann, Denise Blubb, Lu Ise Otto mit Sohn Alexander, Natalie Weidemüller und Konrad Huber ❤ 👼

Ich bin froh heute solche Engel gehabt zu haben!!! Wir sind wahnsinnig weit gekommen!

Jetzt werde ich mit meinem Engel noch ein bisschen ihre Spielsachen einräumen und danach kuscheln und Weihnachtsmann & Co. KG schauen 👼 😍 😎 😉

Ich melde mich morgen wieder, machts gut und passt auf euch auf

20. November 2016 ·

10 Minuten Sonne auf unserem tollen Balkon genießen, dann kann das Ausräumen weitergehen ☺ 😍 💪 😎

Bei uns kommt heute noch mein Papa mit meiner Bonusmama und meiner Schwester Anastasia zu Besuch. Meine Tante kommt auch noch und nimmt dann im Anschluss Leonie mit und bringt sie morgen in die Schule.

Ich hoffe ihr habt auch einen schönen Sonntag und genießt ihn ☺

20. November 2016 ·

Aus persönlichen Gründen, gibt es heute (nicht wie in einem Kommentar angekündet) kein Live Video.

📷 📷 📷 Dafür gibt es aber endlich, nach viiiiiel zu langer Wartezeit, die unbeschreiblich tollen Bilder vom Fotoshooting bei Picture-City Photographie, Geretsried 📷 📷 📷

Kurz ein paar Worte zum Fotoshooting....

Ich hatte wahnsinnige Schmerzen an diesem Tag, überall hingen Haare und bei jeder kleinsten Bewegung fielen welche aus.

Die Schmerzen die ich hatte, als Leonie auf meinem Rücken lag, versuche ich lieber nicht in Worte zu fassen.

Aber, es hat nur 25 Minuten gedauert um diese wahnsinns Bilder und noch viele weitere zu bekommen. Mönchen Boll, die Fotografin, hat es so locker und gleichzeitig perfekt hinbekommen, dass wir einfach nur toll aussehen 👼 ❤

Diese Fotografin, schüttelt diese Fotos mit links aus dem Handgelenk mit einer großen Portion Herz dabei!! ❤ 😘 Das ist einfach nur Können Ich bin ihr so unbeschreiblich dankbar, dass kann ich nicht in Worten ausdrücken!!

Und was ich noch dazu sagen muss, das ganze (Shooting, Bearbeitung und Fotomappe mit allen Bildern) war für uns komplett kostenlos 😘 😘 😘 😘 ein Riesen DANKE!!!

Meine Schmerzen haben sich gelohnt, für den perfekten Moment, der Ewigkeit wurde... ❤

21. November 2016 ·

Noch ist Kuschelzeit mit meinem Engel 👼 ❤ 😍

Danach muss ich noch ein paar Dinge erledigen und so gegen 21 Uhr, werde ich LIVE kommen. Das Thema Verein möchte ich im Laufe des Videos noch ansprechen. Sonst wird es nur um alltägliche Dinge gehen wie Chemo, Port, Umzug, und was euch noch so einfällt ;) lso bis später gleich

21. November 2016 ·

LIVE: Das erste mal Live in der neuen Wohnung

22. November 2016 ·

LIVE: Endlich hab ich ihn und kann meinen Engel von der Mittagsbetreuung abholen

26. November 2016 ·

Mein Blog hat heute bzw. der Uhrzeit nach, hatte er gestern Geburtstag 🎉 🎉 🎉 😍 ❤ Schon 1 Jahr lang erzähle ich von meinem meist sehr bergab gehenden Weg. Meine Tränen und vor allem mein Lachen teile ich mit euch 😍

Es ist sehr viel passiert.... Denn genau heute vor einem Jahr war meine 1. OP einen Tag her und ich dachte "Ja, jetzt noch schnell die ganzen Bestrahlungen und dann hole ich mir mein altes Leben zurück!" Doch heute weiß ich, dass es das alte Leben nicht mehr geben wird und das ich sterben werde...

Ich möchte gleich noch ein live Video machen, um den Lesern, die nicht von Anfang an dabei waren, alle Fragen zu beantworten oder alles zu erzählen an Jahrestag. Warum so spät? Weil ich auf dem Geburtstag meiner Tante war ❤

Für die jenige dir schlafen (die meisten wahrscheinlich) gibt es die Möglichkeit, ihre Frage einfach als Kommentar hier drunter zu schreiben

26. November 2016 ·

LIVE: Pinke Pusteblume wird 1 Jahr alt

28. November 2016 ·

Halli Hallo 😉

Na, hattet ihr gestern auch einen schönen 1. Advent??

Zeigt her eure Adventskränze, Gestecke, Plätzchen und Weihnachtsdekoration ☺ 😍 📷 Ich wünsche euch eine wunderschöne Weihnachtszeit mit all den Menschen die ihr liebt 🕯 🎄 🔔 🎁 👼 ❤

Ich sitze gerade in der Klinik und warte auf meine Chemo. Die Zeit hab ich am Anfang gleich genutzt und bin in die Röntgenabteilung gefahren. Dort haben Sie mir die Fäden von meiner Port Narbe gezogen.

Jetzt bin ich wieder bei meiner Tagesklinik und hatte ein Gespräch mit meinen Arzt.... hemo fällt heute aus... :(

Mein HB-Wert ist zu niedrig und deshalb sollte ich eine Bluttransfusion bekommen 😧 😦 MEIN ALBTRAUM!!!!!!

Ich nehme ja eh schon Eisentabletten, ab sofort nehme ich anstatt eine zwei und bete, dass der Wert steigt 😓 😢

Falls der HB Wert nächsten Montag nicht besser ist, bekomme ich eine Bluttransfusion 😖

Naja, jetzt muss ich mir nur noch die Zeit vertreiben bis das Taxi kommt. Ich freue mich auf den freien Nachmittag :)

Passt auf euch auf und genießt das Leben.

Dezember 2016

2. Dezember 2016 ·

Ich hab schon lange nichts mehr hören lassen, das tut mir Leid...

Dafür gibt es jetzt dann gleich, um 21:15 Uhr, ein LIVE Video für euch ☺

2. Dezember 2016 ·

LIVE: Mich gibt es noch

4. Dezember 2016 ·

Da ich mittlerweile zum größten Teil Live Videos mache, dachte ich mir, dass ich mal wieder ein paar Zeilen schreiben könnte.

Nicht jeder hat Lust immer die Videos anzuschauen ;)

Ja ich weis, es ist spät, mitten in der Nacht... Aber manchmal schreibt es sich dann am leichtesten :)

Seit drei oder vier Tagen, habe ich ganz extreme Probleme mit Wassereinlagerungen in den Beinen und Füßen :/

Und nicht nur ein bisschen Wasser, sondern ganz ganz viel!

Meine Physiotherapeutin ist seit einer Woche im Urlaub und den nächsten Termin habe ich erst am 21.12., falls zuvor was frei wird, ruft mich ihre Kollegin spontan an. Richtig doof, dass es genau jetzt so schlimm wird!

Meine Füße, Knöchel und Waden, sind doppelt so dick wie sonst, ich komme kaum mehr in normale Schuhe rein und es tut wahnsinnig weh, am meisten in den Füßen und den Knien. Beine hoch legen hilft leider nichts, grünen Tee trinken hat bisher auch nicht geholfen... Echt richtig scheiße!!

Es gibt aber auch etwas ganz schönes :D

Heute kamen drei von meinen Brustkrebsmädels, die mich schon seit 1,5 Jahren über Facebook begleiten. Morgen kommen noch weitere fünf, die restlichen hatten leider keine Zeit oder waren krank, sind aber in Gedanken auch dabei ;)

Das sind ganz tolle Frauen aus ganz Deutschland, die diesen Mist auf irgendeine Art und Weise auch durchgemacht haben. Sie haben mich auf diesem Weg begleitet und ich sie zum Teil. Wir haben uns auf jeden Fall alle ganz feste lieb und es tut mir wahnsinnig gut einen Teil persönlich kennen zu lernen! :) <3

Meine Portnarbe verheilt leider noch immer nicht so ganz, es kommt noch minimal Flüssigkeit raus. Ich denke, dass es in ein paar Tagen ganz zu ist. Mal schauen und abwarten.

Am Dienstag bin ich wieder in der Klinik, nicht wie sonst Montag. Ich hoffe ganz feste, dass mein HB Wert wieder höher ist und ich keine Bluttransfusion brauche, oder das die Ärzte mir noch eine andere Möglichkeit anbieten können! Ich hab echt Angst davor, der Gedanke daran ist ganz schlimm für mich...

Ja was gibt es sonst noch Neues, hmmm.....

Mit meinem Engel war ich heute ihre Geburtstagskiste zusammenstellen. Sie durfte sich ganz viele Sachen aussuchen die sie sich zum Geburtstag wünscht, diese kamen alle in eine (oder eher zwei)

Kisten und aus diesen Kisten können sich die eingeladenen Kinder etwas aussuchen und ihr dann zur Geburtstagsfeier mitbringen.

Da es wahrscheinlich der letze Geburtstag von ihr sein wird, den wir gemeinsam verbringen, habe ich den Zauberclown Manuela gebucht :D Damit es sich auch richtig lohnt, darf sie so viele Kinder einladen wie sie möchte ;)

Es soll ein unvergesslicher Geburtstag und Geburtstagsfeier für sie werden!! Ich freue mich schon auf den Moment, wenn wir müde und überglücklich im Bett liegen und vor dem einschlafen noch über den tollen Tag reden <3

So, jetzt wurden es einige Zeilen mehr als gedacht :P

Zeit fürs Bett, damit ich morgen wieder Kraft für einen schönen Tag mit den Brustkrebsmädels hab :D

Schlaft gut, habt "morgen" (heute) früh einen wunderschönen 2.Advent und passt auf euch und eure Lieben gut auf!

6. Dezember 2016

Jetzt habe ich über eine Stunde einen Text geschrieben, der dann plötzlich beim posten verloren gegangen ist.... AAAAAAAAAAAAAAHHHHHHHHHHHHHHHHH!!!!!!!!!

Also noch mal...

Ich bin seit heute Mittag wieder von der Klinik zu Hause.

Ihr denkt sicher: "Oh, wenn sie nur so kurz in der Klinik war hat sie bestimmt keine Chemo bekommen." eider richtig, denn ich war zur Blutabnahme, für die Denosumap-Spritze und für einen Cappuccino (mit Kuchen :P und Mama) in der Klinik.

Meine Blutwerte waren gerade so gut genug, um um eine Bluttransfusion herum zu kommen :D Alles was unter 10 ist, bedeutet Bluttransfusion und mein Wert lag bei 10,4. Meine Eisentabletten nehme ich deshalb ganz brav weiter, damit der Wert so bleibt und im besten Fall noch weiter steigt.

Meine anderen Werte waren von halbwegs gut bis mega schlecht.

Meine Leukozyten (weißen Blutkörperchen) waren sooo niedrig, dass leider keine Chemo möglich war, nicht mal 80% :(Nur mal zum Vergleich, normal ist der Wert von den Leukos bei 4000 und ich habe 600 :/ Das ist gar nicht gut! Mal sehen wie es nächste Woche aussieht...

Dann möchte ich noch ein Thema ansprechen, was mich ziemlich beschäftigt.... eit einigen Wochen wird mir immer wieder gesagt, dass ich müde und kaputt aussehe. Das kam in letzter Zeit immer häufiger vor...

Ich fasse das nicht als "Beleidigung" auf, oder fühle mich dadurch schlecht. Eher bin ich den Menschen dankbar für die ehrliche Rückmeldung!! In letzter Zeit kam die Rückmeldung auch aus dem Familien- und Freundeskreis und auch von euch immer wieder... as gibt mir schon zu denken, denn eigentlich fühle ich mich nicht müde oder kaputt, zumindest nicht mehr als sonst auch durch Medikamente usw. Mir macht das ehrlich gesagt Angst... Es kommt die Angst vor dem Ende hoch! Was ist, wenn es wirklich bald vorbei ist und es jetzt langsam los geht? Ich sehe müder aus als ich mich fühle... aja, bevor ich jetzt noch 50 weitere Zeilen darüber schreibe, sag ich lieber mal, abwarten und leckeren Tee trinken ;)

Ich möchte noch kurz erwähnen, dass mein Papa und seine Frau (Uschi meine Bonusmama) nicht mehr hier auf meinem Blog erwähnt werden möchten. Diesen Wunsch werde ich natürlich respektieren und werde sie deshalb letztmalig hier in diesem Beitrag erwähnen, damit ihr euch nicht wundert warum ich nichts mehr über die beiden erzähle.

Mein Engel ist krank und wir hatten einen sehr gemütlichen Nikolausinachmittag und -abend mit viel Tee.

Den Abend lassen wir jetzt noch mit kuscheln und Weihnachtsgeschichten im Betti ausklingen <3

Hattet ihr auch einen tollen Nikolausitag??? Hat er was schönes gebracht oder kam der Krampus (wie man hier in Oberbayern sagt)? ;)

Ich wünsche euch noch einen schönen Abend :) Lasst es euch gut gehen und passt immer gut auf euch und eure Lieben auf :* Genießt die Zeit zusammen und nutzt sie, denn niemand weiß, wann sie abgelaufen ist!

Streitet nicht, wenn nicht auch ein Nutzen aus diesem Streit gezogen werden kann!

8. Dezember 2016 ·

Ich bin sowas von überrascht 😄 ☺

Sogar die Zeitung berichtet über das Benefizkonzert und teilt die Veranstaltung 🎉 💪 😍 Ich freue mich schon auf den Tag 🎉 ☺

9. Dezember 2016 ·

Einen wunderschönen guten Morgen 😍 😘

Heute ist ein besonderer Tag, mein Engel hat Geburtstag und ist jetzt 8 Jahre alt 👼 ❤ Ich habe sie gerade mit ihren Geburtstagsmuffins in die Schule gebracht.

Das Leben ist schön 😍 🎁 👼 🎉

Ich wünsche euch einen tollen Tag, passt gut auf euch auf

9. Dezember 2016 · feiert ein neues Lebensjahr

Ein wunderschöner Tag geht zu Ende 🎂 🎁 👼 😍 ❤

Euch wünsche ich einen schönen Start ins Wochenende ;)

Bevor ich jetzt schlafe, schreibe ich hier noch ein paar Zeilen für meinen Engel, denn irgendwann, wenn ich nicht mehr da bin und sie älter ist, wird sie es selbst lesen und an mich denken.... 👼 ❤

An dich mein Engel 👼 ❤

8 Jahre lang habe ich dich schon in meinem Leben... 8 Jahre lang darf ich, als deine Mama, dich schon durchs Leben begleiten... Ich hoffe jeden Tag so sehr, dass es noch viele Jahre mehr

werden, auch wenn es nicht danach aussieht... Wunder geschehen (Nena) 🎶

Seit es dich gibt, ist mein Leben erst besonders... Du bist mein Ein und Alles, ohne dich wäre mein Leben nicht lebenswert! 😘

Es gibt keinen Topf ohne Deckel, keine Kerze ohne Licht, keine Gabel ohne Messer, kein Storm ohne Licht und mich gibt es nicht ohne dich ❤

Lange suchte ich nach dem Sinn in meinem Leben und plötzlich warst du da! Ohne dich hätte ich mehr Nerven, mehr Disko Besuche, mehr Ruhe im Café, mehr Schlaf und weniger Arbeit, aber wer braucht das schon wenn er strahlende Engelsaugen, einen lachenden und grinsenden Engelsmund, ein bodenloses Fass voll Liebe, unendliche Küsse und 10000000000 Komplimente von dir haben kann?! ❤ ❤

Mein Kampf gegen diesen scheiß Arschloch-Krebs (wie du ihn immer nennst) kämpfe ich in erster Linie nur für dich! All die Schmerzen nehme ich gerne in Kauf, mit der Hoffnung, auf ein bisschen mehr Zeit mit dir ❤

Oft bin ich genervt, müde und gereizt, manchmal bin ich nicht fair zu dir, hin und wieder sage ich doofe Sachen, die ich gar nicht so meine... Das alles verzeihst du mir, nach einer Entschuldigung, immer ganz selbstverständlich ohne zu überlegen.

Du bist in so ein toller Mensch, der jedes Jahr noch toller wird ❤

Ich danke dir, dass du mich als deine Mama auserwählt hast! ❤ 😢 😘 😍 Ich Liebe dich so sehr wie man einen Menschen nur Lieben kann! Nichts könnte diese Liebe je ersetzen! Ich bin und bleibe für immer in deinem Herzen ❤ ❤

Irgendwann wirst du diese Zeilen selbst lesen und ich hoffe, dass du dann sagen kannst "Ja, ich habe mich von meiner Mama so geliebt gefühlt, wie sie es hier versucht hat zu erklären ❤"

11. Dezember 2016 ·

LIVE: Ein kurzes Hallo nach dem Kindergeburtstag

12. Dezember 2016 ·

Halli Hallo zu später Stunde :)

Mir ist grad eingefallen, dass ich euch gestern gar nicht mehr Leonies Geburtstagstorte gezeigt habe, die die liebe Tam Ara für uns gebacken hat.

Einen ganz riesengroßes und dickes DANKESCHÖÖÖÖN an dich 🎂👸🎉😍😘😘❤❤

Das wars auch schon wieder für heute ;)

Morgen Vormittag bin ich mit der superlieben Carolin Frimmer und ihrem Bruder bei Radio Alpenwelle zur (Interview??) Aufzeichnung, die dann als Werbung für das Benefizkonzert verwendet wird und hoffentlich immer wieder gesendet wird :)

Noch dazu wird uns das komplette Studio gezeigt

Wird bestimmt spitze, ich freue mich ☺

Gute Nacht und schlaft gut :* Habt morgen einen schönen Tag und passt gut auf euch auf.

13. Dezember 2016 ·

Ich komme gerade von Radio Alpenwelle ☺

Die Aufzeichnung ist im Kasten und als Kompliment habe ich bekommen, dass ich sofort ins Studio zu den Live Sendungen gehen kann 😁 Ich hätte ja nie gedacht, dass ich so gut reden kann, aber es waren sich alle einig, dass das echt richtig spitze war.

Ich bin mal gespannt wie der liebe Florian Schörner das alles schneiden bzw verkürzen möchte 😁 Denn die Carolin Frimmer und ihr Bruder Maximilian Autsch hatten natürlich auch was Wichtiges zu sagen Ich bin echt stolz auf uns, das haben wir super gemacht!!

Jetzt sitze ich in meinem gemütlichen Stuhl und jeden Moment klingelt mein Palliativteam bei mir

Die waren jetzt schon so lange nicht mehr persönlich bei mir, das es mal wieder an der Zeit ist. Mir geht es ja soweit gut und wir konnten immer alles am Telefon klären. Ich merke nur das Kortison wieder in meinem Gesicht Das wird immer runder und total aufgeschwemmt Leider muss ich es nehmen, damit ich nicht so viele Nebenwirkungen bekomme...

Ich wünsche euch allen noch einen schönen Tag, Feierabend, Arbeitsbeginn oder was auch immer

13. Dezember 2016 ·

Ich habe vorhin noch etwas erfahren, dass ich euch nicht vorenthalten werde...

Ende Oktober war ja eine Dame vom MDK da um zu prüfen, ob und wenn ja welche Pflegestufe ich bekomme.

Es gibt Pflegestufe 0, 1, 2 und 3.

Ich habe so sehr gehofft, dass ich Pflegestufe 1 bekomme!

Es wird sehr, sehr streng und sehr genau bewertet.

Und naja, was soll ich sagen...

Es ist sogar Pflegestufe 2 geworden

Das hat mich schon etwas erschrocken, im ersten Moment, weil es mir ganz deutlich gezeigt hat wie schlecht es mir geht. Andererseits ist es gut, weil ich dadurch viele Vorteile habe. Ich bekomme alle Hilfsmittel vom Sanitätshaus ohne Zögern und dadurch viel schneller. Ich bekomme Geld zur Verfügung von dem ich die Leute, die mir bei alltäglichen privaten und körperlichen Dingen helfen, bezahlen kann. Somit fällt es mir auch leichter Hilfe anzunehmen und Hilfe zu holen

So jetzt wünsche ich euch aber eine gute Nacht, ich kuschel mich jetzt zu meinem Engel ins Bett ❤ Ich muss ja fit für die Chemo sein und pünktlich aufwachen/aufstehen. Morgen früh wird das erste mal mein neuer Wecker mit Sonnenaufgangssimulation getestet Hihi nichts bleibt unversucht beim Weckversuch

14. Dezember 2016

Halli Hallo an diesem gemütlichen Abend

Ich war heute mit meiner Mama bis um 13 Uhr in der Klinik und um 14:15 Uhr daheim. wischendurch gab es einen kleinen Kurzurlaub unter Palmen ;) :D (siehe Foto) Hahaha Spaß muss sein ;) Und ich habe eine ganz liebe, stille Leserin von meinem Blog getroffen :) Wir hatten kurz Zeit ein bisschen zu reden und das war wirklich schön!! Danke, dass ich dich kurz kennen lernen durfte und die Daumen sind gedrückt!!!

Meine Blutwerte waren heute gut, zumindest meine Leukozyten waren bei 4100 :D Das ist ein spitzen Wert, als wäre nie was gewesen. Mein Kalzium-Wert und mein Vitamin-D-Wert sind dafür leider gar nicht gut... Vom Kalzium nehme ich jeden Tag eine Kautablette, ab sofort nehme ich jeden Tag zwei. Mein Vitamin-D-Wert war bei 13 und normal sind 30 :/ Bis her habe ich immer 2 mal wöchentlich das Dekristol genommen, ab sofort erhöhe ich es auch 4-5 mal pro Woche.

Alles gut und schön denkt ihr euch jetzt sicher, aber die wenigsten werden wissen wofür ich diese Werte brauche...

Deshalb ganz kurz --> Das Kalzium brauche ich um die Knochen zu unterstützen, damit sie stabil bleiben. Es wurde erforscht, dass ein zu niedriger Vitamin-D-Wert, das Wachstum eines Tumors oder das verbreiten von Metastasen, beschleunigt.

So :) Als ich heute daheim angekommen bin, war erstmal Pause angesagt und dann gings an die Hausaufgabenkontrolle.

Danach bin ich für 1,5 Stunden eingeschlafen und jetzt gibt es gleich Abendessen. Es ist so schön gemütlich, dank den ganzen großen Kerzen überall

Ich freu mich schon auf später, wenn ich mit Decke und Tee auf meinem Stuhl kuschel und mir die Fotos von Leonies Geburtstag anschaue, die mir später die liebe Alex bringt. Alex hat nämlich während der Kinderparty am Sonntag einige Fotos mit ihrer super Kamera gemacht :D

Wir starten dann mal in einen gemütlichen Abend und wünschen euch diesen ebenfalls :) asst es euch heute Abend einfach mal gut gehen und genießt einen gemütlichen Abend mit euren Lieben auf der Couch <3

15. Dezember 2016 ·

Guten Morgen

Ich bin schon wieder auf dem Weg ins Klinikum Rechts der Isar.... Termin bei den Oberärzten um 9 Uhr!

Was für Fragen bringt man zu so einem Termin mit?? Normalerweise hat man diesen Termin alle drei Monate, aber bei mir ist es jetzt seit über einem Jahr der Erste wurde wohl bisher vergessen.

Aber zurück zu Frage, was könnte ich da jetzt gleich alles Fragen??

Mein Kopf ist grad ziemlich leer und ich weiß, wenn ich im Nachhinein wieder daheim bin, fallen mir ganz viele Fragen ein.

Vielleicht könnt ihr mir ja helfen, denn von euch kamen immer mal wieder so Kommentare wie, frag ob diese und diese Behandlung möglich ist, frag mal das oder jenes. Wegen einer Studie sollte ich Fragen? Wie hieß die? Die Assistenzärzte waren mit all meinen Fragen damals etwas überfordert.

JETZT ist die Möglichkeit alles zu Fragen!

Vielleicht könnt ihr mir ja helfen

Danke und einen schönen Start in den Tag

15. Dezember 2016 ·

Nach diesem komischen Tag heute, muss ich euch noch etwas wichtiges sagen!

Morgen früh zwischen 6 und 10 Uhr, wird mein Interview bei

Radio Alpenwelle gesendet Mit etwas Glück zur Prime Time 7:12 Uhr.

Ich hoffe, dass irgendjemand mir eine Tonaufnahme schicken kann, falls ich es verpasse

Mittag und nachmittag wird glaube ich nochmal was gesendet. Und falls doch nicht, hören lohnt sich trotzdem

So jetzt wünsche ich euch eine gute Nacht, schlaft gut und träumt was Schönes

16. Dezember 2016 ·

Hallo meine Lieben und ein herzliches Willkommen an alle neuen Unterstützer ❤

Ich bekomme es leider nur ganz am Rande mit, mit welcher Flut an Nachrichten und anderer Reaktionen ihr euch bei mir meldet.

Seit gestern Abend habe ich leider eine Magen-Darm Grippe, die ich seit heute morgen im Tiefschlaf ausschlafe.

Ich habe leider nicht die Kraft, auf all die Nachrichten, Beiträge und E-Mails zu antworten. orgen hab ich hoffentlich das schlimmste überstanden und kann mit klaren Gedanken auf alles antworten.

Noch mehr wünsche ich mir aber, dass ich am Sonntag wieder ganz fit bin für das Benefizkonzert!!

Jetzt werde ich auch schon wieder weiter schlafen, weil mich das schreiben so anstrengt.... eit heute Nachmittag schreibe ich immer wieder an diesem Beitrag :(

Passt auf, dass ihr gesund bleibt und einen schönen Abend noch

18. Dezember 2016 ·

Es tut mir Leid, dass ich so lange nichts hören hab lassen!

Mir ging es zunehmend schlechter bis ich kurz vorm Kreislaufzusammenbruch war... Gestern Mittag ging es dann mit Blaulicht und Martinshorn ins Krankenhaus

Hier geben sie sich die größte Mühe um mich wieder aufzupäppeln, aber so ganz gelingt es irgendwie nicht :/

Mir geht es zwar etwas besser als gestern, aber ich bin immer noch wahnsinnig schwach. So kraftlos und kaputt hab ich mich noch nie erlebt.

Sobald es mir besser geht melde ich mich wieder 😘

Ich hoffe, das Benefizkonzert heute war toll und ihr hattet auch ohne mich euren Spaß :)

Danke für alle Genesungswünsche und andere Nachrichten, leider hab ich nicht die Kraft das alles zu lesen

Passt auf euch und eure Lieben auf, habt noch einen schönen 4. Advent und stresst euch nicht zu sehr wegen Weihnachten ❤ 👼

20. Dezember 2016

Der Fehler ist, dass man immer denkt, man hätte noch genug Zeit.....

Ja... Ein passendes Zitat! Denn mir wurde leider erneut gezeigt, wie schnell plötzlich alles vorbei sein kann... Und das kann euch genauso gehen!

Ich bin zum Glück wieder soweit fit, dass ich heute Mittag nach Hause konnte. Einen Menschen ohne Krebs, hätten sie in dem Zustand noch drin behalten. Ich brauch also noch sehr sehr viel Ruhe, Erholung, Schlafen, Ausruhen usw. Damit ich hoffentlich wieder die Alte werde :) Es kann aber auch sein, dass sich dadurch jetzt mein Allgemeinzustand etwas verschlechtert hat und es so bleibt wie es jetzt ist. Mein Gefühl sagt mir aber, das wird schon wieder 💪 👼

Ich werde ab sofort einige Dinge in meinem Leben ändern. Bezüglich des Blogs wird es auch etwas Veränderung geben.

Mehr dazu werde ich morgen Abend in einem LIVE VIDEO

erzählen, wenn ich fit genug bin. Ich werde euch ca um 19 Uhr Bescheid geben, ob es um 20:30 Uhr ein Video gibt.

Ich bitte euch, geht wertvoll mit eurer Zeit um!! Überleg dir einfach was und wer dir am allerwichtigste wäre wenn du nur noch 1 Monat Zeit hast. Mit wem oder mit was würdest du diese Zeit füllen?? Und genau so sollst du immer wieder denken! Tu das, was dir gut tut und alles andere muss weg! Verbringe die Zeit mit Menschen die dich glücklich machen, die alles tun würden um dich lachen zu sehen und ganz viel bei dir sein wollen!

Ein Abenteuer oder einfach nur einen Film anschauen, durch den Regen tanzen oder die Wand anschauen und weinen... Es gibt Menschen die man in solchen Momenten gerne bei sich hat und genau diese Menschen sind es wert.

Also, die Uhr von jedem tickt! Der Unterschied ist nur, dass ich weiß, dass meine bald aufhört und ihr nicht wisst, wann das bei euch der Fall sein wird. Beides hat Vor- und Nachteile.... Macht euch mal ein bisschen Gedanken drüber ❤

Gute Nacht und schlaft gut

<u>21. Dezember 2016</u>

Ich habe mich nicht wegen dem Live Video gemeldet... :(

Das tut mir Leid!! Der Tag war leider sehr anstrengend und der Abend ist leider anders gelaufen als normalerweise.

Ich sag nur Kind - Bad - Nivea Creme - eincremen 🙈

Etwas ausführlicher: Mein Kind war im Bad duschen, danach wollte sie sich eincremen und stellte die Nivea Creme Dose auf den Boden, kurze Zeit später stand sie mit dem Fuß drin und die Creme war draußen... anstatt was zu sagen, dass ich ihr helfen kann, wollte sie sich und den Boden sauber machen... Es wurde aber nur noch schlimmer davon und letzten Endes klebte überall Creme 🙈 😂

Das hieß dann Haare waschen und zuvor Bad putzen! Das dauert bei mir natürlich mind. doppelt so lang wie bei euch...

Der ganze Tag war so anstrengend heute und nun auch noch der Abend, ich hatte einfach nicht die Kraft für ein Live Video.

Ich hab heute mit meiner Mama ganz viel erledigt, unter anderem habe ich einen Rentenantrag gestellt... Bald bin ich also in Rente

So jetzt wird geschlafen, denn morgen früh geht's aufs Arbeitsamt, weil ich mich arbeitslos melden muss 😁

Ich wünsche euch eine gute Nacht und schöne Träume :*

Morgen melde ich mich mal, wann ich das Live Video machen!

22. Dezember 2016 ·

So heute Abend gibt's ein Live Video in dem ich dann erzählen werde was genau los war am Wochenende und was sich ändern wird dadurch. Ich habe mir einige Gedanken gemacht, die ich euch dann mitteilen werde.

So gegen 20:30 Uhr!

22. Dezember 2016 ·

LIVE: Hier bin ich endlich wieder

24. Dezember 2016 ·

Es ist Heilig Abend 👼 🎄 ❤ 🕯 ☃

Ich wünsche euch einen ganz schönen Abend mit euren Lieben! Genießt die Zeit und denkt an das wirklich wichtigen im Leben!

Ich werde die Zeit in vollen Zügen genießen und glücklich sein ❤

Frohe Weihnachten an alle 🎄 🕯 👼

25. Dezember 2016 · feiert Weihnachten

Das Fest der Liebe ❤

Ich habe so viel Liebe bekommen und zusätzlich auch noch ganz liebevolle Geschenke! Meine Familie glücklich zu sehen, war so schön... ❤ Jedes Geschenk hat Freude bereitet, war es noch so klein.

Ich habe mir gewünscht, dass mein Engel ihr Lachen nie verliert! Es soll bleiben, auch wenn ich gehe. Ich möchte es nicht mitnehmen.

Manche Menschen wollen vielleicht nicht wahrhaben, dass ich vor ihnen gehen werde, aber so langsam sollte sich jeder dessen bewusst sein. Man soll so oft wie nur möglich Zeit miteinander verbringen, wertvolle Zeit, die man irgendwann zurück ersehnt...

Abgesehen von viel Liebe, habe ich auch materielle Dinge bekommen....

Wie auf dem Bild zu sehen ist (nicht meine Wohnung), habe ich ein T-Shirt mit meinem Logo bekommen. Eine handgemachte Jogginghose (passt wie angegossen) mit Pusteblumen gab es zum Glück auch und eine passende Mütze auch 😍

Die Sachen hab ich ununterbrochen an 😁 morgen Vormittag muss ich es unbedingt waschen. Einen großen Espressokocher hab ich auch bekommen, damit ich mehr als einen Cappucino machen kann ☺ Besuch kann kommen ;)

Ein Mädelskurztrip nach Hamburg darf ich von 6.1. - 8.1. machen. Wir schauen uns das Musical "König der Löwen" an ☺

Jetzt geht's gleich ins Bett... Ich brauch sehr viel Schlaf seit meinem Krankenhausaufenthalt :/ So richtig fit bin ich leider noch nicht geworden... Ob ich das überhaupt wieder werde? Ich glaube nicht :(

Aber dann wird einfach öfter mal geschlafen am Tag.

Ich wünsche euch noch einen tollen Abend und morgen noch einen tollen 2. Weihnachtsfeiertag 🎄 ⛄ 🕯 👼 ❤

Passt auf euch und eure Lieben auf

26. Dezember 2016 ·

Einen wunderschönen 2. Weihnachtsfeiertag 🎄 👼 ❤ 🕯

Kaffee bei meiner Tante, aus einer tollen Tasse 😍 Auszeit genießen mit kleinen Momenten Hier bleiben wir und morgen geht's mit meiner Tante zur Chemo in die Klinik. Der Alltag beginnt wieder, aber zum Glück mit so toller Begleitung ☺

Ich hoffe ihr genießt den letzten Weihnachtstag mit eurer Familie!! ❤

❤ Lebe ❤ Liebe ❤ Lache ❤

Passt auf euch auf, lasst es euch gut gehen und genießt noch die Auszeit! nd an alle anderen die arbeiten müssen, DANKE, dass ihr für uns im Einsatz seid!

26. Dezember 2016 ·

Was ich euch immer und immer wieder mitteilen möchte:

Beginne zu leben!

Es nützt nichts, der fleißigste Mensch auf dem Friedhof zu sein...

28. Dezember 2016 · Status: war auf der Suche nach coolen Leuten.

Hallo meine Lieben, leider bin ich schon wieder dringend auf eure Hilfe angewiesen....

Und zwar brauche ich bitte:

Morgen um 9:30 Uhr 3-4 Männer die 4 Möbelstücke abbauen und mit ein paar zusätzlichen Brettern runtertragen können.

Ich würde es so gern selbst schaffen, aber das geht ja leider nicht itte meldet euch bei mir, wenn ihr max. 1,5 Stunden Zeit habt mir zu helfen!

30. Dezember 2016 ·

Hallo meine Lieben

Ich habe jetzt ein paar Tage nichts hören lassen und es war viel los...

Eine kurze Zusammenfassung:

In der Nacht von Mittwoch auf Donnerstag war mir wieder extrem übel und ich war sehr sehr schwach. Es begann, wie nach der letzten Chemo, nach dem Abendessen. Diesmal habe ich es aber mit Kortison und verschiedenen Tabletten gegen Übelkeit in den Griff bekommen und es ging mir Donnerstagmittag schon besser.

Jetzt weiß ich also, dass das was ich als Magen-Darm Virus eingestuft hatte, keiner war, sondern Nebenwirkungen der aktuellen Chemotherapie...

In Zukunft kann ich dem hoffentlich schon vorzeitig mit Kortison (das ich ja egtl. nicht mehr nehmen wollte, weil es mich noch kugelrunder macht) und verschiedenen Tabletten vorbeugen!

Donnerstagmittag war dann in der Raiffeisenbank Isar-Loisachtal eG in Gelting die Übergabe der Spendensumme, die beim Benefizkonzert am 18.12.16 für mich zusammengekommen ist. s ist ein wahnsinnig stolzer Betrag von 1540€! Vielen Dank an alle die durch zahlreiches erscheinen dazu beigetragen haben und ein ganz besonderes Dankeschön auch an alle Menschen die im Hintergrund dazu beigetragen haben!

Der Bericht, der darübergeschrieben wurde, ist diesmal nicht von der lieben Tanja Lühr (die mich mittlerweile sehr gut kennt), sondern von ihrem (ebenfalls netten) Kollegen und entspricht deshalb nicht ganz meinen Worten. Einige Angaben und Aussagen stimmen so nicht, aber das kann passieren. Ich wollte nur, dass ihr es wisst und nicht denkt, dass ich gesagt habe, dass wir uns wohl nicht mehr sehen werden, denn wer mich kennt, weiß: Ich gebe nicht auf und kämpfe darum, noch ein paar Monate durchzuhalten. Wer mich nochmal sehen möchte, der sieht mich auch

Sooo, dann zum heutigen Tag

Heute war ein sehr schöner Tag, mit meiner Tante

Wir waren in Berchtesgaden, an einem Kraftort, in der Maria Gern Kapelle und haben den Kraftbaum gesucht. Ganz zum Schluss haben wir ihn gefunden, aber leider ist er vor kurzem abgebrochen und es waren nur noch die Reste des Stammes übrig, aber selbst die waren noch wahnsinnig beeindruckend!

Vom heutigen Tag sind auch die Fotos die eigentlich alles sagen was ich sonst jetzt schreiben müsste

Es war einfach sehr schön heute und es hat mir sehr gut getan einfach mal raus von zu Hause zu kommen! Sowas werde ich auf jeden fall öfter machen !!

Das Jahr neigt sich dem Ende zu... Genau jetzt in 24 Stunden ist es fast vorbei... Das lässt auch mich etwas nachdenklich werden...

Es war ein tolles, aber ebenso grausames Jahr!

Es gab mir so viel, aber ebenso viel nahm es mir auch!

Ich habe so viel gelacht, aber ebenso viele Tränen flossen auch!

Ich bin ganz hoch geflogen, aber ganz tief gefallen bin ich auch!

Morgen wird es am Nachmittag nochmal ein LIVE VIDEO geben, damit ihr mich im alten Jahr nochmal seht.

Und jetzt schlaft gut und passt das restliche Jahr noch gut auf euch auf

31. Dezember 2016 ·

Nur ein ganz kurzes Halloooo von mir ;)

Alle sind mit Vorbereitungen für den Abend beschäftigt. Der Abend an dem sich das Jahr ändert... Aus 2016 wird 2017!

Mein Engel und ich verbringen einen gemütlichen Abend bei Freunden mit Raclette und Spielen :) ur die Knallerbsen hab ich vergessen und könnte mich dafür in den Popo beißen!

Ich wünsche euch einen wunderschönen Abend und einen guten Rutsch ins neue Jahr :* asst auf euch auf

31. Dezember 2016 ·

Ich wünsche euch ein wunderschönes, glückliches, gesundes, spannendes und frohes Jahr 2017 mit ganz viel Liebe!!!!

Und das wünsche ich wirklich jedem einzelnen von euch von ganzem Herzen

Das Jahr ist vorbei... Ein neues hat begonnen...

Das Jahr 2017 wird das Jahr sein in dem ich vielleicht gehen werde. Man weiß es nicht, man kann es nicht steuern, man will einfach nicht darüber nachdenken, weil es weh tut. ein, ich werde mich nicht aufgeben und auch die Hoffnung werde ich nie aufgeben! Aber realistisch bin ich... Das Jahr 2017 wird interessant(?)... Kann man es so nennen?

Das vergangene Jahr hat mich sehr aufgewühlt.

Im Februar das Rezidiv an den Lymphknoten der Achsel, erneute OP.

Ebenfalls im Februar hatte ich sehr starke Rückenschmerzen, die sich dann Anfang Juli als Knochenmetastasen rausstellten.

In den Pfingstferien hatten wir eine Woche Urlaub, auf dem Gourmetbauernhof Mentebauer in Österreich. Dort haben wir es uns so richtig gut gehen lassen. ann erfüllte sich 2016 noch mein allergrößter Lebenstraum... Ich war bei Elvis Presley! s gab viele Momente zum Freuen und viele Momente zum Weinen...

Im Jahr 2016 hatte ich viele Bestrahlungen, eine OP und 5 verschiedene Chemotherapien. Die aktuelle nehme ich mit ins neue Jahr, denn Mitte Januar ist erst wieder die nächste Kontrolluntersuchung. Hilft die Chemo? Schlägt sie an? Verschafft sie mir mehr Lebenszeit? Und auch Lebensqualität? 2017 wird es uns allen verraten...

Mein Gefühl sagt mir ja schon lange, dass im Jahr 2017 meine Beerdigung stattfindet. eshalb starte ich jetzt mal mit gemischten Gefühlen in das neue Jahr und hoffe, dass ich es überleben werde... Gekämpft wird auf jeden Fall bis zum Schluss, um jede Woche, um jeden Tag, um jede Stunde, um jede Minute und sogar um jede

Sekunde... für Leonie und meine Liebsten Menschen um mich herum!

Ein kurzes Danke muss auch sein, an euch, an meine Familie, an meine Freunde, an alle die mir in irgendeiner Art und Weise geholfen haben und an alle die ihr hart verdientes Geld in unsere Wünsche und in meine Beerdigung gesteckt haben

Wir alle genießen unser Leben, jetzt und für immer!!

Ehrlich gesagt hatte ich keine Ahnung was ich schreiben sollte, das kam jetzt zum ersten Mal vor

Ich kann meine Gedanken nämlich nicht so ganz ordnen und jetzt kam einfach das dabei raus Auch mir fehlen mal die "richtigen" Worte, das musste ich einfach noch dazu sagen.

Januar 2017

2. Januar ·

Mich hat der erste richtige Schnee erreicht ☺ ☃ Schneit es bei euch auch?

Wir gehen jetzt mit meiner schwäbischen Verwandtschaft, die uns heute besucht hat, beim leckeren Italiener essen 😍

Ich wünsche euch einen gemütlichen Abend, bei Kerzenschein und Kuscheldecke!? :*

Wir hören uns morgen, wenn ich bei der Chemo bin…

3. Januar ·

Live; aus der Klinik

Warten auf die Chemo...

4. Januar ·

!!! Achtung Änderung !!!

LIVE VIDEO schon um 19 Uhr!

Wegen DSDS mit meinem Engel 👼 ❤

Heute Abend gegen 20 Uhr gibt es ein LIVE VIDEO.

Darin werde ich endlich mal wieder Zeit für euch haben und nebenbei sagen, was mir den Tag heute ziemlich vermiest hat.

Zuvor geht's um 17 Uhr noch zur Lymphdrainage.

Bis später meine Lieben und passt auf den Straßen auf euch auf!

7. Januar ·

Hallo meine Lieben 😘

Ich möchte euch nur kurz ein schönes Wochenende wünschen! Ihr lasst es euch hoffentlich gut gehen?!

Wir waren gerade mit der lieben Caro und ihrer Tochter im Kino, haben "Sing" angeschaut und ganz viel Gummibärchen und Popcorn gegessen. Hihi richtig toll wars!

Mir geht es eigentlich gut. Meine Kraft ist nur irgendwie weg... Meine Beine sind wie Gummi und jede Bewegung ist schwer. Ich spür mein Körper nicht so richtig. Die Knie zittern und die Hände auch, einfach kraftlos. Schwer zu beschreiben

Aber egal Das Wochenende ist trotzdem schön

Lasst es euch gut gehen und passt auf euch auf 👼 ❤

10. Januar ·

Hallo meine Lieben Unterstützer :)

Ich habe den ganzen Tag immer wieder angefangen einen Beitrag zu schreiben, aber ich hab mich dann immer wieder ablenken lassen und es wurde von meinem Handy wieder gelöscht. etzt sitze ich am Laptop und versuche es nochmal ;)

Kennt ihr das, man fühlt sich alleine... kraftlos... ist unzufrieden... möchte sich am liebsten die Decke über den Kopf ziehen... weint ohne erkennbaren Grund... ist traurig... ?

Mir ging es die letzten Tage überwiegend so Meine Psyche hing in einem ganz doofen schwarzem Loch fest.

Gestern ging es mir dann körperlich total schlecht Ich hatte überhaupt keine Kraft, mein Kreislauf spielte total verrückt! Das ist schwer zu erklären und schwer zu verstehen... Sogar im Sitzen die Beine zu halten war zu schwer, meinen Arm musste ich im Sitzen ablegen, weil ich ihn nicht "halten" konnte, alles hat sich gedreht, alle Geräusche waren 100 mal lauter und meine Nerven waren ganz ganz dünn. Ihr werdet es kaum glauben, aber geholfen hat mir dann eine eiskalte Cola.

Die hat mein Kreislauf langsam wieder normalisiert und mir für kurze Zeit die nötige Kraft gegeben, damit ich den Termin beim Bestatter wahrnehmen konnte.

Ja, der Termin beim Bestatter... Wie war er? Wie hab ich mich gefühlt? Wer war dabei? Sind das so ungefähr eure Fragen? Also natürlich war das Gefühl sehr komisch, als wir den ersten Schritt in die Räumlichkeiten gemacht haben. Meine Mama hat mich begleitet Eine ganz liebe Frau hat das Gespräch mit uns geführt. Wir haben uns sehr wohl gefühlt bei ihr, obwohl es ein etwas beklemmendes Gefühl war. Ich hab eigentlich die ganzen zwei Stunden über geweint, mal mehr mal weniger.

Wir haben ganz ausführlich über Erd- und Feuerbestattung geredet, über die ganzen Fragen die ich hatte und ich habe mir Urnen, Särge und Sterbebildchen angeschaut. Es war sehr aufwühlend und emotional, aber auch genauso wichtig und informativ. Einige Dinge sehe ich jetzt aus einem anderen Blickwinkel aus und über vieles kann ich mir jetzt besser Gedanken machen.

Übrigens bin ich meinem Bestattungsunternehmen TrauerHilfe DENK unbeschreiblich dankbar, denn sie erlassen mir alle internen Kosten!!! Das beinhaltet z.B. die Wagenfahrt zum Sterbeort und die Überführung, Trägerdienste, die Einsargung, der Sarg, die Urne, Erledigung von Formalitäten, Sterbebilder .... Um ein paar Dinge zu nennen. EINFACH NUR EIN RIESEN

DANKE!!!! Da stecken Menschen mit Herz dahinter! Das Geld kann ich somit für die Trauerfeier, das Krematorium (falls ich verbrannt werde), einen Pfarrer oder freien Redner, Kondolenzbuch, Arzt, Grab und Grabstein nutzen... Um hier auch nur ein paar Dinge zu nennen.

Heute ging es mir zum Glück wieder deutlich besser, sowohl der Seele als auch dem Körper ein Geburtstag ist in voller Planung und wird toll

Ich freu mich seit Jahren zum ersten Mal richtig auf MEINEN Geburtstag!!!!

Ich werde später, um 20:15 Uhr, noch ein LIVE VIDEO starten. Falls ihr noch was fragen möchtet zu dem Termin beim Bestatter oder sonst irgendwas

Bis später meine Lieben.

13. Januar

HEUTE GANZ WICHTIG!!!! EITRAG TEILEN IST DEUTLICH ERWÜNSCHT!!!

B.L.u.T.eV hat eine Typisierungsaktion gestartet - NOCH BIS 17 UHR IM LANDRATSAMT BAD TÖLZ !!!

SPENDER SEIN KANN LEBEN RETTEN! WERDE AUCH DU EIN LEBENSRETTER!

Um möglichst viele freiwillige Stammzellspender in die weltweit vernetzten Register aufnehmen zu können, organisiert blut.eV zusammen mit der Stiftung AKB (Aktion Knochenmarkspende Bayern) heuer bereits zum zweiten Mal die Typisierungsaktion „Oberland gegen Blutkrebs". Im Landratsamt in Bad Tölz können sich am 13.01.2017 alle spendenwilligen Mitbürger von 11.00 bis 17.00 Uhr als Stammzellspender registrieren lassen. Als Spender geeignet sind alle gesunden Menschen, die zwischen 17 und 45 Jahren alt sind und mindestens 50 kg wiegen. Die Schirmherrschaft über die Aktion hat erneut Frau Ilse Aigner, MdL, Staatsministerin für Wirtschaft und Medien, Energie und Technologie, übernommen.

Susanne Bogner von blut.eV ruft auf: "Wir bitten Sie von Herzen, helfen Sie uns! Kommen Sie zur Typisierungsaktion und lassen Sie sich als Spender registrieren! Unterstützen Sie uns auch mit Ihrer Geldspende, damit wir die Laborkosten für die aufwändige Untersuchung finanzieren können. Jede Typisierung verursacht Laborkosten in Höhe von 50 Euro."

Spendenkonto bei der Sparkasse Bad-Tölz Wolfratshausen, BAN DE77 4306 0011 1112 26, BIC BYLADEMWOR ennwort „Oberland gegen Blutkrebs“ Für Ihre Spende erhalten Sie eine Spendenquittung, bitte hierzu die Adressdaten vermerken.

13. Januar

Ich habe hier ein wichtiges Anliegen an alle BETROFFENEN ZWISCHEN 18 UND 39 die das hier lesen!!

Ich selbst habe natürlich auch gerade eben an der Studie teilgenommen :)

Folgenden Text habe ich von Recover your smile übernommen:

Wir möchten unseren Kooperationspartner Lebensdurst-Ich e. V. bei einer wichtigen Datenerhebung für eine Masterarbeit unterstützen, also macht mit, teilt, erzählt anderen davon. Vor allem die Krebs-Blogger sind zum Teilen aufgefordert.

Hier der Text dazu: Als aktive Vereinsmitglieder von Lebensdurst-Ich e.V. beschäftigen wir uns im Rahmen unserer Masterarbeit der Psychologie an der Universität zu Köln mit der sozialen Unterstützung von Personen, die von einer Krebserkrankung betroffen oder nicht betroffen sind sowie dem Zusammenhang mit verschiedenen individuellen Faktoren. Die Studie wird in Kooperation mit dem Verein Lebensdurst-Ich e.V. und unter Leitung von Frau Prof. Dr. Jutta Stahl durchgeführt und die Ergebnisse sollen dem Verein bei der Begleitung krebskranker Menschen helfen. Das

Hauptanliegen des Vereins Lebensdurst-Ich e.V. besteht darin, junge Erwachsene mit lebensbedrohlichen Erkrankungen zu unterstützen und die Lebensfreude aufrechtzuerhalten.

Bei der Studie legen wir den Fokus auf Unterschiede und Gemeinsamkeiten zwischen verschiedenen Altersgruppen von Betroffenen und insbesondere die Gruppe der jungen Erwachsenen steht im Vordergrund.

Die Teilnahme dauert etwa 15 Minuten und alle Daten werden vollkommen anonym erhoben, sodass keine Rückschlüsse auf einzelne Personen möglich sind. itte klickt zur Teilnahme auf den untenstehenden Link. Weitere Informationen könnt ihr außerdem dem angefügten Flyer entnehmen.

https://unikoelnpsych.eu.qualtrics.com/SE/...

Vielen herzlichen Dank für eure Unterstützung!

Franziska Jansen & Annelie Kurz

Lebensdurst-Ich e.V.

15. Januar · fantastisch

Ein kurzes Hallo mit ein paar Bildern vom wunderschönen Wochenende mit meiner Mama 👵 ❤ 😍 ☺

Morgen geht's nach einem hoffentlich tollen Frühstück zur Pferdeschlittenfahrt. Wir fahren durch die Natur und sehen die schöne, unberührte Winterlandschaft 🐎 ❄ 😍 Mitgenommen wird natürlich ein kleines Carepaket, Tee und eine Wärmflasche. Ich freu mich schon total!! Ich wünsche euch jetzt eine gute Nacht, schlaft gut und habt morgen einen schönen Sonntag

16. Januar ·

Hallo zusammen!

Seit Tagen geht es unter dem Beitrag, wo ich vom Termin beim Bestatter erzählt habe, rund. (Nicht das Video, sondern der

Beitrag darunter, beginnend mit: Hallo meine lieben Unterstützer...)

Ich werde verbal angegriffen, teilweise aufs übelste beleidigt, die Kommentare werden dann wieder gelöscht. Das schlimme ist, es sind zum Großteil selbst Erkrankte, zum Teil noch schlimmer als ich. Ich finde es wirklich schade, denn für Kritik bin ich jederzeit offen, wenn sie respektvoll und nicht beleidigend ist. icht jedem muss es gefallen wie ich Lebe, was ich tue, wie ich etwas tue und wie ich mit meiner Krankheit umgehe.

ABER JETZT REICHT ES !!!

Mir wird geschrieben (als Kommentar o. Nachricht): dass ich Lüge und Krankheiten Erfinde, dass ich mich schämen sollte lachend mit dem Rollstuhl herum zu fahren und das auch noch zu filmen, dass ich sehr viele Menschen auf meinem Blog habe die mich nicht leiden können, dass ich alle Menschen abzocke, dass es beschämend ist für alle Frauen mit Metastasen was ich abziehe, dass ich Kommentare lösche die mir nicht gefallen, dass ich ein Spielchen spiele, dass ich die ganze Zeit um Geld bettel, dass es hier eine Spendenaufruf Seite ist, dass ich noch Jahre Leben kann und deshalb genügend Zeit habe selbst Geld für meine Beerdigung zu sparen, dass ich übertreibe und nur am jammern bin nd noch viel viel mehr....

Das macht mich traurig und wahnsinnig wütend zu gleich!! ch möchte mich am liebsten immer vor jedem rechtfertigen, weil ich nicht möchte, dass so über mich gedacht wird, denn so bin ich nicht! ber das muss ich nicht, ich muss mich nicht rechtfertigen vor diesen Memschen! enschen, die mich kennen, wissen das ich nicht so bin und verstehen warum ich mich über den E-fix Rollstuhl so gefreut habe und immer noch freue!

Ich bitte deshalb AUSDRÜCKLICH ALLE Menschen die schlecht von mir denken, meine Einstellung nicht teilen können, mein Leben scheiße finden und generell vieles scheiße finden was ich mache, von MEINER SEITE ZU VERSCHWINDEN!!!

EINFACH AUF "GEFÄLLT MIR NICHT MEHR" DRÜCKEN (beim "Gefällt mir" Button)

Denn ich habe keine Lust mehr mich beleidigen zu lassen!!!!!! Geht bitte und lasst mich in Ruhe weiter leben! Ich weiß gar nicht warum solche Menschen hier mitlesen, wenn es so schlimm ist was ich mache???? Neugier? Sensationsgeilheit? Ich weiß es nicht, aber bitte geht alle!

Ich werde in Zukunft jeden der mich beleidigt, angreift oder respektlos behandelt sofort für meine Seite sperren! Kritik ist weiterhin kein Problem, aber bitte respektvoll und nicht verletzend

An alle anderen, was die Mehrheit ist: DANKE, DASS ES EUCH GIBT!! IHR SEID DIE BESTEN ❤ 👼 😘

18. Januar ·

Hier schonmal das Highlight von meinem Geburtstag gestern 😍

Eigentlich kommt das Highlight zum Schluss, aber ich fange einfach mal mit dem Highlight an 😎 Es war überwältigend toll!!! 😍 😍 Ein riesen Danke an meine Mama(💖 💖) und die Pyrotechniker!!!! Ich hätte heulen können vor Glück

19. Januar ·

Die Pferdeschlittenfahrt mit meiner Mama am 15.01.17 und mein Geburtstag am 17.01.17 Die Fotos von meinem Geburtstag sind irgendwie nicht mehr da. Ich habe sie einen Beitrag drüber nochmal mit Text hochgeladen)

Am 15.01. hat mir meine Mama eine Pferdeschlittenfahrt in Lenggries/Wegscheid geschenkt <3 s war der absolute Hammer :D Ein traumhaft schönes Erlebnis! ir sind aus dem Auto ausgestiegen und es hat wie aus dem nichts plötzlich angefangen zu schneien, aber nicht normal sondern wie verrückt, das war wirklich ein

Ausnahmezustand. er nette Mann, der uns die Sitzbank freigekehrt hat, ist gar nicht hinterher gekommen mit kehren um die Decken drauf zu legen. Irgendwann hat er dann doch die Decken drauf gelegt und wir haben uns ganz schnell drauf gesetzt, trotzdem immer noch zu langsam, weil wir am Popo dann doch nass wurden vom Schnee :D Dann wurde noch schnell zugedeckt und die Pferde eingespannt und es ging los, durch die pure Natur ins Winterwonderland <3 on extremen Schneefall bis Sonnenschein war alles dabei :) ls wir wieder am Hof angekommen sind, war uns dann doch ein bisschen kalt, aber wir haben den Ausflug jede Minute zu zweit genossen! Anschließend gab es dann noch einen lecker Kaiserschmarrn als Abschluss von einem perfekten Wochenende mit ganz viel Mama und Tochter Liebe <3

Am 17.01. war mein Geburtstag :D :D :D :D nd der fing schon gaaaanz toll an... Wir waren im Cafè Dinzler am Irschenberg. Dort gab es nicht nur lecker Cafe und gutes Frühstück, sondern auch ein Glas Sekt für jeden und ein kleines Törtchen mit Tischfeuerwerk <3 ch war einfach nur glücklich, dass mein Geburtstag so toll angefangen hat. Ich kann jedem nur empfehlen dort mindestens einmal hin zu fahren!! Denn es wird bestimmt nicht bei einem Besuch bleiben ;) Einfach toll dort!

Am Nachmittag habe ich dann eine ganz tolle Geburtstagstorte von einer Blogleserin bekommen <3

Am frühen Abend wurde dann gefeiert :D Mit meiner Familie und dem engsten Freundeskreis. s gab so viele Highlights, dass der Abend ziemlich schnell vergangen ist.... uerst haben wir auf kleine Kärtchen gute Wünsche für mich geschrieben, sie dann an Herzluftballons geknotet die mit Helium gefüllt waren und sie dann alle zusammen draußen steigen lassen. m Laufe des Abends war ich dann total gerührt, als alle zusammen mit Wunderkerzen in der Hand vor mir standen und "Heute kann es regnen..." gesungen haben <3 ann gab es noch ein tolles Bild für mich auf Leinwand, wenn man es von weitem betrachtet, sieht man mich darauf (ein

Bild vom Recover your smile Fotoshooting), wenn man es aber von nahen betrachtet, sieht man ganz viele ganz kleine Fotos von mir, Leonie und meiner Familie <3 Richtig toll!!! nd nicht zu vergessen ist meine wahnsinns Geburtstagstorte von allen zusammen <3 :D Ich hab mich so rießig gefreut und hätte sie am liebsten so mit nach Hause genommen und nie angeschnitten!! Aber leider geht das ja nicht und wir mussten sie essen :P a und der krönende Abeschluss war ein Glas Champagner mit einem Feuerwerk das nur für MICH war <3 Die ganze Zeit hab ich mich so sehr darauf gefreut!! Und es war gigantisch!!

Ich habe am Montag meine Chemo verschoben (auf Freitag) und deshalb ging es mir gestern richtig gut :) Keine Übelkeit, keine Schmerzen, keine Kraftlosigkeit, kein Zittern, keine Kreislaufprobleme ;) Mit Chemo wäre es mir aller Wahrscheinlichkeit nach nicht so gut gegangen. Aber am Freitag fahre ich dann am Vormittag ganz brav in die Klinik.

Danke für alle Glückwünsche gestern und für alle nachträglichen Glückwünsche ich freue mich über jeden einzelnen von ganzem Herzen 😍 !!!!!

Meine Freundin Dani hat vom Abend noch ganz tolle Fotos und Videos gemacht, sobald ich sie habe werde ich nochmal was hochladen. Jetzt habe ich erstmal nur die Fotos die so nebenbei noch gemacht wurden :) Aber auch die sagen eigentlich schon mehr als Worte...

So jetzt ist es ganz schön spät geworden.... Ich hoffe ihr könnt euch jetzt vorstellen wie unfassbar schön all die Momente waren, die ihr auf den Bildern seht. ch wünsche euch eine gute Nacht und einen schönen Tag morgen :* Passt wie immer auf euch auf und nutzt den Tag für schöne Dinge!

20. Januar ·

Vielleicht habt ihr es schon mitbekommen... Bei meinem letzten

Beitrag über die Pferdeschlittenfahrt und meinen Geburtstag, sind plötzlich die Fotos von meinem Geburtstag nicht mehr da 😨 😢 😔 Ich lade deswegen hier nochmal den Text vom Geburtstag und die dazugehörigen Fotos hoch (Der Text ist vom vorherigen Beitrag) Ich hoffe ihr könnt euch vorstellen wie wunderschön es für mich war ❤

Am 17.01. war mein Geburtstag :D :D :D :D nd der fing schon gaaaanz toll an... Wir waren im Cafè Dinzler am Irschenberg. Dort gab es nicht nur lecker Cafe und gutes Frühstück, sondern auch ein Glas Sekt für jeden und ein kleines Törtchen mit Tischfeuerwerk <3 ch war einfach nur glücklich, dass mein Geburtstag so toll angefangen hat. Ich kann jedem nur empfehlen dort mindestens einmal hin zu fahren!! Denn es wird bestimmt nicht bei einem Besuch bleiben ;) Einfach toll dort!

Am Nachmittag habe ich dann eine ganz tolle Geburtstagstorte von einer Blogleserin bekommen <3

Am frühen Abend wurde dann gefeiert :D Mit meiner Familie und dem engsten Freundeskreis. s gab so viele Highlights, dass der Abend ziemlich schnell vergangen ist.... uerst haben wir auf kleine Kärtchen gute Wünsche für mich geschrieben, sie dann an Herzluftballons geknotet die mit Helium gefüllt waren und sie dann alle zusammen draußen steigen lassen. m Laufe des Abends war ich dann total gerührt, als alle zusammen mit Wunderkerzen in der Hand vor mir standen und "Heute kann es regnen..." gesungen haben <3 ann gab es noch ein tolles Bild für mich auf Leinwand, wenn man es von weitem betrachtet, sieht man mich darauf (ein Bild vom Recover your smile Fotoshooting), wenn man es aber von nahen betrachtet, sieht man ganz viele ganz kleine Fotos von mir, Leonie und meiner Familie <3 Richtig toll!!! nd nicht zu vergessen ist meine wahnsinns Geburtstagstorte von allen zusammen <3 :D Ich hab mich so rießig gefreut und hätte sie am liebsten so mit nach Hause genommen und nie angeschnitten!! Aber leider geht das ja nicht und wir mussten sie essen :P a und der krönende Abeschluss war ein Glas Champagner mit einem Feuerwerk das nur für MICH war <3 Die ganze Zeit hab ich mich so sehr darauf gefreut!! Und es war gigantisch!!

Ich habe am Montag meine Chemo verschoben (auf Freitag) und deshalb ging es mir gestern richtig gut :) Keine Übelkeit, keine Schmerzen, keine Kraftlosigkeit, kein Zittern, keine Kreislaufprobleme ;) Mit Chemo wäre es mir aller Wahrscheinlichkeit nach nicht so gut gegangen. Aber am Freitag fahre ich dann am Vormittag ganz brav in die Klinik.

Danke für alle Glückwünsche und für alle nachträglichen Glückwünsche, ich freue mich über jeden einzelnen von ganzem Herzen 😍 !!!!!

Meine Freundin Dani hat vom Abend noch ganz tolle Fotos und Videos gemacht, sobald ich sie habe werde ich nochmal was hochladen. Jetzt habe ich erstmal nur die Fotos die so nebenbei noch gemacht wurden :) Aber auch die sagen eigentlich schon mehr als Worte...

20. Januar ·

🎥 LIVE VIDEO 🎥

Wer hat Lust, wer ist dabei? UM 21:00 UHR! inige von euch haben mich nach einem LIVE VIDEO gefragt und jetzt mach ich mal wieder eins. Heute hatte ich Chemo und die nächsten Tage werden wahrscheinlich wieder geballte Nebenwirkungen kommen, deshalb lieber heute noch ein Video :) is gleich meine Lieben

20. Januar ·

LIVE: Heute hatte ich Chemo und bin mal wieder Live für euch

23. Januar ·

Heute war kein guter Tag für mich :/

Mir ging es überhaupt nicht gut, ich hatte sehr wenig Kraft, einen ganz ekligen Geschmack im Mund und bei der kleinsten Bewegung habe ich angefangen zu schwitzen. Meine Haushaltshilfe konnte heute nicht kommen und morgen leider auch nicht, was es nicht besser macht. enigstens war mein Kreislauf soweit stabil und ich musste keine Angst haben!

Jetzt wird geschlafen, damit es mir morgen hoffentlich besser geht und ich selbst ein paar Sachen machen kann 💪👼😘

Das wollte ich euch nur kurz mitteilen, damit sich niemand Sorgen machen muss :) Gute Nacht und schlaft gut 😘

25. Januar · **Wir können Helden sein e.V**s **Video** geteilt.

25. Januar ·

Hallo meine Lieben Unterstützer 😘 Ich danke euch für alle Genesungswünsche und guten Gedanken!

Mir ging es ja seit Montag richtig, richtig schlecht :(Seit heute Mittag ist es etwas besser geworden und ich hoffe, dass ich morgen Vormittag wie geplant zum PET-CT fahren kann 💪👼

Bevor ich gleich wieder weiter schlafe, möchte ich hier kurz meine Suche veröffentlichen, denn vielleicht ist ja unter euch jemand die sich angesprochen fühlt?!?

Ich melde mich morgen Gute Nacht, schlaft gut und passt auf euch auf 😘

HAUSHALTSHILFE GESUCHT

Hallo, ich wohne mit meiner Tochter in einer 2 Zimmer Wohnung und kann mich, aufgrund meiner Krankheit, nicht mehr selbst um unseren Haushalt kümmern. eine bisherige Haushaltshilfe war super, aber aus persönlichen Gründen suche ich jemand anderen. hr solltet am Vormittag (Mo-Fr) für ca. 3 Stunden Zeit haben.

ie Aufgaben sind, aufräumen, putzen, Wäsche, einkaufen, kochen, usw. Der ganz normale Haushaltswahnsinn eben ;) anz wichtig ist, dass ihr absolut zuverlässig seid und wir gut miteinander klar kommen. er kann? Wer möchte? Wer kennt wen? lles weitere gerne per Privatnachricht

26. Januar

Huhu ihr lieben ☺

Ich war gerade beim PET-CT und mir geht's deutlich besser als gestern. Beim zweiten Mal pieksen lag der Zugang in der Vene 💪 Jetzt bin ich radioaktiv geladen und auf dem Heimweg. Meinen Engel darf ich in 2-3 Stunden auch wieder bei mir haben, zuvor ist die Strahlenbelastung zu hoch.

Ich bin gespannt auf das Ergebnis. Morgen Nachmittag ruf ich auf jedenfall in der Klinik an und frag nach, ob sie schon was wissen. Falls nicht, erfahre ich es am Dienstag, denn da bin ich zur Chemo dort. Allerdings muss bei der Chemo irgendwas geändert werden, weil ich die letzten drei Tage wirklich "durch die Hölle" gegangen bin. Mal sehen ob sie überhaupt wirkt oder eh umgestellt wird... Warten, warten, warten, warten, ... Spätestens am Dienstag weiß ich alles :)

Wie oben schon gesagt, geht es mir deutlich besser als die letzten Tage, aber ganz fit bin ich nicht :/ Mir fehlt für vieles die Kraft oder sie hält nicht lange an, wenn ich etwas mache. Die einfachsten Dinge fallen mir noch schwer, mir zittern die Knie, mir ist schwindelig, ich bin sehr müde und hab Gliederschmerzen. Aber das wird alles wieder ;) Ich bin wahnsinnig froh, dass diese 3 Tage vorbei sind!!!!

(Ich wollte euch versuchen ein bisschen zu erklären wie es sich anfühlt diese Nebenwirkungen zu haben)

Ich wünsche euch einen schönen Abend, lasst es euch gut gehen und genießt was auch immer ihr macht :* Und später eine gute Nacht

28. Januar ·

Halli Hallo 😎

Ich muss euch sagen, dass ich ein echt gutes Gefühl bekommen habe, was das PET-CT angeht. Das wäre natürlich super, aber gleichzeitig auch irgendwie scheiße, weil ich die Chemo absolut nicht mehr vertrage. Sie zwingt mich so wahnsinnig in die Knie, das halte ich nicht nochmal aus :(alls die Chemo wirklich meine Metastasen gestoppt hat, müssen die Ärzte sich bitte bitte irgendwas einfallen lassen, damit ich nicht 3-4 Tage durch die Hölle gehe.

Heute habe ich vergessen zu essen, weil ich so viel mit meinem Engel gespielt hab. Am Abend gab's dann eine große, leckere Brotzeitplatte 😍

Der Frühling ist bei uns auch eingezogen ❤ Und meine Mama und meine Schwester Jessi haben mir nach dem PET-CT die coolste Tasse geschenkt die es gibt 😘 👰 ❤

Und so ganz nebenbei.... Ich habe gerade meine Haare abrasiert, weil sie in der ganzen Wohnung verteilt waren. Es war ja nur eine Frage der Zeit bis sie wieder ausfallen. Meinem Engel gefällt das gar nicht :/

Mein Engel ist bei meiner Tante und ich nutze jetzt den Abend mit meiner lieben Caro und gehe mit ihr gemütlich was trinken ❤ Habt ein schönes Wochenende und passt auf euch auf

29. Januar ·

Mein heutiger Kalenderspruch...

Jeden Tag kann ich umblättern und bekomme einen neuen Spruch, heute ist es dieser. Und er hat mich etwas zum nachdenken gebracht....

Trauer und Freude liegen so nah zusammen und bei beiden sind Blumen mit im Spiel. lumen als Dankeschön, Blumen zur Freude, Blumen als Geschenk, Blumen zum Trost, Blumen als Zeichen der Liebe und Freundschaft, Blumen zur Aufmunterung, Blumen zur Genesung, Blumen zur Geburt. ch könnte noch viele Anlässe aufzählen, aber ihr wisst was ich meine. rst vorgestern habe ich mir Tulpen gekauft, zur Aufmunterung und als Frühlingseinläutung :) Ich schaue sie immer wieder an und freue mich, dass sie da sind. Mal bin ich traurig, schau sie an und es wird besser. Mal bin ich glücklich, schaue sie an und werde noch glücklicher. In Zukunft möchte ich immer frische Blumen in der Wohnung haben, denn es tut mir wahnsinnig gut! <3

Bei mir hat sich irgendwas verändert. Ich weiß nicht ob ich es gut genug erklären kann, aber ich versuche es einfach mal... ch kann mich egtl gut einschätzen und bin ein sehr fröhlicher, positiver, realistischer, lebensfroher Mensch. eit einiger Zeit merke ich immer häufiger, dass ich mich verändere. Da sind Gefühle, die ich bisher nicht kannte. Ich habe oft ein Gefühl von Angst und Einsamkeit. Es fühlt sich an, als würde ich in ein dunkles Loch fallen. Ich bin oft traurig, ich weine mehr und bin sehr unruhig. Das ist alles nur wenn ich alleine bin... Egal ob 3 Stunden oder 3 Tage, es fühlt sich wie eine Ewigkeit an! ach außen hin merkt man nichts...

Gestern hatte ich ein Gespräch in dem es um meinen Geburtstag ging. An meinem Geburtstagsabend hatte ich etwas schlechte Laune und war gereizt, nicht sehr, aber etwas. Auf all den Fotos ist davon nichts zu sehen... Und das ist auch gut so ber dieses Gespräch hat mich wirklich zum Nachdenken gebracht, weil es fast immer so ist, dass ich es mir nicht ansehen lasse, wenn es mir psychisch "schlecht" geht. Das mache ich nicht extra, das ist einfach so. Aber warum? Zum Schutz?

Die Menschen die mich nicht leiden können, werden sich jetzt wieder drüber aufregen, dass ich mich selbst runterziehe und negative Dinge schreibe und rum jammer! Aber das ist mir sowas von egal! Denn ich finde, dass genau so etwas hierhergehört!! rebs ist scheiße!!! Ich zeige oft genug wie gut es mir geht und das ich das Leben mit vollem Herzen genieße und mit Lebensfreude nur so um mich werfe (Das wird auch so bleiben ber diese negativen Dinge gehören leider auch dazu... :(Ich erzähle euch von meinem Leben mit Krebs, da gibt es Höhen und Tiefen.

Ich werde meine Lebensfreude nicht verlieren und ich werde weiterhin kämpfen und positiv denken, das hat damit gar nichts zu tun, aber ich merke, dass sich etwas verändert, ich verändere mich ... Und das wollte ich erzählen. Ich hoffe ich habe es euch verständlich sagen können. Falls das immer öfter der Fall wird und ich Hilfe brauche, werde ich mir diese auch holen, da müsst ihr euch keine Gedanken machen. Im Moment komme ich noch ganz gut damit klar

So, genug "geweint", jetzt geht es raus in die Natur, die Sonne genießen und Cappucino trinken Das tut dem Körper und der Seele gut! asst es euch gut gehen und genießt so viel ihr könnt

30. Januar ·

Das vorläufige Ergebnis vom PET-CT

Als ich heute morgen aufgewacht bin, hab ich gleich gemerkt, dass etwas nicht stimmt. Ich bin dann nochmal eingeschlafen für 2 Stunden und als ich aufgewacht bin, hab ich total geglüht. Ich hab dann sofort Fieber gemessen und es waren 39,7 Grad omit wurde heute fast den ganzen Tag das Bett gehütet. Ich müsste ja sofort in der Klinik anrufen wenn ich Fieber habe und dann höchstwahrscheinlich hin fahren und stationär bleiben. Aber mein Bauchgefühl hat mir gesagt, dass das Fieber bis Abends wieder weg ist. Und man mag es kaum glauben, aber um 14 Uhr wahr es schon fast weg :D Mittlerweile ist es komplett weg, schon seit einigen Stunden. Man muss einfach IMMER auf sein Bauchgefühl hören ;) Bei mir stimmt es zumindest immer (seit ich Krebs habe)!

So, jetzt zum PET-CT..... Heute kam der Anruf von einer Ärztin aus der Klinik, sie wollte mir den Befund von meinem PET-CT mitteilen. Endlich Die Befunde sind noch nicht ganz fertig geschrieben, aber eins kann man schon ganz sicher sagen: IE AKTUELLE CHEMOTHERAPIE SCHLÄGT AN!!!!! eine Organe scheinen auch frei zu sein, zumindest hat sie gesagt, dass die Oberärzte nichts anderweitiges gesagt haben. Sie haben gesagt, THERAPIEANSPRECHEND Also geht man davon aus, dass alles in Ordnung ist, aber ich werde morgen nochmal nachhaken.

Ja, ich höre zum ersten Mal seit 20 Monaten, dass die Therapie anschlägt! Die Metastasen sind gestoppt! Es tut so gut das zu hören, endlich mal etwas positives, das erste mal! Einfach der absolute Hammer!! Ich bin unbeschreiblich glücklich und erleichtert! Das Leben ist sooo schön und ich möchte noch ganz viel davon haben! Ich genieße momentan ganz viel und das werde ich jetzt noch mehr tun!

Allerdings gibt es ein Problem.... Meiner Wirbelsäule geht es gar nicht gut. Auf dem Bild habe ich zwei Pfeile hingemacht, die Pfeile zeigen auf meine zwei Wirbelkörper bei denen schon einiges eingebrochen ist, erst die Deckplatten und jetzt noch mehr. Ich finde es ist sehr gut zu erkennen auf dem Bild, ich hoffe ihr erkennt es auch. Ich will mir nicht vorstellen was passiert, wenn ein Wirbel bricht... oder beide... Deshalb wurde mir geraten, diese Stellen bestrahlen zu lassen. Ich werde da morgen nochmal mit den Ärzten drüber sprechen und dann wahrscheinlich einen Termin bei meinem Strahlentherapeuten ausmachen. Bestrahlung bedeutet dann wieder jeden Tag in die Klinik... 12-30 Mal (je nachdem wie oft bestrahlt wird) --> 1 Stunde 15 Minuten hin, 30-45 Minuten dort, wieder zurück aber was sein muss, muss sein, warten wir mal ab.

So jetzt muss ich schlafen, ist spät geworden heute Normalerweise gehe ich ja meistens schon um 20:30 Uhr ins Betti Morgen Vormittag gehts wieder in die Klinik, egtl. zur Chemo, aber da müssen wir erst eine Lösung finden, weil nochmal so etwas wie diese drei Tage halte ich nicht aus!! Vielleicht gibt es auch keine Chemo, sondern eher ein Antibiotika wegen meinem Fieber das ich hatte. Mal sehen was morgen so alles passiert, ich bin gespannt Meine Mama ist zum Glück wieder mit dabei Gute Nacht ihr aller liebsten und besten Unterstützer :* asst gut auf euch auf und genießt das Leben!

31. Januar

Kurzes, spontanes Live Video zum heutigen Tag in der Klinik 😉 um 20:40 Uhr!

Februar 2017

04. Februar - Weltkrebstag 2017

BEITRAG DARF UND SOLL GANZ OFT GETEILT WERDEN BITTE!!!

Krebs ist kein Tabu, lass mal drüber reden! ir Krebs-Blogger tun das. Miteinander. Mit jedem, der uns folgt, mit denen, die unsere Geschichten lesen. ir klären auf, informieren, sind füreinander da, schreiben über Ängste, Hoffnungen, Vorsorge, Schmerzen, Erfolge, Lichtblicke, den Tod.

Wir brechen Tabus. Krebs geht uns alle an!

Bist du auch ein Krebs-Blogger und möchtest Dich in einer Gruppe mit anderen Bloggern austauschen? Dann schreib mir! Einige der Blogs kannst Du Dir hier anschauen: Krebs-Blogger – Das sind wir! http://tinyurl.com/jbh6hc9

#tabubrechen #krebsblogger #bloggengegenkrebs #weltkrebstag #worldcancerday #gemeinsamsindwirstark #wirsindviele

2. Februar ·

Ich wünsche euch einen schönen Tag

Ich bin gerade in der Klinik, es wird Blut abgenommen und geschaut ob das Antibiotikum anschlägt. Nicht das meine mini leichte Lungenentzündung schlimmer wird. Das wollen wir nicht! :) anach kann ich dann wieder heim.

Eine neue Haushaltshilfe habe ich auch gefunden ☺ es läuft gut und ich hoffe es bleibt so. Das erleichtert mich jetzt sehr, dass ich mir darüber keine Gedanken mehr machen muss!

Passt auf euch auf

8. Februar

Hallo meine Lieben, ch habe mich ziemlich lange nicht gemeldet, das tut mir leid. ch hoffe, ihr habt euch keine Sorgen gemacht, denn es ist alles in Ordnung.

Am Wochenende war ich im Kino und habe mir "Mein Blind Date mit dem Leben" angeschaut. Für mich gehört er jetzt zu meinen Lieblingsfilmen :D Wirklich sehr gut!

Mein Engel ist seit Samstag krank und seitdem innerhalb der Familie untergebracht, damit sie mich nicht ansteckt. Heute ist das schlimmste überstanden und sie kommt endlich wieder heim <3

Meine Woche ist daher sehr ruhig gestartet und ich hatte Zeit für Dinge die sonst auf der Strecke bleiben, wie zb. Unterlagen sortieren und einordnen. m Dienstag war ich vor der Lymphdrainage im Krankenhaus zur Besprechung mit den Strahlentherapeuten, wo überall bestrahlt werden soll. Das wurde mir zur Veranschaulichung auch eingezeichnet. Ich hab es euch fotografiert, die rot eingezeichneten Stellen werden bald bestrahlt. m 13.2. habe ich den Termin zur Markierung für die Bestrahlung. An diesem Tag bekomme ich dann auch den Termin für die 1. Bestrahlung.

Ich hab euch auch noch gar nicht erzählt, wie der endgültige Befund von meinem PET-CT ist. Meine Organe sind ganz sicher frei :D (bestimmt habt ihr den Stein von meinem Herzen fallen hören , die befallenen Lymphknoten sind deutlich kleiner geworden und in den Knochen ist das Wachstum zum Teil gestoppt und in einigen Knochen wachsen sie munter weiter. Die vier schlimmsten Stellen werden deshalb bald bestrahlt (siehe Bild). nd ich hab erfahren, dass mein Gehirn gar nicht nach Metastasen untersucht wurde, sondern dass das nur bei akuten Verdacht gemacht wird, wenn es irgendwelche Anzeichen gibt. ber soweit so gut, ich bin glücklich

Mir geht es gut, ich hab ein paar kleine Wehwehchen die stören, aber nichts schlimmes. Sonst gibt es glaube ich nichts zu erzählen... Oder habt ihr noch Fragen?

Habt noch einen schönen Tag und passt auf euch auf

10. Februar ·

Guten Morgen 🌞 🌸

Ich bin in meiner Hausarztpraxis zum Ultraschall von der Schilddrüse. ch denke und hoffe, dass alles in Ordnung ist!

Der Ultraschall wird gemacht, weil mein Schilddrüsenwert verrücktspielt, mal ist er bei 20, dann plötzlich bei 6, dann wieder bei 12 usw.... Die freien Hormone sind in Ordnung und darauf kommt es an, deshalb bekomme ich keine Schilddrüsentabletten.

Mein Gesicht wird so langsam aber sicher wieder deutlich runder vom Kortison :(n dem Armen merke ich es auch langsam :/ einfach doof!! Aber ich muss es weiterhin nehmen, weil es viele Nebenwirkungen der Chemo verhindert.

Apropo Chemo.... Ich werde am Montag dort anrufen und für die Woche drauf einen Termin ausmachen. Die Pause tut so gut auch wenn es nur 2 Wochen sind ☺

Habt einen schönen Tag und startet gut ins Wochenende 😉 😘

13. Februar ·

Ein Spruch der wahr ist und einen zum Nachdenken bringt....

Oder? Was meint ihr? Habt ihr irgendwelche Sprüche/Zitate die ihr gut findet?

Kurzes Lebenszeichen von mir, damit sich keiner Sorgen machen muss von euch 😘 Ich hatte heute wieder deutlich stärkere Schmerzen als sonst Aber nichts desto trotz genieße ich die Chemo-freie Zeit in vollen Zügen ☺ 🎉 vor allem mit meinem Engel und meiner Mama.

Ich bin viel in meinem gemütlichen zu Hause, aber genieße es genauso wenn ich raus komm, unter Leute und an die frische Luft. Unser Balkon ist auch schon ein sehr beliebter Aufenthaltsort von uns geworden, allerdings nur wenn die erste Frühlingssonne direkt auf ihn scheint 🌞 😍 😎 ohne sie ist es nämlich noch zu kalt

Morgen hab ich wieder meine Lymphdrainage. Mittwoch geht es in die Klinik, da hab ich einen Termin in der Abteilung für integrative Medizin, mal sehen was ich noch zusätzlich für meinen Körper bzw gegen die Metastasen machen kann. Donnerstags ist wieder Lymphdrainage. Freitag bin ich wieder in der Klinik zum Einzeichnen der Markierung für die Bestrahlung. Montag ist dann wieder die erste Chemo... 😢 Aber sie hilft ja 💪 Dienstag ist wieder Lymphdrainage und dann kommen voraussichtlich die Nebenwirkungen der Chemo, die mich total aus der Bahn werfen Jetzt wisst ihr mal so die nächsten Termine von mir ☺ 😘

Passt auf euch auf, schlaft gut und träumt was schönes ❤ 😘 👸
Eure Pinke Pusteblume/Jacky

15. Februar ·

Halli Hallo an diesem schönen Sonnentag 🌞 😍

Geht's euch gut? Hattet ihr gestern einen schönen Valentinstag?

Ich war gerade in der Klinik (Naturheilkundliche Abteilung) bei einer ganz lieben Ärztin die gesagt hat: "Also ich gebe sie noch nicht auf! Sie haben eine Therapie die mittelgut anspricht und für den Rest bin ich jetzt da!" ☺ sie hat mir noch ein kleines Stück mehr

Hoffnung gegeben! (Was aber trotzdem nichts am meinen unheilbaren Metastasen ändert. Die Ärztin denkt nur, dass sie mir jetzt helfen kann mehr Zeit zu gewinnen

Ich bekomme Ende dieses Monates dort in der Abteilung meinen ersten Leberwickel. Anfang März geht es dann ins Präventionszentrum zum Ernährungsgespräch und zum Belastungstest für Sport. Bei diesem Belastungstest wird geschaut wie belastbar ich und mein Körper sind und dann kann ich bei meiner Physiotherapie Muskeltraining anfangen. Das Muskeltraining kann ich auch jetzt schon mit 20 Minuten 3 mal pro Woche anfangen Ich muss mir täglich mehrere Spritzen in den Bauch spritzen mit verschiedenen Wirkstoffen, einer ist zur Unterstützung der Leber, zwei arbeitet gegen den "Tumor" (Tumorzellen), einer gegen die Knochenmetastasen und Globulis für meine Stimmung bekomme ich. Unter diesen Wirkstoffen ist auch die Mistel -->Misteltherapie haben sicher schon einige von euch mal gehört oder!? Jetzt seid ihr wieder auf dem neuesten Stand

Ich hasse es zu spritzen und hab echt schiss davor, aber ich werde alles tun um noch lange da zu sein!! ❤ Heute Abend geht es los...

Vielleicht komm ich heute Abend mal wieder Live, das kündige ich dann aber vorher an.

Macht euch noch einen schönen Tag in der Sonne und passt auf euch auf!

17. Februar **Elvis - Das Musical** teilgenommen – hier: **Salzburgarena**.

Ich bin bei ELVIS

Mir geht es gut, ich habe mich heute zum 2. Mal gespritzt und es klappt Meine Schmerzen halten sich in Grenzen... irgendwie sind sie zurzeit stärker als sonst.

Den Termin für die Markierung heute, musste ich leider absagen, weil mein Engel seit Donnerstag Abend Fieber hat. Kaum ein Tag in der Schule, schon wieder krank... Heute waren wir beim Arzt, mein Engel hat eine Seitenstrangangina und ich eine eitrige Mandelentzündung ---> 6 Tage Antibiotika für uns beide

Ich wünsche euch ein schönes Wochenende! Lasst es euch gut gehen und passt bei allem was ihr macht gut auf euch auf

22. Februar ·

Guten Morgen meine Lieben Unterstützer

Am Montag hatte ich meine Chemo, Blutwerte waren in Ordnung, also 100% Dosis

Heute oder spätestens morgen, müssten meine schlimmen Nebenwirkungen anfangen (extreme Schwäche, Unruhe, Schwindel, zittrige und gummiartige Beine, Kreislauf durcheinander, nicht ganz zurechnungsfähig, zu schwach für alles, ...) , die leichten habe ich schon seit Montag (Schwitzen, weniger Kraft, ekliger Geschmack, Füße brennen bei Belastung, Übelkeit, ...)

Also falls ihr die nächsten Tage nichts von mir hört, dann bin ich ein Totalausfall. Sollte es mir wiedererwartend gut gehen, lasse ich es euch wissen

Und denkt dran, dass ihr auf die kleinen Dinge, die jeden Tag passieren, achten sollt, denn sie sind nicht selbstverständlich, sondern etwas besonderes!

Habt einen schönen Tag und passt gut auf euch und eure Lieben auf

24. Februar · gemütlich

Huhu Ich melde mich mit guten Nachrichten ☺

Meine Nebenwirkungen halten sich ganz überraschend in Grenzen. ch will mich nicht zu früh freuen, aber es war nicht so schlimm wie erwartet. Ob das an der Entlastung durch die Hilfe und Verpflegung von meiner Mama liegt, oder an den guten 4 Wochen Chemopause, oder an was ganz anderem, weiß ich nicht.

Seit Mittwoch bin ich ja bei meiner Mama zum Glück, es entlastet mich so sehr und gibt mir wahnsinnig viel Sicherheit. Gestern war der schlimmste Tag von den Nebenwirkungen her, noch dazu hatte ich einen ganz schlimmen Krampf im linken Bein, wodurch ich gestürzt bin :/ Aber zum Glück ist, bis auf eine kleine Aufschürfung und Popo Schmerzen, nichts passiert 🙀 Ich konnte es nicht mehr so richtig kontrollieren, aber bin trotzdem irgendwie "richtig" gefallen. Tut zwar noch etwas weh, aber zum Glück ist nichts schlimmeres passiert. Gestern Abend gab es dann noch einen liebevoll, leckeren Obstsalat 😍

Heute habe ich wieder etwas mehr Kraft, aber dafür Muskel bzw Gliederschmerzen. Ist nicht angenehm, aber zum aushalten.

Das Foto ist übrigens von Mittwoch, da ging es mir noch gut wollte euch das nicht vorenthalten 😁 So wie ich gestern und heute aussehe, muss nicht auf einem Foto festgehalten werden.... Außer ihr würdet es unbedingt sehen wollen 🙀

Jetzt wünsche ich euch ein wunderschönes Wochenende 😘 passt auf euch auf und lasst es euch gut gehen! Macht etwas tolles, damit ihr am Montag sagen könnt "Das Wochenende war einfach toll!" Kurz gesagt --> Lebt euer Leben so gut es geht!

März 2017

3. März ·

Hallo meine Lieben :)

Ich habe lange nichts hören lassen, aber mir geht es wieder gut. Die schlimmsten Nebenwirkungen sind zum Glück seit Sonntag vorbei.

Heute hatte ich ein Fotoshooting für die TV Zeitschrift "Auf einen Blick", dort wird bald ein toller Bericht über mich erscheinen ☺

Morgen Mittag bin ich um 12 Uhr LIVE , dann könnt ihr alles fragen was ihr möchtet und ihr seht mich mal wieder

Habt einen schönen Start ins Wochenende und passt auf euch auf :* bis morgen

4. März ·

LIVE: Klatsch und Tratsch mit euch

7. MÄRZ ·

Halli hallo meine lieben Unterstützer :) eute war mein Rentenbescheid im Briefkasten... Es ist soweit, ich bin offiziell in Rente! Fühlt sich schon etwas komisch an, aber es erleichtert auch sooo viel.

Ich habe heute immer wieder Fieber und de Kraft ist nicht wirklich da... Ich hoffe, dass es morgen weg ist und es mir wieder gut geht, denn sonst muss ich stationär in die Klinik.

Heute möchte ich aus gegebenen Anlass gerne einige Themen aufgreifen, die das Krankheitsbild und Leben von Krebskranken betreffen. uch möchte ich zu verschiedenen Alltagssituationen etwas schreiben.

Los geht´s ch habe eine ziemlich böse Nachricht bekommen und konnte mich nicht dazu äußern, weil ich blockiert wurde. eshalb schreibe ich jetzt ALLGEMEIN etwas zu meinem Leben mit Krebs und über allgemeine Krebskranke.

---> DU SIEHST JA GAR NICHT KRANK AUS! ir Krebsis hören diesen Satz oft... uss man als Krebskranker auch krebskrank aussehen? Wie sieht ein Mensch aus der Krebs hat? Gibt es dafür Vorschriften oder sogar ein "Drehbuch"? Nein mit Sicherheit nicht! eder Mensch der Krebs hat sieht anders aus. ir Frauen schminken uns oft stark um den Haarausfall im Gesicht zu vertuschen. Natürlich sieht man bei genaueren hinsehen, dass die Wimpern und die Augenbrauen fehlen, aber auf den ersten Blick fällt es vielen nicht auf. uch wenn man seine Gesichtsbehaarung hat, kann man sich nach wie vor schminken, das ist ja etwas ganz normales. Bei mir dauert das Schminken seit der Erkrankung länger als damals wo ich noch gesund war, denn ich muss mich viel mehr schminken... Eine Schicht Make Up reicht da leider nicht :D ußerdem gibt es gute und schlechte Tage, die Leute sehen uns ja hauptsächlich an den guten Tagen, an Tagen wo wir das Leben genießen, Ausflüge machen, Café trinken oder einen Spaziergang machen. An den schlechten Tagen ziehen wir uns zurück und liegen auf der Couch und ziehen uns die Decke über den Kopf. Wir wünschen uns dann, dass der Tag ganz schnell vorbei ist und der nächste Tag ein guter Tag wird. iese Aussagen, dass man gar nicht krank aussieht sind einfach nervig, denn nur weil man krebs hat muss man nicht immer krank aussehen. Was in dem Menschen vor sich geht wisst ihr nicht, denn es kann sein, dass er wahnsinnige Schmerzen hat und die sieht man niemanden an. ch denke zu diesem Thema ist alles gesagt, oder?

---> WARUM BRAUCHST DU EINE HAUSHALTSHILFE? ES IST DOCH NICHT SCHWER SEINEN HAUSHALT ZU FÜHREN! och es ist schwer den eigenen Haushalt zu führen, wenn man bei allem was man machen möchte eingeschränkt ist. Schweißausbrüche bei zu langen stehen, Schmerzen in den Füßen, nicht bücken können vor Schmerzen, die Arme nicht richtig heben können, nichts tragen können was etwas schwer ist, mir würden noch viel mehr Beispiele einfallen. Am Anfang war es wahnsinnig toll eine Haushaltshilfe zu haben, es war eine unglaubliche Erleichterung und es war dringend nötig. Nach ein paar Wochen hat es mich dann schon genervt, dass ich meine Wohnung nicht selbst sauber machen konnte oder einkaufen und kochen konnte wie und wann ich wollte... Das ging alles nicht... Bei einem Versuch im Hochsommer einen 10 Minuten Weg zu gehen um einzukaufen hatte ich fast einen Kreislaufkollaps und musste mich im Geschäft auf den Boden setzen. Das hat mir gezeigt, dass einkaufen eine Aufgabe der Haushaltshilfe ist. in gesunder Mensch kann sich nicht vorstellen, dass wenn man es irgendwie endlich geschafft hat die Wäsche aufzuhängen, man erst mal eine halbe Stunde Pause/Ausruhen braucht. Das war jetzt einfach ein Beispiel, genauso wie kochen, kochen ist wahnsinnig umständlich, da würde ich zb. einen Stuhl in der Küche brauchen, weil ich nicht so lang stehen kann. ie Krankenkasse zahlt nicht zum Spaß ein Jahr lang eine Haushaltshilfe.... Also JA eine Haushaltshilfe ist dringend notwendig und ich hab sie viel zu spät beantragt. ch denke diese zwei Themen reichen für heute

Ich bekomme ganz oft Nachrichten in denen steht: "Ich wünsche dir gute Besserung und das du wieder gesund wirst." as ist wahnsinnig lieb gemeint, aber leider kann ich nicht mehr gesund werden. Das wollte ich jetzt nochmal allgemein sagen, dass es vielleicht nicht mehr so geschrieben wird, denn das tut immer ein bisschen weh. Das führt mir immer wieder vor Augen, dass ich nicht mehr gesund werden kann... uch wurde ich darauf angesprochen, ob ich mir meine Haare mit Absicht kurz halte um krank auszusehen... Ja, ich halte mir meine Haare mit Absicht kurz, aber nicht um krank auszusehen, sondern weil sie wachsen und nach spätestens 4 cm wieder ausfallen. Das möchte ich mir nicht jedes Mal aufs neue anschauen, deshalb rasiere ich sie immer wieder an mit der Maschine. as wollte ich nur noch kurz gesagt haben, weil ich nicht weiß wie viele Leute so denken

Ich fange diese Woche an 2 mal pro Woche für 20 Minuten aufs Laufband zu gehen, natürlich nur spazieren, denn Erschütterung ist nicht gut, dabei können Wirbel brechen und das muss ich verhindern. Aber die 20 Minuten Spazieren mit leichter Steigung sind super ;) Bei der Eisdiele war ich mit meinem Engel auch schon zu Fuß :D Neben an im Blumenladen Stroblume haben wir noch ein Frühlingskörbchen geholt und Leonie hat eine Rose geschenkt bekommen <3 Ich bin richtig stolz auf mich und ich werde jetzt versuchen den Rollstuhl öfter stehen zu lassen um kurze Wege zu Fuß zu gehen, vorausgesetzt ich bin fit und mir geht es gut.

Am 20.3. ist die Markierung für die Bestrahlung die am 27.3. startet. Wie viele es sind erfahre ich erst am 27. In der Zeit werde ich viel daheim sein und öfter mal schlafen, weil es den Körper einfach sehr anstrengt. Bewegung und Spazieren muss zwischendurch auch sein, dazu muss man sich dann einfach überwinden ;)

So jetzt hab ich ewig gebraucht um das ganze hier zu schreiben und schwupp ist es schon viel zu spät. Ich geh jetzt zu meinem Engel ins Betti und schlaf ganz schnell ein nachdem ich mich gespritzt und meine Tabletten genommen hab :) nd falls euch irgendwas unklar ist, oder ihr etwas bestimmtes wissen wollt dann schreibt mir bitte einfach :* chlaft gut und habt morgen einen schönen Tag

9. März ·

TropfTropfTropfTropfTropfTropfTropf... Bei uns ist es schon den ganzen Tag am Regnen

Gleich mal als erstes, mein Fieber ist wieder weg Es war nur den einen Tag (7.3.). Gestern war ich zwar noch etwas schlapp aber mir ging es gut :)

Heute in der früh war wieder Lymphdrainage und Laufband angesagt Mittags bin ich zu meiner "Wimpernfrau" gegangen (5 Minuten Fußweg, aber immerhin), aber wie ich mir schon dachte, konnte sie nichts machen... Meine Wimpern sind da, aber mit bloßem Auge fast nicht zu erkennen, weil sie so kurz sind. Alle sind ausgefallen und fangen an gaaaanz langsam nachzuwachsen. Also können keine Wimpernextensions geklebt werden Tja... Jetzt ist es soweit und ich habe fast keine Augenbrauen und keine Wimpern mehr (Das ist wohl ein kleiner nicht beabsichtigter Beweis dafür, dass ich mir meine Krankheit nicht ausdenke) <-- sorry dafür, aber das musste kurz raus, ich kann mich auch nicht immer beherrschen ihr sollt euch nicht dazu äußern.

Ohne Wimpern rauszugehen ist wirklich richtig blöd! Ich kann hinschminken so viel ich möchte damit es nicht so schnell auffällt, aber sobald ich rausgehe und dort nur ein minimales Lüftchen geht oder es regnet oder sonst was (alles was die Augen reizt), dann laufen mir ganz dicke Tränen runter, als würde ich weinen. Die mitleidigen Blicke sind vielleicht lieb gemeint, weil die Leute wirklich denken das ich weine, aber das tu ich ja gar nicht Unter der Dusche ist es auch nicht einfach, weil weder Augenbrauen noch Wimpern das Wasser abhalten können und es somit direkt in die Augen läuft. Aber man gewöhnt sich an alles ;) Ich wünsche mir einfach, dass meine Wimpern ganz schnell wieder ganz lang sind, denn jetzt fühle ich mich so nackt!

So genug erzählt für heute wir lernen jetzt noch fleißig alles über das Thermometer und die Temperatur, für die nächste Probe 😎 Passt gut auf euch auf und genießt den Tag noch, wenns geht im Trockenen und lasst euch den Spruch auf dem Bild mal durch den Kopf gehen 😉 😘 ❤ Eure Jacky - Pinke Pusteblume

15. März

Mal wieder ein Lebenszeichen von mir ☺

Am Montag hatte ich Chemo... Seit heute werden die Nebenwirkungen schlimmer, deshalb bin ich für die nächsten Tage wieder bei meiner Mama. Da geht es mir psychisch besser als zu Hause und meine Mama hilft mir sehr viel und erleichtert mir somit die Zeit sehr 👼 ❤

Bisher hab ich die Nebenwirkungen dank Kortison, Emend und anderen Tabletten noch relativ gut im Griff. Ab Morgen sieht es dann etwas schlechter aus, deshalb wollte ich mich noch heute bei euch melden

Ich gehe, immer nach der Lymphdrainage, ganz fleißig zwei Mal pro Woche 20 Minuten auf dem Laufband spazieren. Zusätzlich gebe ich mir größte Mühe auch 2 Mal pro Woche einen 10-15 minütigen Spaziergang einzulegen, das klappt sehr gut mal länger, mal kürzer, aber ich versuche mich dadurch etwas fitter zu bekommen und das klappt :)

Das heißt nicht, dass ich jetzt plötzlich gesundwerde oder meine Krankheit erfunden habe, sondern einfach nur, dass es mir im Moment einfach besser geht im Allgemeinen, vor allem weil die Chemo wirkt und das macht mich total glücklich ☺ 👼 🌞 und ich hoffe, dass es noch ganz lange so bleibt, denn ich möchte noch nicht so bald gehen!! Ich möchte LEBEN!! 💪 ✌

Ich wünsche euch noch eine tolle, stressfreie Woche mit vielen, kleinen, wunderschönen Momenten! Lasst es euch gut gehen und passt auf euch auf 😘 Für mich ist jetzt erstmal viel Ruhe angesagt,

Augen zu und durch und natürlich hoffen, dass es nicht so schlimm wird...

16. März ·

Hallo meine lieben Kraftspender

Nach 3 Stunden Schlaf geht es mir heute Nachmittag besser als erwartet Ich bin zwar nicht das blühende Leben, aber es ist alles noch auszuhalten Darüber bin ich echt richtig froh!! Es kann von Stunde zu Stunde plötzlich anders werden, aber solange es noch so bleibt wie jetzt geht es ;)

Das ist das Unberechenbare an dieser Krankheit.... Noch geht es einem relativ gut und innerhalb von zb. 30 Minuten kann es einem total schlecht gehen, dass selbst die Tasse zu schwer zum Halten wird oder der Gang zur Toilette ein Marathonlauf. eine Übelkeit habe ich mit MCP Tabletten und Ondansetron Schmelztablettem gut im Griff. Gegen sowas wie Gliederschmerzen, Kraftlosigkeit, Schwäche, Schwindel, schlecht sehen usw. Kann man leider nichts machen.

Ich hoffe, dass es mir für den restlichen Tag und Abend heute so "gut" geht wie jetzt! Morgen sehen wir dann weiter....

Euch wünsche ich einen schönen Feierabend, genießt ihn und macht es euch gemütlich ❤ und passt natürlich gut auf euch und eure Lieben auf!

17. März ·

Halli Hallo meine lieben Unterstützer ☺

Bis gestern ging es mir ja noch relativ, den Umständen entsprechend, gut. Auf jedenfall besser als erwartet. ber Nacht kamen die Nebenwirkungen dann doch ganz plötzlich. Wir haben ja damit gerechnet... trotzdem wäre es schöner ohne gewesen.

Seit heute Morgen habe ich Muskelschmerzen, vorallem im

Gesicht, Hals, Dekolleté und Schulterbereich. Egal ob Bewegung, Berührung oder Ruhe, es tut einfach weh :(eine Augen lassen mich auch etwas im Stich, ich sehe oft alles verschwommen. Das kommt und geht natürlich mit den Nebenwirkungen. ie Kraft ist natürlich auch weg, ich bin ziemlich schwach, aber es könnte noch schlimmer sein.... deshalb bin ich einfach damit zufrieden, wie es jetzt ist und hoffe, dass es nicht schlimmer wird!

Eine weitere Nebenwirkung sind meine "Fressattacken" 🙈 Mal in die gesunde, richtige Richtung, mit ganz viel Obst und Gemüse und mal in die ungesunde, falsche Richtung, mit Schokolade, Gummibärchen, Kekse, Pudding, einfach alles durcheinander. Das hat vorallem mit dem Kortison zu tun, das macht Heißhunger Attacken, aber auch mit dem ekligen Chemogeschmack im Mund. Den Geschmack kann man nur mit etwas übertönen, dass noch stärker im Geschmack ist.

Normalerweise überwiegen die gesunden "Fressattacken", aber heute ist es irgendwie anders 🐵 🙈 Das Abendessen war super lecker und gesund, aber die vielen Nachspeisen waren heute kein Obst, das ist morgen wieder anders

Morgen ist ein neuer Tag, hoffentlich mit weniger Nebenwirkungen! Hoffen kann man ja mal ☺ Ich hoffe euch geht es gut?!?! Allen denen es nicht so gut geht, wünsche ich ganz schnelle gute Besserung und schicke ich ganz viel Kraft! Habt ein schönes Wochenende, macht es euch auf der Couch gemütlich bei dem Regenwetter und passt auf euch auf😘 👼

20. März · wütend

Ich bin auf 180 !!! (Wie man so schön sagt)

Ich könnte schreien, toben und böse Wörter sagen!!! 😲 😖 😠 😠 😠

Es gibt heute noch ein kurzes Live Video, in dem ich euch

erzähle was mich so auf die Palme bringt! Erstmal muss ich mich irgendwie beruhigen... is später

20. März ·

LIVE: Auf 180 aus der Klinik raus...

21. März ·

Noch ganz kurz ohne viel Worte....

STÄBCHEN REIN, SPENDER SEIN !! UCH DU KANNST LEBEN RETTEN - WERDE EIN/E HELD/IN

Es ist alles gesagt und es steht alles drauf, geht hin und lasst euch registrieren 💪 oder ganz einfach über die DKMS Deutschland per Post!

25. März ·

Sonnige Grüße aus Geretsried schicke ich euch 🌞

Mein täglicher Spaziergang führt heute zur Eisdiele, natürlich kam die Idee von meinem Engel 😉

Jetzt lassen wir es uns mit Cappuccino und Eis gut gehen 😍

Die Klinik hat übrigens immer noch nicht damit rausgerückt, mit welcher Ärztin ich meine PET-CT Besprechung am 10.2. hatte! Angeblich kann man das nicht nachweisen.... HA HA HA 😂 Ich bleib dran!

Habt ein schönes Wochenende und genießt den sonnigen Tag!! Wenn es bei euch keine Sonne gibt, genießt den Tag trotzdem ;) Passt auf euch auf und lasst es euch gut gehen 😘

26. März ·

Zu später Stunde noch ein kurzes "Hallo" von mir ☺

Unser heutiger Spaziergang ging zum Friedhof, den man hinter mir sieht. Meine Mama war zum Glück dabei ❤ Manche Schritte geht man lieber zu zweit! Bzw. In dem Fall zu dritt, aber ihr wisst wie ich es meine.

Wir wollten ihn uns einfach mal anschauen und ich wollte meiner Tochter zeigen wie ein normales Grab und ein Urnengrab aussieht. ußerdem werden wir hier, sobald ich einen Termin ausgemacht habe, meinen Sarg anmalen.

Danach waren wir ein Eis essen und leckeren Cappuccino trinken 😍 Insgesamt sind wir fast 4 km gelaufen 💪 ich auch!! Der Rollstuhl ist zu Hause geblieben, ich hab mich getraut und es war ein voller Erfolg Jippiiiii Es war einfach ein rundum toller Sonntag!

Wie seid ihr denn mit der Uhrenumstellung klar gekommen?? Ich habe erstmal total verpennt 😂😂😂 Ich hoffe, dass passiert uns morgen früh nicht mehr!! Deshalb schlafe ich jetzt auch ganz schnell 😉

Ich hoffe ihr hattet ein wunderschönes Wochenende!? Jetzt wünsche euch eine gute Nacht und schöne Träume 🌛 🌟 Habt morgen einen tollen Tag und passt auf euch auf

<u>27. März</u> ·

Hallo meine lieben Kraftspender ☺

Heute war ich in der Klinik, egtl. zur Bestrahlung... Dann werde ich tatsächlich von der Ärztin ins Sprechzimmer gerufen um mir zu sagen, dass meine Bestrahlung noch nicht fertig geplant ist mit dem Gerät und deswegen die Bestrahlung erst morgen beginnt. Sie dachten sie schaffen es, aber sie haben es doch nicht geschafft. Das hat mir und meinem Engel allerdings 3 wertvolle Stunden genommen :

Die restlichen Termine diese Woche, sind immer mittags und nachmittags (zw. 12 und 15 Uhr). Ich hoffe, dass es für nächste

Woche vormittags klappt! Bei der Markierung habe ich extra dazu gesagt, "Termine für die Bestrahlungen bitte nur vormittags!"

Ich habe übrigens 11 Bestrahlungen, also 11 Werktage jeden Tag in die Klinik Meine Begeisterung hält sich wirklich in Grenzen. Ich hoffe, dass es wenigstens wirkt! Die Nebenwirkungen sind auch nicht ganz ohne... Durchfall, Schluckbeschwerden (hoffentlich nicht so schlimm wie im August 2016!! Vielleicht erinnern sich noch einige daran?!), Sodbrennen, Übelkeit und natürlich Kraftlosigkeit und Müdigkeit. Müdigkeit habe ich zurzeit eh schon ganz schlimm, sobald ich sitze und mich auf etwas konzentriere schlaf ich ein 🙈 😅

Naja.... Ich wollte euch das nur kurz mitteilen. Davon abgesehen hatten wir einen tollen Tag ☺

Habt noch einen tollen Abend, ich geh jetzt zu meinem Engel ins Bett. Für morgen wünsche ich euch einen schönen Tag und passt auf euch auf 😘 Es wird ja immer wärmer, bald kann ich ohne Mütze raus ☺ 😍

<u>28. März</u> ·

Das schönste Geschenk ist gemeinsame Zeit. enn keiner weiß, wie viel uns davonbleibt!

<u>29. März</u> ·

Hallo meine lieben Unterstützer ❤ 💪

Die zweite Bestrahlung habe ich geschafft 💪 Gestern wurde nur die Hüfte und der Lendenwirbel bestrahlt, weil für die Brustwirbel die Einstellung noch nicht präzise genug war. Heute wurden dann beide Bereiche bestrahlt Ab jetzt sind es noch 11 Bestrahlungen... Eigentlich wollten sie 14 machen von den Brustwirbeln, aber es reichen auch 12 ☺ 💪 (wie bei der Hüfte + Lendenwirbel) Also habe ich, wenn alles gut geht, am Donnerstag den 13.4. meine vorerst letzte Bestrahlung 💪

Für Donnerstag war das Oberarztgespräch geplant. Das habe ich allerdings abgesagt und auf nächste Woche Donnerstag, den 6.4., verlegt. eine Mama kann aus gesundheitlichen Gründen diesen Donnerstag nicht. ir ist es sehr wichtig, dass meine Mama bei diesem Gespräch dabei ist, weil sie bei der PET-CT Besprechung am 10.2. dabei war, denn um diesen Tag geht es. n diesem Tag wurde nämlich ausgemacht, dass ich alle 3 Wochen 100% Chemo bekomme, weil ich das normale Schema dieser Chemotherapie nicht vertrage. Von dieser Abmachung weiß aber niemand etwas und die Oberärztin hat dringend von diesem Schema abgeraten (wurde in der Akte vermerkt).... Davon hab ich aber nie etwas erfahren und wurde vom 10.2. bis jetzt im Glauben gelassen, nur alle 3 Wochen meine Chemo zu bekommen, die so aber nicht richtig wirkt! mmer wieder musste ich aufs Neue darum "kämpfen" meine Chemo so zu bekommen wie am 10.2 besprochen. Für mich war es natürlich nur so richtig, denn ich habe es mit der Ärztin so ausgemacht. Daran habe ich mich festgeklammert und bin aus allen Wolken gefallen, als ich erfahren habe, dass die Oberärztin das nicht bestätigt hat und nirgendwo was von diesem Arztgespräch und dieser Vereinbarung steht! och mehr zu dem Thema hört ihr in meinem Live Video vom 20.3.17 wo ich nur davon erzähle.

So jetzt kommt mein Engel jeden Moment vom Reiten heim und wir machen uns einen schönen Nachmittag/Abend 👼 ❤ Die Hausaufgaben werden einfach draußen gemacht, dann können Sie uns den Tag nicht vermiesen 😉

Ach übrigens.... Ich habe vor kurzem ein Foto im Tierpark gemacht. Erkennt ihr das, was ich auf dem Boden erkannt habe??

Macht ihr euch auch noch einen schönen restlichen Tag und passt auf euch und eure Lieben auf 😘

Und nicht vergessen: Das Leben ist schön!!

April 2017

5. April ·

Den Artikel habe ich bei einer anderen Krebs Patientin (MUT TUT GUT Leben mit Krebs) gesehen und für gut empfunden Ich werde dazu einfach mal nichts sagen, lest ihn euch selbst durch

Mir geht es zur Zeit nicht wirklich gut mit der Bestrahlung :/ ch bin ziemlich schwach und habe wenig Kraft, deshalb melde ich mich heute auch nur kurz bei euch.

Morgen ist das Oberarztgespräch in dem geklärt wird, wie es mit mir weitergeht, welche Therapie ich bekomme usw... Meine Mama ist zum Glück dabei.

Die Bestrahlung läuft noch bis nächste Woche Donnerstag und ab Montag/Dienstag wird es mir dann bestimmt wieder bessergehen.

Ich hoffe euch geht es allen gut?! Allen denen es nicht so gut geht, schicke ich ganz viel Kraft und gute Besserung 😘 Morgen einen schönen Tag euch allen, passt auf euch auf 😘 👼 💪 Eure Pinke Pusteblume

11. April ·

Seit langem mal wieder ein herzliches Hallo von mir ❤ 🖐

Na ihr Lieben, geht's euch gut? :) eine Bestrahlung nähert sich langsam aber sicher dem Ende zu. Wochen Dauerübelkeit, Dauermüdigkeit/-schlappheit und Dauerkraftlosigkeit/-erschöpfung haben bald ein Ende.

Bis Donnerstag hab ich noch Bestrahlung und danach kommt meine Kraft hoffentlich langsam wieder zurück. 💪

Beim Oberarztgespräch kam nicht viel raus, außer dass die bisherige Chemo ganz offiziell alle 3 Wochen gegeben wird. Die Oberärztin kümmert sich um die Vorwürfe die mir gemacht wurden. Sie hat mich sehr verteidigt!

Die nächste Chemo habe ich am 24.4. eiter geht's....

So und jetzt wünsche ich euch einen schönen Abend und eine gute Nacht 🌟 Ich meld mich die Tage wieder bei euch, wenn ich mehr Kraft habe. Habt morgen einen schönen Tag und passt auf euch auf

15. April ·

Meine lieben Kraftspender 😘

Ich wünsche euch ganz, ganz schöne, ruhige und liebevolle Ostertage im Kreise eurer Liebsten!! 🐣 🐇 🌿 🌞 Lasst es euch gut gehen und schöpft wieder Kraft für die anstrengenden Tage die vor euch liegen.

Ich verbringe Ostern mit meiner Mama und meiner Schwester Jessi. Wir lassen es uns einfach gut gehen und genießen die Zeit, wie ihr hoffentlich auch?!

Ganz kurz noch zu meiner gesundheitlichen Situation... Ich bin froh, dass die Bestrahlung endlich vorbei ist!! Meine extreme Müdigkeit ist leider immer noch nicht weg :/ Aber in den nächsten Tagen wird sie bestimmt immer weniger, hoffe ich zumindest! ☺ Meine Speiseröhre ist wieder leicht verletzt, diesmal am Ende. Seit ein paar Tagen schmerzt es ziemlich beim Essen und Trinken, aber es geht beides noch. Es ist nicht annähernd so schlimm wie im August! 😖 Die nächste Woche habe ich mir, für meinen Engel und mich, komplett krankenhausfrei gehalten 👼 ❤ 😍

Habt schöne 2 Tage mit euren Lieben und passt auf euch auf

21. April ·

Guten Morgen ihr Lieben, eider gibt es Beiträge wie diese auch....

Mir ging es am Dienstag nicht so wirklich gut und es wurde bis Mittwochmittag immer schlimmer. Ich hatte überhaupt keine Kraft mehr und mein Kreislauf hat verrückt gespielt. Ich hatte wirklich Angst! Denn das kam aus dem nichts! eine Mama hat mich dann zum Glück geholt und ist mit mir in die Klinik, schon auf dem Weg dahin und auch dort, wurde es zum Glück stetig etwas besser! ei den Blutwerten und dem Urintest kam zum Glück nichts Auffälliges raus. s war ein Schwächeanfall, ausgelöst im Zusammenspiel von Körper und Psyche (unbewusst)... Kann öfter vorkommen leider :/ eute bin ich wieder stabil und meine Mama kann uns wieder nach Hause fahren. ch muss einfach versuchen ein paar mehr Ruhepausen einzulegen im Alltag, um dem ganzen versuchen etwas vorzubeugen. ch möchte das egtl. gar nicht mehr erleben!! Aber mal sehen... lso auf jeden fall kein Grund zur Sorge! Ich war im Krankenhaus und bei meiner Mama super aufgehoben :)

Deshalb habe ich die Tage seit Dienstag teilweise nicht so ganz bewusst wahrgenommen, was Nachrichten usw. angeht.

Das wollte ich euch nur mitteilen :) Habt einen tollen Tag, passt auf euch und eure Lieben auf und startet schön ins Wochenende 😘 ❤

24. April ·

Huhu ihr lieben Unterstützer 🖐

Ich melde mich heute nur kurz, denn ich bin ziemlich erledigt von der Chemo.

Um 10:20 Uhr war ich mit meiner Mama in der Klinik und um 16 Uhr bin ich endlich nach Hause gefahren. Die Chemo hätte wegen zu wenig Blutblättchen fast nicht stattgefunden, aber sie wurden dann von Hand gezählt und es hat alles gepasst zum Glück ☺ auch die Technik irrt sich mal 😉

Der Schwächeanfall letzte Woche und zuvor die Bestrahlungen, stecken mir schon noch sehr im Körper :/ Aber es geht mir natürlich schon deutlich besser! ☺

Das war so das wichtigste denke ich Euch allen geht es hoffentlich gut?! Vorallem den ebenfalls Erkrankten, ob Mann oder Frau, schicke ich ganz viel Kraft und Durchhaltevermögen. Ich hoffe euch geht's mindestens halbwegs gut 👼 😘 wenn nicht, dann wünsche ich euch, dass es ganz bald besser wird und schicke euch eine ganz vorsichtige Umarmung ❤

Ich habe übrigens in der Zeit wo es mir so schlecht ging, eine ganz tolle Karte bekommen 😍 lest selbst.... ✉

Habt eine schöne Woche und passt auf euch auf

26. April ·

Hallo meine Lieben... b morgen bin ich ja wieder bei meiner Mama, weil die Chemo-Nebenwirkungen kommen sobald ich das Kortison nicht mehr nehme.

Zuvor möchte ich euch noch eine andere Seite von mir zeigen, die ich vor kurzem kennengelernt habe... Eine neue Seite...

Seit meinem Schwächeanfall letzte Woche, ausgelöst von Körper und Psyche, geht es mir psychisch nicht wirklich gut. isher war ich psychisch immer mehr stark und konnte sehr gut mit allem umgehen. as war mit einem großen *PENG* plötzlich vorbei! eine Psyche meldet sich plötzlich zu Wort ch lerne kennen, was es heißt Todesangst zu haben. Die Todesangst ist ein ganz komisches Gefühl im

Bauch, die langsam in einem hochsteigt, einem die Luft abschnürt und die Handy zum Zittern bringt. Der Kreislauf spiel verrückt und man hat ein Gefühl in sich, das man nicht zuordnen kann, Das ist die Todesangst...

Mein Tod und somit meine Beerdigung fühlen sich ganz plötzlich ganz nah an, als wäre es bald so weit. ch bin oft am Weinen, weil ich momentan einfach eine Wahnsinns Angst habe ch will noch nicht gehen, ich hab noch so viel vor, ich möchte noch so viel für meinen Engel machen... Aber bei so vielem was ich machen möchte, schiebt sich eine riesen Blockade vor mich. Es ist mehr als schwer, etwas zu machen, dass man am liebsten nie wahr werden lassen möchte. Ich möchte meiner Tochter keine Briefe schreiben für ihr restliches Leben, ich möchte es miterleben! Ich möchte keinen Abschiedsbrief schreiben, der dann allen in der Trauerfeier vorgelesen wird, ich möchte keine Trauerfeier, weil ich nicht sterben möchte! Ich möchte mit meinem Engel keine Gespräche über Erdbestattung und Feuerbestattung führen, weil ich nicht beerdigt werden möchte! Genauso wenig möchte ich mit ihr meinen Sarg anmalen müssen! Aber all das ist leider die REALITÄT und ich möchte das alles machen, weil es leider auf uns alle zukommt!

Es ist für mich gerade sehr schwer meine Gefühle verständlich zu erklären und ich hoffe ich habe es mindestens halbwegs gut geschafft, euch allen, die da zum Glück nicht durchmüssen, zu erzählen was in mir vorgeht. Alle ebenfalls Erkrankten wissen bestimmt ganz genau wovon ich rede

Mir ist klargeworden, dass ich vieles nicht alleine schaffen kann, deshalb möchte ich diese Woche gemeinsam mit meiner Mama anfangen meine Beerdigung und meine Trauerfeier zu planen. Alle Infos dann an die Trauerhilfe schicken und Kontakt mit dem freien Trauerredner aufnehmen. Termine beim Steinmetzbetrieb wegen einem Grabstein und beim Palliativteam wegen meiner Müdigkeit im eventuellen Zusammenhang mit meinen Tabletten machen. Und zusammenschreiben was alles wichtige Unterlagen sind, die nach meinem Tod dringen gebraucht werden, diese räume ich dann alle in einen Ordner, damit sie gleich griffbereit sind. Parallel werde ich mich nach einer Psychologin oder noch besser Psychoonkologin umhören, eventuell erstmal bei mir in der Klinik.

Nach diesem Berg an Arbeit hoffe ich, dass sich meine Todesangst wieder in den Hintergrund verzieht und ich weiterhin viele schöne Wochen mit Menschen haben kann, die diese auch mit mir haben möchten

Ich kann es euch nur immer wieder sagen: Bitte verbringt euer Leben mit Menschen, die euch glücklich machen! Am allerwichtigsten ist es, dass IHR glücklich seid, denn ihr seid an allererster Stelle und das ist ein gesunder Egoismus! Ich denke ihr wisst wie ich es meine, natürlich gibt es auch Momente in denen auch mal an Stelle stehen, aber im Grundkern ist es am wichtigsten, dass ihr glücklich seid, denn nur so könnt ihr auch andere glücklich machen isst euer Leben zu schätzen und verschwendet es nicht mit Neid, Missgunst, Streit, Hass, oder bösen Gedanken! Denkt öfter mal über euer Leben nach und sortiert aus oder ändert was euch nicht gut tut oder glücklich macht!

So jetzt ist es mal wieder viel zu spät und viele von euch werden den Beitrag erst morgen lesen :) Ich wünsche euch eine gute Nacht und morgen einen schönen Tag! Passt gut auf euch auf und lasst es euch gut gehen

Mai 2017

2. Mai ·

Hallo meine treuen Unterstützer und Hallo an alle neuen Unterstützer <3

Die Chemo hat ganz schön reingehauen diesmal :(Aber die schlimmsten Tage sind seit heute zum Glück vorbei. einer Psyche ging es auch nicht gut... Ich bin jetzt an einem Punkt angekommen, den ich dachte nie zu erreichen. ch dachte, dass es meiner Psyche weiterhin gut gehen würde, ich kannte es ja nicht anders. Plötzlich war das aber anders und ich fürchte es wird so bleiben. Ich muss wohl lernen mit dieser Todesangst umzugehen.

Zu sagen ich plane meine Beerdigung ist etwas ganz anderes als es plötzlich zu tun... hr habt mich die ganze Zeit dafür bewundert und ich dachte mir, es ist doch nicht sooo schwer das alles zu tun. etzt wo ich psychisch mittendrin stecke, weiß ich wofür ihr mich bewundert! Es ist verdammt hart die Endgültigkeit zu spüren und auf sie hin zu arbeiten!

Ich bin heute wieder aus meinem Loch gekrochen und habe wieder neuen Mut, neue Kraft und meine Hoffnung zurück! Nicht, dass hier jemand denkt ich würde mich aufgeben ;) ber nichts ist wie zuvor, die Angst und der Klos im Hals begleiten mich bei allem. Der Tod fühlt sich plötzlich so wahnsinnig nah an... Ich hoffe, dass dieses Gefühl wieder geht!

Heute Morgen kam ein Anruf von der Klinik... etzten Montag wurden die Tumormarker mit abgenommen, wenn sie runter gegangen sind, muss ich nicht zum PET-CT, wenn sie gestiegen sind, schon. nd dreimal dürft ihr raten... Bei meinem Glück sind sie leider gestiegen, das heißt es sind mehr Metastasen, also zum PET-CT. Den Termin bekomme ich noch, aber es wird sehr bald sein.

Bei Sonnenschein und einer Tasse Tee habe ich gerade für nächste und übernächste Woche ein paar Termine ausgemacht. eim Friedhofswart zum Sarg anmalen mit meinem Engel, das ist ihr Wunsch, ich hätte es nicht unbedingt gebraucht aber mache es natürlich "gerne" mit ihr. it meinem Palliativteam, damit meine Mama und ich alle Fragen zum Sterben stellen können. nd beim Steinmetzbetrieb, um meinem Grabstein auszusuchen und zu bestellen. as werden harte Termine die mich und bestimmt auch meine Mama sehr viel Kraft kosten werden, aber sie müssen sein, damit man dann alles erledigt hat und sich wieder auf die schönen Dinge konzentrieren kann. ebenbei versuche ich noch einen Brief zu schreiben, der an meiner Beerdigung vorgelesen wird und einen Lebenslauf für den freien Redner. eine Sterbekärtchen möchte ich auch noch erstellen, wenn ich einen tollen Spruch finde und mich für ein Bild entscheiden kann. Und Lieder für die Beerdigung sollte ich auch raussuchen und aufschreiben. ch hab also einiges zu tun, langweilig wird mir sicher nicht...

Ich möchte nochmal von ganzem Herzen DANKE sagen, für eure tollen Kommentare!!! Ich bin für jeden einzelnen sehr sehr dankbar und es hat mir wahnsinnig gut getan sie zu lesen!! <3 enn ihr möchtet, mach ich demnächst mal wieder ein Live Video?!

Ich glaube ich habe alles erzählt :D abt noch einen schönen Tag und passt gut auf euch und eure Lieben auf! ebt jeden Tag so intensiv es geht, denn keiner weiß wann seine Zeit abgelaufen ist....

5. Mai ·

Meine lieben Kraftspender ❤ Wie geht's euch? Ich hoffe gut?!

Heute ist Freitag, das Wochenende beginnt 😉 Hoffentlich mit etwas Sonnenschein und nicht nur Regen! 🌞

Ich dachte mir, dass es mal wieder Zeit wäre für ein Foto von mir, es gibt schon länger keins mehr... Ich musste erstmal einige machen, bis ein halbwegs akzeptables dabei war. Das liegt daran, dass mein Lachen, dass ich sonst immer hatte irgendwie weg ist. Ich habe es nicht rausbekommen :(Ich hoffe so sehr, dass es wiederkommt, weil ich ein sehr froher Mensch bin und immer am Lachen ☺ ohne mein Lachen bin ich nicht ich!

Mein Engel hat mir gestern, als sie von der Schule nach Hause gekommen ist, einen Löwenzahn und eine Pusteblume mitgebracht 😍 Ich fand das so schööön 👼 ❤ 😍 Die selbe Blume, mit zwei Leben oder zwei Gesichtern...

Heute habe ich mir eine Ladung Vitamine gekauft hihi Grad so, dass ich noch ein Foto gemacht habe, bevor ich darüber hergefallen bin 😁 😉

Leider gibt es auch etwas nicht so Tolles zu berichten... ch weiß gar nicht, wie ich es erzählen soll. m Dienstagnachmittag war es das erste Mal und von Tag zu Tag bis jetzt ist es immer weniger geworden bzw. gestern und heute war es gar nicht. anz plötzlich am Dienstagnachmittag als ich am Tisch gesessen bin, wurde mir schwindelig und mein Kiefer hat links angefangen zu zucken. Und zwar so fest, dass mein Kiefer auf und zu ging, ohne dass ich es steuern konnte. adurch konnte ich nicht mehr sprechen, obwohl ich die richtigen Wörter im Kopf hatte. s kam nichts Verständliches aus meinem Mund und ich weiß nicht, ob es an der unkontrollierten Kieferbewegung lag oder an etwas anderem. ch konnte auch nichts machen in diesem Moment, außer versuchen mich zu beruhigen. inen Druck hatte ich auch im Kopf dabei der seitdem immer mal wieder einfach so da ist... m Dienstag war das 2 Mal und ein drittes Mal nur ganz leicht. Am Mittwoch einmal und seitdem nicht mehr. Allerdings fällt mir das reden seitdem schwerer, ich verspreche mich öfter mal, finde nicht die richtigen Worte usw., obwohl ich die Sätze richtig im Kopf habe. ie Klinik sagt ich soll vorbei kommen um eine Bildgebung zu machen. Im Moment ist zwar alles soweit ok, aber ich werde natürlich auf die Ärzte hören und nächste Woche in die Klinik fahren!

So genug von schlechten Nachrichten 😉 Jetzt wird das schöne Wochenende genossen 🌞 ❤ Lasst es euch gut gehen und passt auf euch auf

7. Mai · beunruhigt

Wer möchte mit mir kuscheln??? ☺ Gaaaaaaaanz viel bitte!!!!

---> Morgen geh ich in die Klinik um meinen Kopf durchleuchten zu lassen und um einen Schlaganfall auszuschließen! rückt mir bitte bitte ganz feste die Daumen, dass das am Dienstag/Mittwoch "nur" ein unerklärlicher, einmaliger komischer Anfall war! Ich habe Angst...

Gute Nacht meine Lieben, schlaft gut und träumt was Tolles 😘 ❤ 👼 ☄ 🌟 Habt morgen einen tollen Tag und vergesst das Daumen drücken bitte nicht, ich brauche euch!

8. Mai ·

Halli Hallo meine lieben Kraftspender, eider brauche ich eure Zauberdaumen noch etwas...

Heute war außer Blutentnahme, Blutzucker Messung, Wartezeit und Arztgespräch nichts. ie schließen einen Schlaganfall aus und konzentrieren sich jetzt auf den Kopf. m Mittwoch um 16:20 Uhr bekomme ich ein Neurologischen Kopf MRT, wegen Verdacht auf Metastasen/Tumor. m Anschluss wird ein Termin beim Neurologen für mich ausgemacht.

NACHTRAG!!! 22:30 Uhr ielleicht sollte ich noch erwähnen , dass ich bei meiner linken Hand die zwei äußeren Finger nicht ganz ausstrecken kann, wenn ich die Hand so halte als würde ich jemanden die Hand geben wollen. Die Finger klappen dann immer ein. Mein rechter Mundwinkel hängt auch ziemlich runter und macht beim Lachen nur minimal mit. Und das Sprechen im Allgemeinen fällt mir etwas schwerer und es kommt nicht immer das raus was rauskommt soll.

Am Freitag um 10:30 Uhr ist das PET-CT vom restlichen Körper. Den Kopf sieht man beim PET-CT nicht so genau und man möchte nichts übersehen, deshalb wird das getrennt gemacht.

Mit meinem Taxiunternehmen, dass mich immer in die Klinik fährt, hatte ich heute auch Probleme... Ausgemacht war, dass ich um 14 Uhr abgeholt werde. Um 14:20 Uhr hab ich dann mal angerufen und gefragt was los ist, dann wurde mir gesagt, dass die Fahrerin erst jetzt losfährt, weil es früher nicht ging. Ähm sorry ich bin auch ein Fahrgast?! Angerufen wurde ich auch nicht, sondern einfach dort sitzen gelassen. Um 15:15 Uhr wäre die Fahrerin, dann frühestens da gewesen, aber das war mir zu blöd, ich hab abgesagt und bin mit einem Münchener Taxi gefahren! Die Kosten trage erstmal ich, mal abwarten wer sie letzten Endes trägt. Aber ich musste heim! Mein Engel war seit 14:30 Uhr zu Hause (weil ich ja egtl. um 15 Uhr da gewesen wäre) und einen Termin hatten wir auch um 15 Uhr, aber den musste ich absagen 😡 😡 😡 Es hat mich wirklich genervt! Vor allem weil ich wirklich um 12 schon gesagt habe, dass ich pünktlich um 14 Uhr abgeholt werden kann/muss.

Das war so mein Tag 😁 Ich hoffe eurer war besser?!?!? Habt noch einen schönen Abend, lasst es euch gut gehen und passt auf euch auf 😘

9. Mai ·

Zwischendurch gibt es auch mal was Positives zu berichten :)

Im April (oder war es März? 😁) hatte ich ja ein Interview und ein Fototermin mit Auf einen Blick. Jetzt ist mir gerade eingefallen, dass am 11.05. die Ausgabe mit dem Artikel über mich erscheint ☺! Ich bin schon gespannt! Die Fotos von uns hat Florian Peljak gemacht und sie sind einfach toll geworden 😍 Vielleicht möchte sie ja jemand von euch kaufen und mir dann zeigen 😉 ☺

Ich wünsche euch noch einen schönen Abend meine Lieben 😘 Passt auf euch auf und macht es euch gemütlich

12. Mai ·

Guten Morgen meine Lieben ❤

Entschuldigt bitte, dass ich mich erst jetzt melde! Aber es gab genügend Gründe...

Das ganze Daumen drücken hat leider nichts geholfen opf MRT Ergebnis --> massive Auffälligkeiten --> Hirnmetastasen! ch habe es gleich am Mittwoch nach dem MRT erfahren. Sie sind nicht operabel, weil es einfach viel zu viele sind. Meine Einschränkungen sind alle darauf zurück zu führen und es werden noch mehr.

Gestern war ich dem ganzen Tag Erledigungen machen mit meiner Mama, unter anderem waren wir beim Steinmetz und haben meinen Grabstein fast fertig geplant und er geht in Arbeit. Nur ein Spruch oder Liedzeilen fehlen mir noch, wenn ihr Vorschläge habt immer her damit bitte :) Das Geld reicht noch nicht ganz Da muss ich noch was zusammensparen.

Zwischen den ganzen Erledigungen, hat meine Oberärztin angerufen... ie hat mir einiges gesagt... Zum einen wie ernst mein Befund ist und dass sie hofft, dass ich dieses Jahr noch schaffe, es ist aber nicht sicher. Es geht also los mit dem Ende

Heute bin ich schon wieder den ganzen Tag in Klinik. Erst zu einer Radiologin, dann CT vom Kopf mit Kontrastmittel, dann PET-CT, dann zum Neurologen und am Abend um 18 Uhr zur 1. Bestrahlung. Ab sofort heißt es jeden Tag 8mg Kortison nehmen und vielleicht noch mehr. ie Bestrahlung ist für 2 Wochen geplant.

Ab sofort, darf ich nicht mehr alleine sein und brauche jemanden der ein Auge auf mich hat. eonie wird ab Montag unter der Woche bei meiner Tante sein und am Wochenende bei mir :(mir zerreißt es das Herz!!!

Ich weiß gar nicht ob ich alles erzählt hab 🤔 Aber wenn mir noch was einfällt, schreib ich es noch dazu. Jetzt geht's los mit dem 1. Termin .... Ich kämpfe mich jetzt durch alle Gespräche und Untersuchungen 💪 Meine Mama ist zum Glück dabei ❤ Ich musste mich erstmal selbst etwas sammeln, meine Familie informieren und mit meinem Engel sprechen, deswegen melde ich mich erst heute. Wir sind alle sehr geschockt, haben Angst vor den kommenden Ausfällen und müssen jetzt lernen damit umzugehen.

Ich wünsche euch einen schönen Tag, passt auf euch auf und genießt ihn

16. Mai ·

Hallo meine tollen Kraftspender 😍 😘 👼 ❤ Ihr habt mir so viel mentale Unterstützung und Kraft gegeben!! Ich bin nun endlich jeden einzelnen Kommentar durch und habe mich über jeden wirklich so sehr gefreut ❤

Es wurde soooo, sooooooo oft nach meiner Bankverbindung und PayPal Adresse gefragt... Deswegen werde ich jetzt beides hier veröffentlichen:

IBAN: DE40700543060011348281 IC: BYLADEM1WOR ontoinhaberin: Jacqueline Drappeldrey

PayPal Adresse: jackydrappeldrey@googlemail.com

Ich bin jedem einzelnen für jeden einzelnen Cent dankbar, möchte aber dazu sagen, dass das restliche Geld für den Grabstein schon zusammengekommen ist! Alles was jetzt an Geld eingeht, werde ich für wundervolle, in Erinnerung bleibende Erlebnisse mit meiner Tochter und Familie nutzen. Natürlich sofern es mein Zustand zulässt... :(Falls etwas übrig sein sollte bei Eintritt meines Todes, wird es umgehend auf das Sparbuch meiner Tochter eingezahlt. Ich denke, das interessiert euch... Danke von ganzem Herzen an euch alle für alles ❤❤❤❤👼👼❤❤❤❤

Auch nochmal zur Info für meine neuen Kraftspender, Meine Tochter wird bei meiner Tante und ihrem Mann leben. Ab sofort ist sie unter der Woche dort und am Wochenende bei mir (mit Betreuung natürlich!). Das war kein leichter Schritt, aber der Beste und Verantwortungsvollste. Ich vermisse meinen Engel sehr und es schmerzt ganz arg im Herzen 😭❤👼

Am Wochenende mussten ich die Haare abrasieren, mal wieder ei der Ganzhirnbestrahlung fallen sie nämlich komplett aus, das ging am Wochenende schon los. Das stört mich allerdings recht wenig, ich kenne es ja mittlerweile... ie ersten 2 Bestrahlungen habe ich gut verkraftet, heute war die Dritte, jetzt geht es mir nicht mehr so gut... Die Kraft ist weg, aber komplett. Deshalb geht's jetzt dann gleich mit dem Taxi zu meiner Mama zum Ausruhen! eute am späten Nachmittag möchten wir ins Kino gehen, "Die Hütte - ein Wochenende mit Gott", anschauen und davor einen Cappuccino in der Sonne trinken, ich hoffe ich habe die Kraft! nter der Woche bin ich jetzt während der Bestrahlungszeit (noch 9 Werktage) bei meiner Mama in München, dann muss ich nicht jeden Tag so lange in der Gegend rum fahren.

Was könnte euch noch interessieren?? Hmmm..... Fragt mich einfach in den Kommentaren oder per Nachricht 😘 Mal dauert es etwas bis ich antworte, aber ich antworte immer auf alles und doofe Fragen gibt es nicht 😉

Ich wurde auch oft gefragt, ob ich nicht alle Therapien abbrechen möchte um die letzte Zeit ohne Nebenwirkungen zu erleben... Wenn die Chemo geändert werden sollte, weil zB. Metastasen in den Organen sind (das stellt sich am Donnerstag raus - Ergebnis vom PET-CT), kann es durchaus sein, dass ich diese neue Chemo ablehne. Falls die Bestrahlung unerträglich wird, werde ich auch diese abbrechen. Aber solange ich die Behandlung aushalte, weder ich sie weiter durchziehen, mit der Hoffnung, dass sie mir ein bisschen mehr Zeit verschafft 👼 💪 ❤ 😢

Ich wünsche euch einen ganz tollen Tag!! Bitte genießt es, was auch immer ihr macht, denn ihr könnt es!! Genießt euer ganzes Leben, auch für mich mit bitte ❤ Haltet Dinge nicht für Selbstverständlich, denn das sind sie nicht, mögen sie auch noch so banal sein!! Lasst es euch einfach gut gehen und passt auf euch auf ❤ 👼 😘

20. Mai

Hallo meine Lieben 😘 ❤ 👼 Erstmal danke für alle tolle Karten, sonstige Post, liebe Kommentare und sämtliche Geldbeträge!! Ihr seid der Wahnsinn und ich bin euch unendlich dankbar ❤ 👼 ❤ ....

Am Mittwoch war ich zum ersten Mal in meinem Leben bei einem teureren Italiener essen, bzw. eher genießen und schlemmen, mit meiner Mama ☺ Dank euch haben wir es uns dort so richtig gut gehen lassen können ❤ Bei gutem Essen, tollen Getränken und gemütlichen Locations können wir so richtig entspannen, genießen, Kraft tanken und die Seele baumeln lassen. (Wie man bestimmt auf den Fotos sieht ☺) Seit diesem Morgen tut mir meine Speiseröhre etwas weh... Manche erinnern sich vielleicht noch an August, als ich mit in den Urlaub durfte und 2 Wochen rein gar nichts essen und sogut wie fast nichts trinken konnte, selbst der Speichel war zu viel :(Deshalb dachte ich mir am Mittwoch - jetzt oder nie 😉 aber zum Glück ist es seitdem nicht schlimmer geworden 👼 👍 hoffentlich bleibt es so!

Am Donnerstag hab ich sehr viel geschlafen, die Bestrahlung

setzt mir schon recht zu. Ich merke einfach, dass der Körper mehr Ruhe braucht, als ich ihm geben möchte. Gegen Spätnachmittag kam dann ein Anruf von einer Ärztin aus der Klinik... Der Befund vom PET-CT ist fertig und vollständig besprochen - Ergebnis --> mehr befallene Lymphknoten, noch mehr befallene Knochen und eine Lebermetastase 😩 Der nächste Schlag ins Gesicht! Ab 12.6. startet die neue Chemo in Tablettenform --> Vinorelbin. Ich werde es mir mal anhören und dann entscheiden ob ich es versuche, aber ich glaube ich muss einfach. Über Methadon usw. habe ich mich auch genügend informiert und werde überlegen was ich tun werde und vor allem kann. So lieb wie es gemeint ist und ich bin jedem einzelnen wirklich dankbar, aber ihr braucht mir bitte nichts mehr über Methadon, Cannabis-Öl oder ähnliches schicken.

Ich werde jetzt das Wochenende mit meinem Engel bei einem anderen Teil meiner Familie genießen und in vollen Zügen auskosten ❤ ❤ 👼 ❤ ❤ Wenn es mir am Sonntag soweit gut geht und das Wetter mitmacht, gehen wir in den Freizeitpark Märchenwald. Das hat sich mein Engel schon vor Wochen gewünscht, aber nie hat es geklappt, aber jetzt so wie es aussieht ☺ Sonntagabend wird sie wieder von meiner Tante und meinem Onkel abgeholt und ist unter der Woche dort.

Ich hoffe euch geht's gut?!? Ihr sollt natürlich auch ein tolles Wochenende haben 😘 genießt es, lasst es euch gut gehen und passt auf euch auf! 👼

23. Mai ·

Ihr Lieben! Ich wurde gebeten, diesen Beitrag zu teilen, denn er ist wichtig! Es betrifft die Erkrankten unter euch ❤ Mehr muss ich glaub macht sagen, lest selbst.

Claudia habe ich im letzten Jahr auf dem Mamma Mia! Das Brustkrebsmagazin Wochenende für Frauen mit einem metastasierten Brustkrebs kennengelernt. Claudia erhält aktuell mit Erfolg das Palbociclib. Claudia hat einen persönlichen Aufruf gestartet warum es so wichtig ist, dass auch anderen Frauen dieses Medikament weiterhin zur Verfügung stehen sollte...

23. Mai · dankbar hier: **Ruby Lilly Hotel & Bar**.

Ich möchte euch nur kurz an meinem Glücksgefühl teilhaben lassen 😍

Ein hammer leckerer, selbstgemachter, erfrischender Eistee in einer tollen und vor allem außergewöhnlichen Location 👍

Danach geht's weiter ins Kino der Superlative - Gloria Palast 😍

Das ist heute wieder ein ganz besonderer Genießertag mir meiner Mami ❤ Dank euch!!! 👼 ich bin so dankbar, dass ich solche Dinge erleben und vor allem genießen kann!!

25. Mai ·

Hey meine tollen Unterstützer ❤

Ich muss euch einfach kurz an meinen Genießermomenten teilhaben lassen ☺

Die linken drei Bilder sind vom Gloria Palast in München, wir haben "Die Schöne und das Biest" angeschaut mit unzähligen Leckereien 😍 Das ist ein Kinoerlebniss der ganz besonderen Art! So hätte ich Kino nie kennengelernt.... Danke! 👼

Seit gestern Abend bin ich mit meiner Mama im Hotel Olymp - Golden Tulip in Eching, einfach mal ein bisschen raus aus dem Alltag und NICHTS tun 😍 Ich genieße zur Zeit alles, jedes Essen, jedes Getränk, jede Auszeit, jede Entspannung, jede Pause! Hier kann ich einfach mal die Zeit vergessen, in den Tag hineinleben und ganz viel Entspannen.

Morgen früh geht's wieder zur Bestrahlung - danach sind es nur noch zwei 💪

Das Wochenende verbringe ich ab morgen Nachmittag wieder

mit meinem Engel ❤ 👼 Freitagabend machen wir es uns ganz gemütlich mit Raclette und "Let's Dance", auf Wunsch von Leonie 😁 Samstags treffen wir uns mit einer ganz tollen Gruppe von Frauen die ebenfalls Brustkrebs hatten. Sie kommen aus ganz Deutschland extra zu mir, um mich nochmal zu sehen.... Ganz tolle Herzensmenschen auf die ich mich sehr freue ❤ Ja und am Sonntag gehen wir mit einer tollen Freundin nochmal in den Märchenwald, weil mein Engel es sich wünscht ☺ 👼 Somit wisst ihr auch wie meine nächsten Tage ablaufen

Bleibt nur noch die Frage wie es mir geht.... Irgendwie geht's mir von sehr schlecht bis sehr gut 😜 Die Bestrahlung vertrage ich wirklich super, besser als gedacht. Psychisch geht's mir meistens gut, manchmal kommt die Angst... Angst vor der Zeit... Der Wettlauf gegen die Zeit :(aber ich kann es meistens ganz gut kontrollieren! Körperlich geht es auch, die Beine sind nur sehr schwach, wackeln, zittern und die Füße brennen. Aber das kann am nächsten Tag schon wieder besser sein. Der Körper macht im Großen und Ganzen gut mit 👍 ☺ dafür bin ich sehr dankbar!

Ich liege hier im superbequemen Hotelbett und lass mich gern haben von der Welt da draußen, wenigstens für heute soll sie sich ohne mich weiter drehen ☝ Mein Engel ruft mich gleich noch an... Ihre Stimme zu hören ist Balsam für die Seele und erwärmt mir mein Herz ❤ 👼 ❤

Euch wünsche ich einen tollen Feiertag und Vatertag bzw Abend! Ich hoffe, dass alle Väter den Tag mit ihren Kindern verbringen konnten, auch wenn vielleicht nur in Gedanken ❤ Ich habe ganz feste an meinen Papa gedacht heute und weiß, dass er glücklich war ☺ Passt auf euch auf und genießt euer "normales, gesundes" Leben 😘

26. Mai · verrückt

Also irgendwie glaub ich die Ganzhirnbestrahlung zeigt so langsam aber sicher ihre Wirkung 😅

Oder die Tabletten haben Wechselwirkungen 😂

Schönes Wochenende meine Lieben 😜 😘 ❤ 👼

#snapchat #weekend #Engel #Wochenende #Eis #Sonne #goodfeeling #Sonne

27. Mai · schmerzerfüllt

Guten Morgen meine tollen Unterstützer ❤

Leider habe ich seit 5 Uhr morgens unfassbar starke Schmerzen in beiden Knien, die bis zum Fuß runter ausstrahlen 😭

Ich halte echt viel an Schmerz aus, aber das ist nicht zum Aushalten!!! Mit Schmerzen an sich bin ich bisher ja eh gut verschont geblieben 👍 Doch das was ich da jetzt spüre übersteigt meine Belastungsgrenze bei weitem!

Natürlich hab ich erstmal selbst versucht es in den Griff zu bekommen mit meiner Notfallmedikation (Buprenorphin , Novalgin), aber es wird nicht besser! Also hab ich mein Palliativteam angerufen und der Arzt meinte, ich soll es einfach mal mit Ibuprofen versuchen.... Wäre schön, wenn es wirklich so einfach ist 👌

Um 9:45 Uhr, sollte es besser sein... Drückt mir bitte die Daumen ✊ ✊ ✌ Falls es nicht besser ist, muss ein Arzt kommen und mir was spritzen 🙊 Ich hoffe es geht auch ohne!! Nicht, dass die mich mitnehmen wollen und mir mein Wochenende klauen 😱 Nein, so weit darf es nicht kommen!!!

Leider gibt es auch solche Seiten der Krankheit... Zum Glück ist das aber bisher wirklich die Ausnahme bei mir! Der Morgen/Vormittag läuft leider anders ab als erwartet bzw. geplant, aber dafür starten wir dann ab Mittag voll durch hoffe ich 👍 💪 👼

Habt einen tollen Sommertag ❤ 👼 😘 😊

29. Mai ·

Ich liege frisch geduscht im gemütlichen Bett Auf diesen Moment habe ich mich den ganzen Tag gefreut!

Am Samstagvormittag haben sich meine Knieschmerzen dank Ibuprofen verabschiedet. Jedoch sind sie heute Morgen mit vollem Karacho zurück gekehrt Ich hab sie trotz 800mg Ibuprofen erst nach 3 Stunden wieder halbwegs weg bekommen... Über den Tag ging es dann und ich hab den Wirkstofflevel versucht zu erhalten. Jetzt am Abend hab ich auch mal eine genommen, mit der Hoffnung, dass ich morgen ohne Knieschmerzen aufwache Bitte, bitte!!!

Morgen ist die letzte Bestrahlung um 10:15 Uhr und zuvor ein CT von meinen Beinen. Mal sehen ob wir rausfinden können, was da los ist

Ich warte ja seit 2 Wochen darauf, dass mir die Haare komplett ausfallen, denn das wurde mir so vorausgesagt: "Die Haare fallen samt Wurzel komplett aus." Deshalb hab ich sie von Anfang an gleich abrasiert. Jetzt plötzlich nach der Dusche beim Abtrocknen wunderte ich mich über tausende Haarstoppeln am Körper Ja es ist wohl so weit, die Haarwurzel verabschiedet sich

Ich wünsche euch eine gute, kühle Nacht und morgen einen schönen, stressfreien Tag! Passt auf euch auf, fahrt vorsichtig usw Genauso ist es, aber irgendwann werde ich mich dem Ende hingeben müssen... Ob ich will oder nicht!

Juni 2017

2. Juni

Mir ist gerade aufgefallen, dass der 29.Mai schon einige Tage her ist. Deswegen halte ich meine tollen Menschen mal wieder auf dem Laufenden ☺ 😉

Gleich als erstes, ich bin ein Mensch, der Füße überhaupt nicht mag und ich entschuldige mich bei allen "Fußhassern" für das Foto! 😅 Nur leider möchte ich euch auch sowas zeigen. Ich habe seit Tagen Elefantenfüße 😟 und sie tun sooooooo weh!!! Das liegt natürlich am Kortison, aber auch am Wetter und der fehlenden Lymphdrainage (Keine Lymphdrainage, wegen den Bestrahlungen war es zeitlich nicht machbar und jetzt ist meine Physiotherapeutin krank). Hauptsächlich aber wohl wirklich wegen dem Kortison. Das kann ich jetzt aber ganz langsam wieder ausschleichen - mal sehen wie weit ich runter kann von der Dosierung, denn ich bekomme es ja gegen den Hirndruck, der darf nicht zu stark werden.

Meine Haare bzw. meine Stoppeln habe ich am Dienstag beim Frisör per Nassrasur abmachen lassen. Sie wachsen zwar ganz langsam nach am Hinterkopf, aber fallen sofort wieder aus wenn man etwas fester hinfasst. Also werde ich vielleicht selbst noch mal drüber müssen in ein paar Tagen. So ganz kahl ist es doch wieder ganz anders, als mit den Stoppeln die sonst da waren.

Sonst geht es mir wirklich gut zurzeit :) a ok die Knie tun nach wie vor weh, beim Röntgen war nichts zu sehen. Vielleicht kommen die Schmerzen vom Kortison, mal sehen ob es besser wird, wenn ich jetzt langsam immer weniger nehme. einer Psyche geht es eigentlich. gut, wenn die immer anklopfen Angst nicht wäre... Angst, dass das Ende zu schnell kommt, denn es kommt immer zu schnell!!

Ich bin froh, dass die Bestrahlungen seit Dienstag vorbei sind. In ca. 6 Wochen ist Kontrolle vom Kopf. Am 12.6. Geht's los mit der neuen Tablettenchemo :/

Ab morgen früh bin ich aber erstmal mit Freunden und meinem Engel im Urlaub 😍 Manche von euch, die schon lange mitlesen bei mir, erinnern sich vielleicht an letztes Jahr, als wir eine traumhaft schöne Woche aufm Gourmebauernhof Mentebauer in Gmünd (Kärnten, Österreich) hatten?! Genau da geht es morgen wieder für eine Woche hin 😍 ☺ lange geplant und zum Glück kann ich wirklich hin! Zeit für mich, Zeit für meinen Engel ❤ 👼 ❤ und natürlich Zeit mit Freunden ☺

Ach ja und ich habe seit Mittwoch einen "Hausnotruf" as ist ein Alarmknopf, den ich im Notfall drücke und sofort mit der zuständigen Rettungswache verbunden werde. Die wissen dann sofort wer ich bin, können jemanden anrufen und vorbei schicken oder kommen selbst falls notwendig oder ich nicht reagiere. as gibt mir einfach wahnsinnig viel Sicherheit, vor allem wenn ich alleine bin. a ich weiß ich sollte nicht, aber ich muss (sag ich!). Außerdem ist es wahnsinnig schwer für die Familie das komplett abzudecken. Und noch brauch ich einfach Zeit für mich und fühl mich dabei auch gut und sicher.

Ich wünsche euch jetzt eine gute Nacht, es ist schon wieder so spät Schlaft gut, habt schöne Träume und eine schwitzfreie Nacht! Genießt euer Wochenende und passt auf euch auf

3. Juni · bewegt

Ich mache es mir diesmal einfach und teile einfach den Beitrag vom letzten Jahr

Heute ist er... Der Tag, der vor 2 Jahren mein Leben und das meiner Mitmenschen, schlagartig komplett umkrempelte... riple negatives Mammakarzinom --> hochaggresiver nicht hormonabhängiger Brustkrebs

2 Jahre lebe ich jetzt mit meiner Krankheit... Jahre mit ununterbrochenen unzähligen Behandlungen, Krankenhausaufenthalten, Höhen und Tiefen, viel Hoffnung die immer wieder zerstört wurde, ganz viel positive Einstellung und natürlich Kraft!

Diese Krankheit hat mich verändert, zum positiven! Deshalb kann ich sagen, dass die Krankheit das absolut grausamste und zugleich auch eines der Besten Dinge ist die mir passiert sind. Ja es hört sich echt doof an, aber ich durfte durch diese Krankheit so unfassbar viele tolle Momente und Hilfe erleben!!

Recht viel mehr muss ich glaube ich nicht sagen.... ch Kämpfe darum, dass es noch ein drittes Jahr wird! Aber wir sind ja realistisch und wissen, dass das eher nicht zu schaffen ist

10. Juni hier: **Gourmetbauernhof Mentebauer**.

Guten Morgen meine Lieben

Ihr kennt sicher Viola ❤ Sie hat sich heute Nacht die Mühe gemacht, etwas zu schreiben, das genau so von mir können könnte.... deshalb Teile ich es einfach nur.

Kortison ist ein Teufelszeug! Positiv wie negativ!

Kurz zu Mir, ich lasse das Kortison gerade ausschleichen. Mein Kopf wird trotzdem immer runder :(asser in den Beinen ist etwas besser geworden, auch Dank ganz einfachen, leichten Stützstrümpfen. Also werde ich mir noch bessere holen. onst geht's mir gut, der Urlaub war toll und heute geht's nach Hause.

Dort wartet die neue Couch auf die ich seit Ostern sehnsüchtig warte 😍 ich hatte nämlich seit über einem Jahr IKEA Poäng Stühle, weil ich nicht liegen konnte. Das ist seit ca. Februar anders ☺ ich freue mich so riesig darüber!!!!

Sooo, euch wünsche ich einen tollen Tag, ein schönes Wochenende, genießt es in vollen Zügen 😘 👼 ❤ lasst es euch gut gehen und passt auf euch auf! 👼 ❤ Ich meld mich am Montag, zur neuen Chemo wieder.

14. Juni · THERME ERDING.

HUHU MEINE LIEBEN Kraftspender 😘 Ich hatte mal wieder meinen Spaß mit Snapchat 😁

Ich weiß, ich wollte mich am Montag melden und heute ist schon Mittwoch. Ich hoffe ihr verzeiht es mir ❤

Die neue Tablettenchemo konnte nicht wie geplant stattfinden, weil ich zu wenig Blutplättchen habe :(ächsten Montag nehmen wir wieder Blut ab und hoffen, dass wir dann mit der Chemo starten können, denn die Zeit läuft... mmerhin haben wir die Aufklärung über die Chemo und den Papierkram schon erledigt

Die schlimmste Nebenwirkung wird Übelkeit sein. Ich bin eh so ein Mensch der bei Übelkeit gleich zehn mal "HIER" schreit! Dementsprechend Angst habe ich vor der Chemo.... ch bekomme eine Menge Medikamente gegen Übelkeit, aber die Angst bleibt.

Das heißt ich habe diese Woche nochmal Pause. Anscheinend braucht mein Körper die auch, denn gestern ging es mir überhaupt nicht gut. Ich hatte ziemlich starke Rückenschmerzen und habe viel geschlafen. Heute nutze ich den Tag und bin mit meiner Mama, meiner Schwester Jessi und meinem Engel in der Erdinger Therme Müde bin ich trotzdem, aber es gibt ja genügend Ruheräume

Die Ärztin hat mir am Montag nochmal genau erklärt, wo die Metastasen mehr und weniger geworden sind. Weniger sind sie in der Wirbelsäule und in der linken Hüfte. Mehr sind es im Brustbereich, vom Hals abwärts bis Brustende und der ganze Dekolletee-Bereich. Dort leuchtete es wie verrückt im PET-CT (leuchten ist immer was Bösartiges, umso mehr es im Körper leuchtet umso schlimmer) Und diese Metastasen in dem Bereich erklären, warum ich seit Donnerstagabend Probleme beim Schlucken habe. Meine Speiseröhre fühlt sich ganz eng an und wenn ich esse oder trinke fühlt es dich an, als würde alles stecken bleiben. Tut es natürlich nicht, aber es ist wirklich unangenehm. Das Atmen fällt mir auch deutlich schwerer :/ Die Metastasen drücken quasi auf die Lunge/Speiseröhre, noch dazu sind Metastasen in den Lymphknoten und dadurch sind sie stark vergrößert und drücken ebenfalls auf

Lunge/Speiseröhre.

Ich genieße jetzt noch den Tag mit meinen Lieben Ich hoffe ihr habt auch einen tollen Tag und könnt ihn genießen passt auf euch auf

<u>22. Juni</u>

Halli hallo meine treuen Unterstützer

Bei mir ist viel passiert, mir ging es längere Zeit nicht gut.... ber ich fange mal von vorne an.

Der Urlaub war ein Traum für meinen Engel und mich und ich denke auch für unsere Freunde die dabei waren! Das Essen war wahnsinnig toll, wie immer beim Gourmetbauernhof

Mentebauer ☺ Und beim Reiten konnte mein Engel wieder wahnsinnig viel lernen 👍 Ich bin so stolz auf meinen Engel und sie war so glücklich ❤ 👸 😍

Zu Hause angekommen, ging es am Montagnachmittag los, dass ich mich etwas schlapp fühlte, was mir aber keine Sorgen machte. Meine wahnsinnigen Kopfschmerzen machten mir mehr Sorgen. ittwochnachmittag in der Therme Erding kam dann Fieber dazu. Meine Glatze glühte und das auch schon am Tag zuvor immer wieder. um Glück war ich bis Donnertag bei meiner Mama und dann wurde ich zu Hause betreut. Ich habe von Donnerstag bis Sonntag die meiste Zeit geschlafen, das Fieber war ab Freitagmittag wieder weg. Die extrem starken Kopfschmerzen blieben, zum Glück hatte ich ibuprofen! Trotz dem, dass das Fieber weg war, wurde ich nicht fit und hätte auch Montag und Dienstag non stop schlafen können.

Montag war ich dann mit Mama in der Klinik wegen der Chemo. ie Blutwerte waren zu schlecht, genauer gesagt, die Blutplättchen deutlich zu wenig, nochmal die Hälfte weniger als letzte Woche. ir bzw. die Ärzte haben überlegt ob es schon sinnvoll ist mir eine Blutplättchen Transfusion zu geben, aber wir warten erstmal noch ab. lso wieder keine Chemo ußerdem sind meine Kalziumwerte total im Keller, weshalb ich am Montag gleich noch eine Kalziuminfusion bekommen hab. ntibiotika gab es auch noch, wegen des unerklärlichen Fiebers und meiner Müdigkeit, es soll ja nicht Langweilig werden ine Lungenentzündung würde zum Glück, durch ein Röntgenbild der Lunge, ausgeschlossen. Die starken Kopfschmerzen blieben immer noch…

Zum Glück durfte ich am Montag nach Hause, unter der Voraussetzung, dass ich das Antibiotika nehme und am Dienstag wieder komme zum Blut abnehmen.

Am Dienstag waren wir aber wieder den dreiviertelten Tag drin... ir ging es richtig schlecht! Ich bin die ganze Zeit immer wieder eingenickt, mir war schwindelig und der Kopf hat sooo weh getan als die Ibu Tablette wieder nachgelassen hat uns ich war einfach im Eimer lutplättchen waren minimal höher, genauso wie das Kalzium. s kann sein, aufgrund der ganzen Anzeichen die ich hatte, dass ein Gefäß im Gehin geplatzt ist und dadurch eine Blutung entstand. Das wurde aber zum Glück im Kopf CT ausgeschlossen, sonst hätte es ganz schnell eine Hirn-Op gegeben. Im Juli habe ich dann mein Kopf-CMRT.

Offen steht jetzt noch, ob mir Knochenmark entnommen werden muss (sehr schmerzhaft!), um zu sehen ob dort Tumorzellen drin sind, denn das würde die schlechten Blutwerte, vor allem die zu geringe Blutplättchen Anzahl erklären. Dann müsste man mit der Chemo starten, denn diese würde dann die Tumorzellen im Knochenmark zerstören und somit kann es wieder richtig arbeiten und Blutplättchen produzieren. nsonsten müssen wir warten, bis sich die Blutplättchen, von was auch immer, erholt haben...

Jetzt im Anschluss fahre ich wieder in die Klinik zum Blut abnehmen und mal sehen was noch kommt 😁 geplant ist nur die Blutabnahme und wahrscheinlich eine Kalzium Infusion. Mit Kortison 8mg musste ich auch wieder anfangen, weil meine Kopfschmerzen, Schwindel usw. höchstwahrscheinlich noch Auswirkungen von der Ganzhirnbestrahlung sind. Die Blutwerte gehören da allerdings nicht dazu, für die gibt es eine andere Ursache. Nur welche? Gestern ging es mir, dank dem Kortison, den ersten Tag wieder besser 💪

Jetzt zu etwas schönem und zugleich traurigem...

Ich hatte ja schon lange vor meinen Gutschein, den ich von einer ganz tollen Facebookgruppe bekommen habe, für ein Mapapu einzulösen. Ein MaPaPu ist das, was ihr als Stofftier auf den Bildern seht. Er ist hergestellt aus 3 T-Shirts der Eltern bzw. in meinem Fall aus 3 Teilen von mir. Er dient dazu, die Kinder in der Trauerzeit und natürlich auch danach, als treuer Freund zu unterstützen. Mein Engel möchte ihn erst kennenlernen, kurz bevor ich gehe und ich muss bis dahin noch fleißig mit ihm kuscheln, damit er riecht wie ich ❤

Zu guter Letzt ist noch ein Bild übrig, der wahnsinnig schöne, gigantische Rosenstraus 😍 Ihn habe ich von einer ganz lieben Leserin 👼 ☺ Sie ist Besitzerin von einem traumhaften Blumenladen am anderen Ende der Stadt. Vor einigen Monaten habe ich eine kleine Glücksfee von ihr bekommen, die habe ich seitdem in meinem Geldbeutel ☺ 👼 Hier nochmal ein Riesen DANKE an dich!! ❤ Ich habe mich riesig gefreut 😍 💐 👼 ❤ 😘

So jetzt muss ich mich gleich auf den Weg in die Klinik machen. Ich hoffe ich hab nichts vergessen zu erzählen 😁 Ihr wisst jetzt auf jeden Fall, wenn ich mich nicht melde dann geht's mir gar nicht gut. Habt einen tollen Sommertag, trinkt genügend und passt auf euch auf 😘 👼 ❤ 🌞

27. Juni ·

Guten Morgen meine Lieben 😘 🌞

Wie kommt ihr mit der Hitze zurecht? ch finde es ja viel zu heiß, 25 Grad max. würden mir reichen! Heute ist es noch recht kühl bei uns, hoffentlich bleibt es halbwegs so.

Gestern war ich ja wieder mit Mama in der Klinik zum Blutwerte checken lassen. s gab zwei Optionen.... entweder sie sind etwas gestiegen und wir warten einfach ab ob sie weiter steigen, oder sie sind nicht gestiegen und es wird über eine äußerst unangenehme Rückenmarks-Entnahme nachgedacht (den Grund dafür habe ich im vorherigen Beitrag kurz erklärt).

Nach langen 2 Stunden warten, kam die Ärztin und sagte zum Glück, dass meine Werte ein kleines bisschen gestiegen sind im Vergleich zum Donnerstag 💪 Für die Chemo sind sie leider immer noch viel zu niedrig! Die gibt es erst mal nicht :(Am Freitag um 9 Uhr bin ich zur nächsten Blutentnahme dort.

Das heißt, ich habe jetzt die restliche Woche frei ☺ Nur kann ich nicht viel machen, weil ich so überhaupt gar nicht fit bin. Ich hänge ziemlich in den Seilen.... keine Kraft, Muskelschmerzen, Schwindel, Müdigkeit usw... Das alles kann von der Bestrahlung kommen, anders können sie es nicht erklären. Während der Bestrahlung ging es mir ja echt gut, besser als gedacht. Deshalb können das jetzt noch Nachwirkungen von der Strahlentherapie sein. Hoffen wir es mal.... Ein bisschen Angst macht mir das nämlich schon was da Grad passiert bzw. eben nicht passiert... meine Lebensenergie läuft auf Sparflamme :/ Hoffen wir mal, dass es bald besser wird!!

Sonst gibt es nichts Neues interessantes :) as Wochenende mit meinem Engel war natürlich schön und ruhig dieses mal, wir waren viel zu Hause.

Ihr habt mir alle ganz ganz fleißig den Beitrag von SternTV und Plusminus über das Methadon geschickt. Ich habe beide gesehen, mehrmals sogar! ersteht bitte, dass ich auf Nachrichten, wo es nur um das Methadon bzw. den Beitrag geht, nicht antworte. Nicht das ich nicht möchte, aber es sind einfach viel zu viele! Auf alle anderen Nachrichten antworte ich natürlich nach wie vor persönlich :) Habt nur Verständnis, dass es etwas dauern kann, wenn es mir (wie im Moment) nicht so gut geht. ch werde die Tage noch einen Beitrag zum Methadon machen, in dem ich euch kurz erkläre warum diese Therapie für mich eher nicht mehr in Frage kommt. Ich kann es einfach nicht jedem einzelnen schreiben der/die frägt.

Jetzt wünsche ich euch eine schöne Woche, bis wir uns wieder hören 😘 Habt Spaß, lasst es euch gut gehen und genießt die kleinen Dinge des Alltags ❤ 😘 und passt auf euch auf

<u>28. Juni</u> · bereit

Guten Morgen meine Kraftspender 👼 Ich wollte euch nur kurz auf dem Laufenden halten und erzählen, dass ich gleich einen wichtigen Termin habe.

-->Und zwar mit meiner freien Trauerrednerin<--

Sie wird meine beiden Trauerfeiern leiten und heute besprechen wir, wie es ablaufen soll. Schön wäre, wenn ich wissen würde was ich will 😁 Bei den wichtigen Eckdaten bin ich mir sicher, bei den Feinheiten hoffe ich auf ihre Erfahrung und Hilfe ☺ Mal sehen wie das Gespräch verlaufen wird und ob ich das Thema "Trauerfeier" dann zum Großteil abhaken kann.

Habt einen schönen Tag und passt auf euch auf 😘 👼

30. Juni ·

UPDATE 1.7. Blutergebniss: Die Werte gehen langsam nach oben zum Glück, aber für die Chemo sind sie noch viel zu niedrig. Hauptsache sie steigen, wenn auch langsam 💪

Kurzes, fröhliches "Guten Morgen" an euch

Ich bin gleich in der Klinik, zum Blut abnehmen. Mittags ruf ich dann an und bekomme die Ergebnisse gesagt.

Mein Engel kommt heute nach der Schule wieder nach Hause übers Wochenende und meine Mama ist auch dabei.

Der Termin mit der freien Trauerrednerin war wirklich super 👍 Wir sind zwar noch nicht ganz fertig, weil ích mir über manche Dinge noch Gedanken machen muss, aber ich finde sie sehr sympathisch und glaube, dass sie meine Trauerfeier sehr liebevoll halten wird.

Der Ablauf mit Liedern usw. steht schon. Es wird wahrscheinlich einen kurzen Brief von mir geben, den sie vorliest und ein Gedicht, dass ich ausgesucht habe.

Ich werde zwei Trauerfeiern haben. Habe ich das schon erwähnt? Die erste wird nur im Familien, Freundes und Umgebung Kreis sein, also privat. Die zweite, also die Urnenbeisetzung, wird öffentlich sein und soll auch hier auf meinen Blog bekannt gegeben werden. Somit hat jeder die Chance zu kommen. Die Trauerfeiern werden sich etwas unterscheiden, schon allein, weil die zweite kürzer und öffentlich ist.

Wenn's noch Fragen gibt einfach fragen Ich hole mir jetzt einen leckeren Cappuccino to go und eine Rosinenschnecke und warte auf meine Blutabnahme. Habt einen tollen Tag und passt auf euch auf 👼 ❤

Juli 2017

3. Juli · : **Klinikum rechts der Isar**.

UPDATE: Blutwerte sind weiter gestiegen 💪 Aber sie müssen noch um das Doppelte steigen um die Chemo geben zu können. Am Montag bin ich wieder dort. Wahrscheinlich gibt es dann das GO für die Chemo. Das Kortison muss ich noch bis nächste Woche Freitag nehmen, denn dann hab ich den Nachsorgetermin bei den Strahlentherapeuten und bespreche dort ob ich es wieder versuchen kann abzusetzen. Am Mittwoch nächste Woche habe ich übrigens mein Kopf CMRT um zu sehen ob und wie die Bestrahlung gewirkt hat, Ergebnis gibt es aber erst ein paar Tage später (hoffentlich Freitag!).

Guten Morgen am Montag und einen tollen Start in die neue Woche 👍 ☺

Ich bin mal wieder in der Klinik, Blut abnehmen, aufs Ergebniss warten und dann besprechen. ie Ärztin meinte gerade beim Blut abnehmen, dass die Werte vom Freitag wohl schon recht gut waren und wenn sie übers Wochenende auch so gestiegen sind, könnte man vielleicht darüber nachdenken die Chemo zu geben. lso einfach mal abwarten und schauen...

Falls ich wirklich die Chemo (Tabletten) nehmen darf, hoffe ich sooo sehr, dass ich sie vertrage! Die schlimmste Nebenwirkung ist Übelkeit/Erbrechen und da schrei ich natürlich immer am lautesten "Hier!" :/

Von Mittwoch bis Freitag sind mein Engel, meine Mama, meine Schwester Jessi und ich nämlich im Urlaub 😍 einmal Kurzurlaub im Leading Family Hotel & Resort Alpenrose in Leermoos/Österreich. Dank einem ganz lieben Menschen, wurde uns vom Hotel eine Nacht komplett geschenkt 👼 ❤ Es gibt noch richtige Engel auf unserer Welt! Vielen herzlichen Dank von uns allen nochmal ❤ 👼 😍 👍 Wir freuen uns so richtig, einmal diese Art von Luxusurlaub kennenlernen zu dürfen, drei Tage einfach mal raus aus dem Krankheitsalltag und nur genießen! Deshalb müssen sich alle Nebenwirkungen und sonstige Beschwerden unbedingt im Hintergrund halten! Mein Handy wird in dieser Zeit keine große Rolle spielen, also macht euch keine Sorgen, wenn ich mich nicht melde.

Aber noch bin ich ja da... in der Klinik beim Warten... mal sehen was raus kommt heute. ch schreibe es dann als Update ganz oben an diesen Beitrag.

Ich hoffe ihr ärgert euch nicht, dass Montag ist, sondern freut euch, dass ihr aufstehen konntet, ohne Schmerzen und arbeiten könnt. Denn das ist etwas ganz Normales als "gesunder" und ich beneide euch um diese Normalität. Allen denen es nicht so gut geht oder die selbst erkrankt sind, wünsche ich ganz viel Kraft, Durchhaltevermögen und wenig Schmerzen! Lasst euch nicht unterkriegen 💪 👼 ❤

4. Juli ·

Wie sieht's aus, habt ihr Lust auf ein Live Video??

Heute Abend zur "Prime Time" um 20:15 Uhr würde ich für

euch Live kommen. ann können wir unter anderem über das Thema METHADON sprechen und ich kann euch sagen, warum das eher nichts für mich ist. ch denke das ist das wichtigste Thema für euch.

Wir finden bestimmt auch noch ein paar andere Themen die euch interessieren, überlegt euch gerne ein paar Fragen, Tabus gibt es bei mir nicht.

Bis später meine Lieben 👋

4. Juli ·

LIVE: Hallo nach langer Zeit ;) hema METHADON

7. Juli um 19:11 · Leading Family Hotel & Resort Alpenrose.

Ein kurzes "Hallo" von mir zum Wochenende mit ein paar tollen Eindrücken von unserem Kurzurlaub 😍 Es war einfach toll zu viert 👼 ❤ Wir haben rund um die Uhr genossen. Mehr muss ich gar nicht erzählen...

Mein Engel und ich sind glücklich und entspannt wieder zu Hause angekommen und genießen jetzt noch das Wochenende zusammen ❤ 👼

Ich hoffe, ihr könnt euer Wochenende auch genießen! Passt auf euch auf und lasst es euch gut gehen 👼

9 Juli unsicher

Jetzt muss ich mich doch noch melden, aus einem nicht so schönen Anlass, aber ich sollte es erzählen...

Gestern, den 8.7., waren wir am späten Vormittag mit dem Auto am Supermarkt. Ich bin im Auto sitzen geblieben um meine Kraft einzusparen. Leonie war bei mir im Auto, weil es nur ein kurzer Einkauf war, da wollte sie nicht mit.

Kaum war meine Begleitung im Supermarkt verschwunden,

fing plötzlich meine rechte Gesichtshälfte an zu zucken, vom Kiefer aus, der Kiefer ging auf und zu. Es wurde immer schlimmer und war mir wirklich sehr unangenehm, fast schon peinlich. Ich war froh, dass es niemand gesehen hat! amals war es viel leichter und nur halb so schlimm.

Meine ganze rechte Gesichtshälfte hat sich verkrampft und verzogen, bis zum Auge hoch. Das schlimme war, meine Tochter hat mit mir geredet und sich gewundert warum ich ihr nicht antworte, aber ich konnte einfach nicht reden. Schon alleine wegen diesem Kieferzucken, durch das mein Mund immer auf und zu ging und mein halbes Gesicht verkrampft war. Ich habe versucht ihr zu antworten, aber es kamen nur ein paar einzelne verwirrende Buchstaben raus die keinen Sinn ergaben, obwohl der Kopf komplett da war.

Als es dann nach geschätzten/gefühlten 2 Minuten nachgelassen hat, hab ich ein paar Wörter gefunden um meiner Tochter zu signalisieren, dass grad nicht alles in Ordnung ist, aber sie keine Angst haben muss und ich gleich wieder "normal" bin. Von Angst war keine Spur, für meinen Engel war alles ok zum Glück!

Meine Zunge und die Wange waren noch recht lange taub, weshalb ich nicht richtig Reden konnte. Die Taubheit ging in die rechte Hand über und dann in den kompletten Arm. Ich war dann ziemlich kaputt und hab für zwei Stunden geschlafen. Danach ging es mir zum Glück besser, es war alles wieder normal und der Tag konnte weitergehen 💪👸👍 ☺

So jetzt wisst ihr das auch Jetzt geht's für mich ins Land der Träume, denn morgen früh um 6:30 Uhr startet der Tag für mich. Leider hab ich seit zwei Stunden etwas Halsschmerzen :(ich hoffe es wird nicht schlimmer! Mal sehen was die Blutwerte erzählen... gibt es Chemo? Was meint ihr? Ich glaube schon... Denosumab gibt es auf jeden Fall.

Kurz zum Foto: Es gibt Momente, die muss man einfach festhalten ❤ 👸 ❤ Pure Liebe ❤

Also ich wünsche euch eine ruhige, gute Nacht schlaft gut und habt morgen einen tollen Tag 😘 ☀

11. Juli um 20:04 ·

Hallo meine tollen Unterstützer 😘

Danke für eure vielen, lieben und vor allem gut gemeinten Kommentare bezüglich meines Anfalls.

Es war definitiv kein Schlaganfall, denn ich hatte so etwas in abgeschwächter Form schon, ausgelöst von Metastasen. Damals wurden dadurch die Hirnmetastasen festgestellt. ieser "Anfall" zählt zu einem epileptischen Anfall und ich muss seit gestern zwei Mal täglich auf Dauer ein Antiepileptikum nehmen.

Blut wurde mir natürlich auch abgenommen. Leider sind die Blutwerte immer noch nicht gut genug für die Chemo... er Arzt hätte sogar überlegt, die Chemo trotzdem zu starten, weil mir einfach die Zeit davo läuft, aber aufgrund des epileptischen Anfalls machen wir das lieber nicht, weil eventuell wieder bestrahlt werden muss. Dann würden wir quasi die zu niedrigen Blutwerte durch die Chemo noch niedriger machen und dann kann nicht bestrahlt werden, falls dies nötig ist. Deshalb diese Woche wieder keine Chemo...

Ansonsten habe ich gestern noch Denosumab für die Knochen gespritzt bekommen und ich habe das Thema Methadon angesprochen. ein gestriger Arzt hat mir geraten, mich einfach mal per E-MAIL an Ulm zu wenden und zu schauen, was sie mir anbieten würden oder wen sie mir in München empfehlen für den weiteren Ablauf. ch habe dann einfach mal Frau Dr. Friesen angeschrieben und warte jetzt auf Antwort ur, dass ihr darüber auch Bescheid wisst. Ich habe ja gesagt, dass ich es im Hinterkopf behalte.

Heute hatte ich übrigens einen richtig tollen Tag ☺ Am Vormittag war ich mit einer Freundin bei Donuts&Candies und am Nachmittag mit meiner Mama aufm Tollwood 😍 Es war richtig toll und vor allem wahnsinnig lecker mit Rahmbrot, Burger, Crepe und Cocktail ☺

Jetzt bekomm ich ein tolles Abendessen (Foto) und wünsch ich euch einen tollen Abend und später eine ruhige, gute Nacht 😴 😘 Passt auf euch auf ❤

14. Juli um 23:18 ·

Ich habe euch nicht vergessen ;)

Am Mittwoch hatte ich ja mein Kopf-CMRT. Zugang legen fürs Kontrastmittel war nicht so leicht... Viermal musste mich der Arzt stechen, meine Armbeuge ist ganz lila Aber die Röhre war dieses Mal zum Glück etwas größer als letztes Mal, weil ich ein anderes Gerät hatte. Ich habe dann direkt danach ein vorläufiges Ergebnis von einem Assistenzarzt erhalten und heute beim Nachsorge Termin in der Strahlentherapie würde es nochmal von einer Oberärztin mit mir besprochen. Tendenz der Hirnmetastasen, gleichbleibend. 👍 Es gibt zum Glück keine gezielte Metastase, die deutlich gewachsen ist. Deshalb fällt eine punktuelle Bestrahlung aus. Eine Ganzhirnbestrahlung braucht einen Abstand von 6 Monaten... Also ist Bestrahlung erstmal komplett hintenangestellt und wir stürzen uns ab voraussichtlich Montag in die Chemo.

Ich nehme ja gerade 8mg Kortison 😫 Ab morgen darf ich anfangen zu reduzieren bis ich bei 2mg alle 2 Tage bin. Sobald ich jedoch merke, dass es wieder schlimmer wird, muss ich wieder erhöhen. Ich hoffe das bleibt mir erspart!

Von Frau Dr. Friesen habe ich noch nichts gehört, aber das war mir klar. Ich gedulde mich einfach noch. Von einer Leserin habe ich alle Infos weitergeleitet bekommen, die sie von Dr. Friesen bekommen hat. Und von einem Bekannten einer Freundin, habe ich Kontaktdaten einer Ärztin, die mit Methadon behandelt. Damit hab ich erstmal genug zu tun und ich braucht mir bitte keine Infos, Links und sonstige Sachen zum Thema Methadon, Krebs Diäten und irgendwelche Vitamine schicken. Ich weiß, ihr meint es nur gut, aber irgendwann muss ein Stopp sein.

Von meiner lieben Haushaltshilfe und Freundin habe ich heute diesen megaleckeren, weltallerbesten Kuchen bekommen 😍 es gibt keinen besseren!!

Ich wünsche euch ein tolles Wochenende 😘 Gute Nacht, schlaft gut, passt auf euch auf und genießt eure Zeit ❤ 😘

15. Juli schmerzerfüllt

Heute ist ein doofer Tag :(ir geht es richtig schlecht! Ja, ich muss heute einfach mal jammern!

Heute Morgen um 7 bin ich mit sehr sehr starken Schmerzen in den Knien aufgewacht. Das hatte ich schon mal... Manche erinnern sich bestimmt daran (als wir in den Märchenwald wollten) Das kommt vom Kortison! Anders kann ich es nicht erklären. Ab heute nehme ich weniger Kortison und lasse es Ausschleichen bis ich bei 2mg alle 2 Tage bin 👍 😉

Aber der heutige Tag ist einfach nur die Hölle, denn die Schmerzen gehen nicht weg! Nach 1500mg Ibuprofen ist es etwas besser geworden. Seitdem ist der Schmerz soweit stabil, dass er aushaltbar ist. Demnächst werde ich aber nochmal eine 600mg Ibuprofen nehmen müssen. Den ganzen Tag bin ich total matschig, Schlaf immer wieder und hab Schmerzen 😩

Ich hoffe, dass es morgen besser ist, denn morgen wollen wir Brunchen gehen ☺

Jetzt gibt es noch einen Filmabend und dann hoffentlich ohne große Schmerzen ins Bett. Euch wünsche ich auch noch einen schönen Abend und ein schönes Wochenende! Passt gut auf euch auf und lässt es euch gut gehen 😘 👼

19. Juli um 18:34

Hey meine lieben, geduldigen Unterstützer ❤

Erstmal tut es mir leid, dass ich mich erst heute melde! Die Zeit verging wie im Flug und zack war der nächste Tag vorbei...

Ich war ja am Montag wieder in der Klinik, Blut abnehmen usw. Die Werte waren nicht besser als sonst, aber da keine Bestrahlung ansteht, haben wir jetzt einfach mit der Chemo (Vinorelbin) begonnen 💪 Zwar noch nicht die volle Dosis, aber immerhin. Am Montagabend habe ich die beiden Tabletten genommen und zuvor eine gefühlte halbe Apotheke an Medikamente gegen Übelkeit.

Mir geht es seitdem zum Glück nicht viel anders als sonst. Von der Übelkeit merke ich ein bisschen was, aber zum Glück nicht viel. Sonstige Nebenwirkungen sind bisher auch nicht aufgetreten 👍 ich hoffe es bleibt so!

Meine Knieschmerzen sind auch weg, Dank Voltaren Tabletten und Kortisonreduktion. um Thema Methadon, gebt mir bitte noch Zeit, ich habe mich noch nicht weiter damit befasst.

Sonst ist alles beim Alten Meine Kraft in den Beinen ist noch nicht wieder da Aufstehen und Laufen, ist nach wie vor wahnsinnig anstrengend! Leider 😭 Ich kann nur hoffen, dass es nicht so bleibt. Vielleicht bilde ich es mir ein, vielleicht auch nicht... aber es kommt mir so vor als würde es mir seit gestern minimiminiminimal besser gehen von der Kraft her. Mal abwarten wie die restliche Woche wird, bis ich am Montag wieder in der Klinik bin.

Ich wurde seit Montag Tag und Nacht betreut, wegen der Chemo.... Ab Donnerstagabend ist mein Engel bei mir bis Sonntag 👼 ❤ 😍 natürlich sind wir auch da betreut.

Das wars auch schon an Neuigkeiten Das mein Gesicht und der ganze Körper kurz vorm platzen ist vom Kortison, brauch ich glaub nicht erwähnen... Mal sehen wie lange es dauert, bis das wieder weg ist 😔

Ich wünsch euch einen schönen Abend, lasst es euch gut gehen und passt auf euch auf 👼 ❤ 🍀

20. Juli um 13:18 Zugspitze.

❣❣❣❣ VERLOSUNG ❣❣❣❣

🗻 2 Freikarten für einen Besuch auf der Zugspitze 🗻

Ich kann leider aufgrund der unzähligen Hirnmetastasen nicht mehr hoch fahren, obwohl ich sooo gerne wollte. ber der Druck im Kopf durch die Höhe, wäre wahrscheinlich nicht aushaltbar... Das Risiko ist zu groß.

Was ihr tun müsst?? ommentiert hier unter dem original Beitrag, warum ausgerechnet IHR diese 2 Freikarten haben möchtet. m Anschluss teilt ihn bitte auf eurer Pinnwand. Es werden nur Namen berücksichtigt, die unter diesem Beitrag sind, nicht unter dem geteilten!

Am 22.07. um ca. 12 Uhr werde ich mit meinem Engel auslosen, wer der/die Gewinner/in ist 👼

Ich hoffe die Karten finden einem neuen tolle/n Besitzer/Besitzerin

22. Juli

LIVE: Auslosung Zugspitzfreikarten

29. Juli ängstlich

Leider muss ich es euch so direkt sagen: eine letzte Reise hat begonnen...

Von Montag auf Dienstag bin ich in meiner Wohnung zusammengebrochen, ich habe in die Hose und auf den Boden eingenässt und war nicht in der Lage zu Laufen oder Hilfe durch Telefon/Handy/Notfallknopf zu holen. Ich war sehr verwirrt und nichts und war mehr möglich. Morgens um 7:30 Uhr wurde ich dann nicht ansprechbar in meinem Bett gefunden und der Notarzt wurde gerufen. Soviel zur Kurzversion 👍

Die Situation war sehr ernst! Was mir erst gar nicht so bewusst war. Ich bin (wie auch immer) erst mal nach Wolfratshausen in die Notaufnahme gekommen und dann weiter verlegt worden ins

Rechts der Isar. Das Problem war, dass ich fast nicht ansprechbar war. Somit könnte ich nicht viel zu meinem Port sagen (wie er angestochen werden muss, denn das ist bei mit etwas anders), noch zu letzter Nacht oder sonst was.

Ich lang dann ewig in der Notaufnahme und bin dann hinter in die Intensiv Station der Notaufnahme gekommen. uvor wurde ich noch noch zum Röntgen von Kopf, Lunge und Leber geschickt. Natürlich ziemlich teilnahmslos :(as Ergebnis was erschreckend!! Innerhalb von nur 2 Wochen, sind massenweise Metastasen in der Leber entstanden und das Ödem im Gehirn ist extrem gewachsen. Und das Ödem war der Rund für den "Anfall". ie Ärzte meinten "Wir müssen mit allen rechnen!" Und verlangten nach Vorsorgevollmachten und Patientenverfügung. ein Leben stand also am Dienstag ganz schön auf der Kippe... enaueres erzähl ich jetzt mal nicht, das sprengt den Rahmen meiner Kraft.

Am Mittwochnachmittag ging es dann etwas besser und ich konnte auf meine normale Station verlegt werden. ier hatte ich dann wieder Ärzte die ich kannte. Wobei die Ärzte auf der anderen Station auch sehr nett waren.

Seit Mittwoch bin ich jetzt hier, mittlerweile Fieberfrei, denn das hatte ich am Dienstag. aus darf ich an Montag, weil bin dahin noch das Antibiotika läuft, nur wohin raus... uf großen Wunsch hin, ermöglicht es mir meine Familie nochmal 1-2 Wochen zu Hause zu sein, je nachdem wann ein Platz im Hospiz frei wird und wie lange die eigenen Kräfte reichen.

Ich werde also definitiv meinen letzten Weg ins Hospiz antreten sobald sie ein Zimmer frei haben.

Ich glaube mehr muss ich nicht schreiben und für mehr reicht meine Kraft auch nicht. Allen lieben Menschen die bisher schon ganz lieb an mich und meine Familie/Freunde gedacht macht haben bin ich sehr dankbar ❤ 👼 ❤ und auch für alle die ab jetzt an uns denken, danke!! ❤ 👼 ❤ ich kann nicht auf alles antworten, vorallem weil mir die mir die Kraft dazu fehlt.

Es kann jederzeit vorbei sein, die Ärzte geben mir noch Tage oder Maximal Wochen. s ist alles grad sehr viel zu verarbeiteten....

Ich hoffe ihr lasst es euch gut gehen und passt auf euch auf 😇 ❤ 😘

Achso übrigens, ich nehme gaaanz viel Kortison, weshalb ich wieder so aussehe. Und mein Grabstein ist fertig, den ich euch gerne zeigen möchte, weil er so toll ist 😍 so toll wie ein Grabstein eben sein kann! Unten die Platte ist eine Herzform ❤

05. August

Diesen Text habe ich gerade von der tollen Nicole Staudinger bekommen 😍 ist jemand dabei der hilft??? Die Kommentare müssen nicht unbedingt mit rein, denn das sind zu viele. Einfach nur alle Beiträge wie in einem Tagebuch, denn so ist es geschrieben ❤

Liebe Jacky, liebe Follower von Jacky Drappeldrey! Du hast einen letzten Wunsch, wenn ich das so frei interpretieren darf. Jacky hätte gerne ihre Blogbeiträge als Buch. Die liebe Karla Paul hat ihre Beziehungen spielen lassen und den jetzt schon wundervollen Matthias Matting "organisiert". Matthias ist Profi um Self-Publishing und hilft uns. Jetzt sind wir gefragt: Wir brauchen: eine fleißige Hand, die alle Blogbeiträge in ein WORD DOKUMENT zusammenfasst gerne einen Korrekturleser und einen Grafiker, der Jacky ein tolles Cover entwirft

Das Buch ist dann on demand bei Amazon erhältlich. Jacky Drappeldrey, wäre das so in Deinem Sinn?

Nachwort

Liebe Leser, wir wissen nicht, ob das Buch Jacky noch rechtzeitig erreicht. Aktuell liegt sie im Hospiz und wir hoffen einfach das Beste. Liebe Leonie, für dich ist dieses Buch. Damit du niemals vergisst, was deine Mama für eine Löwin war. Für uns Helfer war es eine Ehre, an so einem Projekt teilhaben zu dürfen.

Jacky hätte gerne, speziell an dich Leonie, noch ein paar letzte Zeilen geschrieben, aber es fehlte ihr die Kraft. Daher hat sie uns gebeten, folgende Zeilen nochmals niederzuschreiben:

Für Leonie

Bevor ich jetzt schlafe, schreibe ich hier noch ein paar Zeilen für meinen Engel, denn irgendwann, wenn ich nicht mehr da bin und sie älter ist, wird sie es selbst lesen und an mich denken.... 👼 ❤

An dich mein Engel 👼 ❤

8 Jahre lang habe ich dich schon in meinem Leben... 8 Jahre lang darf ich, als deine Mama, dich schon durchs Leben begleiten... Ich hoffe jeden Tag so sehr, dass es noch viele Jahre mehr werden, auch wenn es nicht danach aussieht... Wunder geschehen (Nena) 🎶

Seit es dich gibt, ist mein Leben erst besonders... Du bist mein Ein und Alles, ohne dich wäre mein Leben nicht lebenswert! 😘

Es gibt keinen Topf ohne Deckel, keine Kerze ohne Licht, keine Gabel ohne Messer, keinen Strom ohne Licht und mich gibt es nicht ohne dich ❤

Lange suchte ich nach dem Sinn in meinem Leben und plötzlich warst du da! Ohne dich hätte ich mehr Nerven, mehr Disko Besuche, mehr Ruhe im Café, mehr Schlaf und weniger Arbeit, aber wer braucht das schon wenn er strahlende Engelsaugen, einen lachenden und grinsenden Engelsmund, ein bodenloses Fass voll Liebe, unendliche Küsse und 10000000000 Komplimente von dir haben kann?! ❤ ❤

Mein Kampf gegen diesen scheiß Arschloch-Krebs (wie du ihn immer nennst) kämpfe ich in erster Linie nur für dich! All die Schmerzen nehme ich gerne in Kauf, mit der Hoffnung, auf ein bisschen mehr Zeit mit dir ❤

Oft bin ich genervt, müde und gereizt, manchmal bin ich nicht fair zu dir, hin und wieder sage ich doofe Sachen, die ich gar nicht so meine... Das alles verzeihst du mir, nach einer Entschuldigung, immer ganz selbstverständlich ohne zu überlegen.

Du bist ein so ein toller Mensch, der jedes Jahr noch toller wird ❤

Ich danke dir, dass du mich als deine Mama auserwählt hast! ❤ 😢 😘 😍 Ich liebe dich so sehr, wie man einen Menschen nur lieben kann! Nichts könnte diese Liebe je ersetzen! Ich bin und bleibe für immer in deinem Herzen ❤ ❤

Irgendwann wirst du diese Zeilen selbst lesen und ich hoffe, dass du dann sagen kannst "Ja, ich habe mich von meiner Mama so geliebt gefühlt, wie sie es hier versucht hat zu erklären ❤"

Jackys Lieblingszitate

„Der Glaube gibt uns Kraft, tapfer zu ertragen, was wir nicht ändern können und Enttäuschungen und Sorgen gelassen auf uns zu nehmen, ohne je die Hoffnung zu verlieren."

„Stärke wächst nicht aus körperlicher Kraft, vielmehr aus unbeugsamen Willen."

„Wir müssen bereit sein, uns von dem Leben zu lösen, dass wir geplant haben, damit wir das Leben annehmen, was auf uns wartet."

„Es ist das Ende der Welt, sagte die Raupe. Es ist erst der Anfang sagte der Schmetterling."

„Engel helfen dir, dass du dich an dein wundervolles Wesen erinnerst."

„Gott hat seinen Engeln befohlen, dass sie dich begleiten, auf all deinen Wegen."

„Der Tod ist der Grenzstein des Lebens, aber nicht der Liebe."

„Der Tod lächelt uns alle an, das einzige was man machen kann ist zurückzulächeln!"

(Marcus Aurelius)

„Hab keine Angst vor Narben. Sie zeigen nur, dass du stärker bist als das, was dich verletzen wollte!"

„Das Leben verlangt von uns oft Dinge ab, für die wir keine Taschen haben!"

„Glück ist, wenn der Verstand tanzt, das Herz atmet und die Augen lieben!"

„Wir denken zu viel über unser Leben nach, wir sollten glücklich sein und lachen, denn das Leben ist zu kurz um Nachzudenken!"

„Hoffnung ist eine Flamme, die ständig flackert, aber nie erlischt!"

„Die Hoffnung, die man selbst nie hatte, kann einem niemand nehmen!"

„Tanze, als wäre dein Leben sorgenfrei!"

„Wer mir nachfolgt, wird nicht in der Finsternis wandeln, sondern er wird das Licht des Lebens haben."

„Es ist Erlösung, sagt der Verstand.

Es ist zu früh, sagt das Herz.

Du fehlst, sagt die Liebe.

Es ist Gottes Wille, sagt der Glaube.

Doch wer sagt, so ist das Leben, der weiß nicht, wie weh das tut."

„Dein Dasein ist köstlich, man muss nur den Mut haben, sein eigenes Leben zu führen."

„Das Leben ist zu kurz um sich mit Dingen zu beschäftigen, die einen nicht glücklich machen."

„Das einzig Wichtige im Leben sind die Spuren, die wir hinterlassen, wenn wir gehen."

„Nur Stille und Mut verleihen euch Kraft."

„Wo wir Licht hintragen, ist es auch für uns hell."

Anmerkung:

Brustkrebs ist die häufigste Krebsart bei Frauen. Und wie Sie sehen können, bleiben leider auch junge Frauen davon nicht verschont. Wenn sich auch nur eine Frau wegen dieses Buchs selbst abtastet, dann ist schon viel erreicht.

TITELGESTALTUNG:

Stockbild von Shutterstock

Giessel Design Wiemerskamper Weg 50 B 22889 Tangstedt www.giessel-design.de

Bild von Jacky: Nana-Recover your smile e. V. ist ein gemeinnütziger Verein, der krebskranken Menschen einen besonderen Nachmittag mit Schminkworkshop und besonderem Styling samt professionellem Fotoshooting kostenfrei bietet.

9520871R00188

Printed in Germany
by Amazon Distribution
GmbH, Leipzig